weissbooks.w

Kathy Zarnegin
Chaya
Roman

weissbooks.w

Chaya

– weh mir! ich bin eine Nuance –
Friedrich Nietzsche

Unterstützt durch den Fachausschuss Literatur Basel-Stadt/Basel-Landschaft
und Pro Helvetia, Schweizer Kulturstiftung

1.

Mein Vater lebte mit zwei Frauen. Die erste, mit der er sechs Kinder gezeugt hatte, war so alt wie er selbst, die zweite, mit der er mich und meine Geschwister gezeugt hatte, war naturgemäß um einiges jünger. Am einen Ort die kränkelnde Verständnisvolle, die ihm sogar Opium auftrieb, wenn er Lust auf einen kleinen Rausch hatte, den sie ihm nicht mehr persönlich besorgen konnte, am anderen die anstrengende Schönheit, die selten zufrieden war und vor allem immer mehr wollte, unter anderem, dass er mehr Zeit bei uns zu Hause verbrachte, was keine Selbstverständlichkeit war.

Dieses bei uns zu Hause klang an sich schon fremd, zumindest aus dem Munde meines Vaters. Denn dieses zu Hause war nichts Einzigartiges, es war nicht dieses unschuldig daherkommende *zu Hause*. Bei uns zu Hause hieß *bei uns* im Unterschied zu jenem anderen Zuhause, das mein Vater zudem sein Eigen nannte.

Er genoss in zwei Welten ein Zuhause und fühlte sich in beiden wohl. Vielleicht wäre das Arrangement aufgegangen, hätte meine Mutter sich nicht um diesen Familienzustand, der ja keiner war, weil er immer wieder neu hergestellt werden musste, geschert. Aber sie machte sich etwas daraus, was immer sehr laut und, aus kindlicher Perspektive, beängstigend war.

Niemand hatte meine Mutter zur Heirat mit meinem Vater gezwungen. Im Gegenteil. Sie hatte, als sie eine kurze Zeit als Krankenschwester in einem Teheraner Spital gearbeitet hatte, meinen Vater kennengelernt, der wegen einer Lebervergiftung dort lag, und sich Hals über Kopf in ihn verliebt, in diesen für iranische Verhältnisse ungewöhnlich groß gewachsenen Mann, der einer anderen Frau sechs Kinder geschenkt hatte und, wie man so sagt, in festen Händen war. Aber nur, bis er die Bekanntschaft meiner Mutter gemacht hatte.

Amor hatte meinem Vater ein Stück schlecht gelagertes Fleisch in einem abgelegenen Restaurant im Süden des Landes serviert und ihm auf diese Weise ermöglicht, meine Mutter im Spital kennenzulernen.

Ein schwarz-weiß glänzendes Foto mit Randverzierungen, heute leicht vergilbt, hat als einziges Relikt diese Zeit überlebt. Darauf ist meine Mutter zusammen mit anderen Kolleginnen in ihrer Spitaluniform zu sehen. Ihre dramatisch schwarz geschminkten Augen dominieren das Bild. Es ist, als hätte der Fotograf nur sie und ihre reifen Früchten nachempfundenen Lippen im Visier gehabt. In der Mitte einer weiß uniformierten Frauengruppe, allesamt werdende Krankenschwestern, die damals noch dunklen Haare mit viel Haarspray und Toupierkunst akribisch um die strenge Haube dressiert, schaut meine schöne Mutter mit halb offenem Mund den künftigen Zuschauern eines vergangenen Augenblicks stolz in die Augen.

Mit diesem Blick, der die Herausforderung auf sich nahm, angestarrt zu werden, und mit diesem sich einem Lächeln verweigernden Mund betrat sie damals das Zimmer meines Vaters und verlor auf der Stelle ihr Herz, als mein Vater sie mit *Mademoiselle* ansprach und sie, ohne ihre Stimme je zuvor gehört zu haben, fragte, ob sie in Paris gelebt hätte.

»Non, mais je voudrais bien!«, wobei sie das *je* nicht wie »jö« aussprach, sondern wie »jee« und das »r« ihr wie bei den Italienern von der Spitze der Zunge hinausrollte. Ihre Antwort war von einem siegesbewussten Lächeln begleitet. Die Frau in meiner Mutter wusste, dass mein Vater sich aus diesem unerwarteten, fremdgestrickten Satznetz nicht mehr befreien könnte.

Meridiane hin oder her – ein Cadillac fahrender, wohlhabender Mann und eine attraktive, ehrgeizige Frau, die so sein wollte wie die Stars der Magazine, die sie konsultierte (Gina Lollobrigida, Sophia Loren oder Brigitte Bardot standen ihr wahlweise als Vorbild), fanden sich auf Anhieb anziehend. Das hat etwas mit der Physik zu tun. Eine talentierte jüngere Frau, die sich durch Frauenzeitschriften und Kreuzworträtsel eine gewisse Alltagsbildung, die sie zeitlebens für Wissen hielt, angeeignet hatte und ein Mann, der diese Welt außerhalb der staubigen Grenzen seiner orientalischen Heimat sehr gut kannte. Keine Haremsgeschichte. Keine Zwangsehe. Keine Unterdrückung der Frau. Es war Liebe. Und diese Liebe durfte nicht sein, weshalb meine Mutter einige Zeit später ins Ausland ging, um zu vergessen.

Aber wie soll man vergessen, wenn schon etwas da ist? Wie soll aus etwas, was da ist, plötzlich nichts werden? Allenfalls im Nachhinein wird uns bewusst, dass wir vergessen haben. Wie geboren werden – auch hier stellen wir eines Tages fest, dass es uns gibt. Vergessen gibt es im Grunde nicht, weil Vergessen keine Gegenwart hat: *I am forgetting* ist sinnlos.

Meine Mutter reiste zu ihrer Schwester in ein fernes Land, um eines Tages sagen zu können, dass sie vergessen hat. Doch das Schicksal spielte ein anderes Spiel mit ihr. Das Schicksal wollte nicht, dass sie vergisst, und schickte Blicke und Düfte und Stimmen und Erinnerungen. Nicht alles aufs Mal, aber häppchenweise, zum Beispiel das Bild meines Vaters am Steuer seines hellblauen amerikanischen Wagens, der alle Blicke auf den mit den Straßen von San Francisco vergleichbaren Teheraner Alleen auf sich zog, oder sein ansteckendes Lachen; gelegentlich waren es auch die Knöpfe seiner italienischen Anzüge. Und als das Schicksal auch noch anfing, ihr Liebesbriefe meines Vaters zuzustellen, da konnte sie nicht mehr vergessen. Da fand sie sich auf einmal nach dem Versuch, einen zweijährigen Intensivkurs in Vergessen in einem fremden Land zu absolvieren, mit ihm auf einer Europareise, von der sie später lebenslang träumen würde – was sie zu diesem Zeitpunkt noch nicht wusste.

Sie wusste nicht, dass sie Dezennien danach Europa immer nur mit dieser Reise in Verbindung bringen würde. Kein anderer Auslandsaufenthalt würde für sie künftig die Bedeutung haben wie dieser. Jedes Mal, wenn sie mich Jahre später in der Schweiz besuchte, verkündete sie mir schon am ersten Tag ihres Besuches, dass sie in Europa Depressionen bekommen würde, was vielleicht schweizspezifisch war.

Sie lehnte sich zum Fenster hinaus, schaute auf die grünen menschenleeren Straßen in meinem Quartier und schüttelte den Kopf:

»Habt ihr keine Menschen in diesem Land?«, fragte sie dann. Und fügte hinzu: »Hier würde ich verrückt werden vor lauter Stille.«

Wenn sie also von Europa schwärmte, dann war immer jene Initialreise gemeint, von der sie mit blond gefärbten Haaren in die Heimat zurückkehrte und in deren Verlauf ich irgendwo zwischen Florenz und Rom gezeugt wurde. Das spielte auch keine Rolle, sie hätte auch zwischen Lörrach und Potsdam sagen können, bloß kamen diese Orte in den persischen Kreuzworträtseln nicht vor.

Ich war also auf der mehrmonatigen Europareise durch Deutschland, Frankreich und Italien gezeugt worden, während meine Geschwister unter dem abgasreichen Teheraner Himmel das Licht der Welt erblickt hatten.

So kam es, dass ich schon als Kind nach Europa wollte, obwohl ich erst mit siebzehn von der romantischen Konstellation meiner Zeugung erfuhr. Bis dahin hatte ich den Beginn meines lästigen Da-Seins gewöhnlichen Umständen zugeschrieben (der Hitze, dem Zufall, dem unendlichen Begehren meines Vaters usw.). Aber in vollkommener Ahnungslosigkeit hatte das Schicksal mir früh schon zugeflüstert, dass ich nach Europa, das sich nachträglich als Ort meines Ursprungs erwies, zurückkehren musste.

Und ich kehrte an diesen Ort zurück. Für immer.

Aber zuvor hatte zu meiner glamourösen Entstehung auch eine entsprechende Erziehung hinzuzukommen. Und die beginnt, wie jedes Kind weiß, mit der Sprache.

In den 60er-Jahren galt Englisch plötzlich als schick. Englisch war die kommende Weltsprache, ohne Englisch würde niemand mehr eine Chance auf dieser Erde haben – das wusste meine Mutter aus ihren Frauenzeitschriften. Also wurde beschlossen, dass auch ich Englisch lernen müsse. Mit drei Jahren wurde ich in eine englischsprachige Tagesschule geschickt, die wegen ihrer hohen Gebühren immer wieder Streitereien zwischen meinen Eltern auslöste.

»Du hast die Schulrechnung nicht bezahlt.«

»Ich habe im Moment kein Geld.«

»Für deinen privaten Spaß hast du Geld. Wenn es aber um das Kind geht, bist du plötzlich arm.«

Danach wurde es sehr laut, und man verstand keinen Satz mehr.

In meiner prestigiösen Schule verbrachte ich den ganzen Tag in Gruppen, in denen fröhlich gespielt, gesungen und gemalt wurde und uns irgendeine *Miss*, wie die Lehrerinnen genannt wurden, etwas erzählte – aber was erzählte sie? Ich verstand sie nicht. In Erinnerung sind mir hingegen die schwindelerregend kurzen Röcke meiner Kindergärtnerinnen geblieben.

Der europäische Himmel zum Zeitpunkt meiner Zeugung hatte es offensichtlich versäumt, mir Englisch sprechende Gene mit auf den Weg zu geben. Und so entstand mit dieser zweiten Sprache ein früh erworbenes »Kannitverstan«. Dass ein Kind nicht alles versteht, ist normal. Aber ich hatte Lücken in zwei Sprachen. Jedenfalls kristallisierte sich so etwas wie eine Zeitverschiebung in meiner Wahrnehmung heraus, weil ich oft darauf vorbereitet war, etwas nicht zu verstehen. Der frühzeitigen Internationalisierung meiner Persönlichkeit wohnte zusätzlich das Problem inne, dass meine Eltern beide kein Englisch sprachen. Das hieß konkret, dass dieses »Kannitverstan« sich durch die Hausaufgaben auch in unser Familienleben hineinschmuggelte. Auch dort bei den Hausaufgaben im Dienste meiner globalen Anschlussfähigkeit war ich allein. Ich lernte also die englische Sprache und sprach einige Jahre später als Kind schon wie ein *native speaker*, konnte diese Sprache aber mit den nächsten Menschen um mich herum nicht teilen. Englisch wurde zu meiner Geheimsprache, und im Kreis meiner Lieben gehörte eine ganze Sprache nur mir allein.

War das der erste Wink des Schicksals, dass mein exklusiver Lebenswind Richtung Westen wehte? Jedenfalls schrieb sich ein emotionaler Jetlag als Lebensgefühl schon damals in mir ein und wartet seither auf einen Ausgleich aus dem Osten.

2.

Im dritten Stock unseres Hauses wohnte Tante Farah. Wir nannten sie so, nicht weil sie mit uns verwandt, sondern weil sie mit meiner Mutter befreundet war. Tante Farah war mit ihrer Lebensweise der gesamten Nachbarschaft ein Dorn im Auge und sorgte dafür, dass die Hausfrauen in unserer Gegend stets etwas zu flüstern hatten. Nicht nur, dass sie sich geweigert hatte, zu heiraten – diesen Makel verzeiht die iranische Gesellschaft keiner Frau –, sondern noch dazu lebte sie alleine, was noch skandalöser war. Eine alleinstehende selbstbewusste Frau, die einem Beruf nachging, hieß, sie durfte von allen beschimpft und beleidigt werden, was Tante Farah, trotz ihres jungen Alters, gelassen hinnahm.

»Worüber sollen sie sonst reden?«, fragte sie mit ruhiger Stimme. »Man kann doch nicht den ganzen Tag über Reis und Tomaten schwatzen!«

Und wenn meine Mutter nicht in der Nähe war, flüsterte sie mir ketzerisch ins Ohr: »Ich erinnere sie alle daran, dass sie etwas zwischen den Beinen haben.« Und dann kicherte sie.

Was ich nur halb verstand. Ich wusste, dass es unanständig war, zu erwähnen, dass man etwas zwischen den Beinen hatte, verstand aber nicht, warum es Tante Farah brauchte, um daran erinnert zu werden.

Aber so redete sie mit mir nur, wenn meine Mutter nicht zuhörte. Farah wusste, dass es das Ende ihrer Freundschaft bedeutet hätte, wenn sie nicht wenigstens vordergründig auf die üblichen Konventionen Rücksicht nahm.

Die Freundschaft und Solidarität meiner Mutter mit ihr hatte nur in einem stillschweigenden Einverständnis Bestand, denn nie hätte meine Mutter daran erinnert werden wollen, dass auch sie vor ihrer Heirat ein freizügiges Leben geführt hatte. Die Reise nach Europa war eine verdichtete Metapher für alles, nur nicht dafür, dass diese Reise auch Sex vor der Ehe bedeutet hatte. Über das »überflüssige Zeug« sprach meine Mutter nie und wenn, dann nur abschätzig.

Überhaupt, wenn man ihre Lebensgeschichte nicht kannte, die hauptsächlich den Familienmitgliedern vorbehalten war, konnte man denken, dass meine Mutter einer streng islamischen Gesellschaftsschicht entstammte. Sie ging manchmal sogar so weit, dass sie ihre jüdische Abstammung verheimlichte – im engen Familienkreis fluchte sie sogar gelegentlich über ihre Religion –, sodass viele Nachbarn sie für eine Muslimin hielten. Aber da waren eben ihre blond gefärbten Haare, die hohen Absätze und, als die Mode dies vorschrieb, ihre ultrakurzen Röcke, die ihren strengen Basar-Diskurs über das »überflüssige Zeug« relativierten.

Ihre Freundschaft mit Tante Farah war also die Frucht einer Spaltung. Sie genoss die Gesellschaft dieser kultivierten, humorvollen, jüngeren Frau, die all das lebte, was sie sich einst – im Geheimen vielleicht immer noch – erträumt, aber nie auszusprechen gewagt hatte. Und sie tolerierte die »skandalöse« Lebensweise ihrer Nachbarin nur, solange Tante Farah nicht offen darüber sprach. Wenn die Nachbarinnen es also wagten, in Gegenwart meiner Mutter etwas Schlechtes über Tante Farah zu murmeln, sagte sie konziliant: »Jedes Leben hat seine Tücken.« Und wechselte geschickt das Thema. Aber die Anspielungen der Nachbarinnen waren in der Regel viel subtiler. Niemand sagte in einem vollständigen Satz etwas Diffamierendes über Tante Farah. Zur Heraufbeschwörung grammatikalisch unvollständiger Sätze gesellte sich oft der Körpereinsatz: Augen wurden verdreht, die eine Hand schlug die andere, die Abergläubischen spuckten mehrmals in die Luft, um damit den Einfluss des Satans fern zu halten, womit jedem klar war, wer den Satan in unserem Umkreis herbeirief. Und wenn wir Kinder uns mit gespitzten Ohren in der Nähe solcher Anklagen – meist im Treppenhaus – versteckten, um mehr über das Erwachsenenleben zu erfahren, schickte uns meine Mutter mit einem klaren Befehl wieder weg.

Es war also ziemlich eindeutig, dass Tante Farah etwas Verbotenes machte, aber ich wusste nicht, was genau. Aus meiner kindlichen Perspektive war es nur seltsam, dass sie nicht verheiratet war. Ein oder zwei Mal fragte ich sie nach dem Grund, und sie antwortete: »Wer sagt denn, dass alle Frauen verheiratet sein müssen? Was fehlt mir denn so, wie ich lebe, ha?« Darauf wusste ich keine Antwort. Und dann lachte sie, streichelte mir zärtlich über das Haar und zitierte irgendjemanden auf Englisch.

Tante Farah war eine erfolgreiche Übersetzerin und der einzige Mensch weit und breit, der perfekt Englisch konnte und mir im englischsprachigen Teil meiner Seele Beistand leistete.

Was die Nachbarschaft nicht wusste, war, dass Tante Farah einen Liebhaber hatte, der um einiges älter und verheiratet war. Dass die Nachbarn das Kommen und Gehen von Tante Farahs armenischem Freund Georges nicht mitbekamen, ist mir bis heute ein Rätsel. Er war ein stämmiger, gut aussehender Mann mit graumelierten Schläfen, einem markanten Bauchansatz und einer tiefen Whiskystimme – er war also unüberseh- und unüberhörbar. Und trotzdem schien ihn die nachbarschaftliche Sittenpolizei nie bemerkt zu haben.

Georges war ein Lebemann, besaß mehrere Imbisslokale und verdiente gut. Diese armenischen Kleinrestaurants waren damals eine Art Restaurant und Bar in einem. Wer in aller Ruhe Alkohol trinken wollte, ging zum Armenier. Die Buden sahen oft ähnlich aus: ein schlauchiger Raum mit Neonlicht, zwei drei kleine Tischchen, auf denen Salz, Pfeffer und ein kleines Glas Senf standen, und ein paar Hocker rundherum. Irgendwo gab es auch eine kleine Theke für Gäste, die im Stehen essen wollten. Essen konnte man Sandwiches mit diversen Füllungen; exklusiv bei den Armeniern gab es aber auch Schinken. Georges besaß, wie gesagt, einige dieser Imbissbuden an pulsierenden Stellen der Hauptstadt, und weil es auch in Teheran damals schon viele einsame Seelen gab oder Menschen, die heimlich Schinken probieren wollten, liefen seine Geschäfte gut.

Georges und mein Vater verstanden sich vom ersten Moment an. Beide aßen, tranken und rauchten gern, beide machten gute Geschäfte und kannten *die Welt,* und beide hatten eine große Schwäche für Frauen. Der Rest war ihnen egal.

Niemand hatte je die Frage gestellt, wer dieser Georges war, und niemand bei uns zu Hause sagte etwas über seine Verbindung zu Tante Farah. Von Georges sprach man so, als gehörte er zu Tante Farahs Haushalt, mehr wollte keiner wissen.

Meine Eltern nahmen zur Kenntnis, dass Georges und Farah befreundet waren, und freuten sich, wenn sie mit ihnen zusammen saßen und *Arak* tranken. Niemand sitzt in Persien freiwillig alleine in seiner Wohnung, jeder umgarnt sich nach Möglichkeit mit Gästen, und die waren – bei diesem Liebespaar – nicht selten wir.

Manchmal brachte Georges seine Laute mit und spielte Musik und dann sang mein Vater etwas Unverständliches dazu. Mein Vater kannte kein Lied vollständig, vielleicht den ersten Vers und einen Refrain, den Rest erfand er beim Singen. Oft aber rezitierte Tante Farah, die viele Gedichte und Texte auswendig konnte. Wenn sie Shakespeare in der Originalsprache rezitierte, übersetzte sie die Verse immer ins Persische für meine Eltern, die einige Sprachen, aber nicht Englisch konnten.

Meiner Mutter gefielen die Rezitationen in einer fremden Sprache nicht. Sie fand, sie hätten keine Seele so wie die persischen. Manchmal unterbrach sie Tante Farah bei einer englischsprachigen Rezitation und sagte, heftig gestikulierend: »Komm, Farah, lass diesen Quatsch! *Unser* Land ist die Heimat der Poesie, diese Ausländer verstehen nichts von solchen Sachen. Lass gut sein, verschone uns bitte!«

Farah lächelte in solchen Momenten und widersprach sanft, versuchte, meiner Mutter die ihr unbekannten Bilder zu erklären, aber meine Mutter verstand die ausländische Fantasie nicht und wollte partout nichts dazulernen. Und als Farah bei meiner Mutter immer wieder auf Granit biss, wechselte sie freundlich zu einem persischen Text. Am Schluss ihrer Rezitation schaute sie meine Mutter an und fragte: »Nun, bist du zufrieden mit der Seele?«

Und meine Mutter, die zwar keinen Schulabschluss hatte, aber nie um eine Antwort verlegen war, hielt dann einen Vortrag über die Vorzüge der persischen Sprache, über ihren Reichtum und darüber, dass kein Ausländer (das war das Wort, das sie für die Fremden benutzte) jemals den Unterschied zwischen *Djan* und *Ruh* und den tieferen Sinn von Rumis Versen verstehen würde. Und da sie nicht unterbrochen wurde und daher meinte, mit ihrer Rede alle anderen mundtot gemacht zu haben, bat sie in feierlichem Ton Tante Farah darum, sie möge uns alle fortan mit dem fremden Blödsinn verschonen, worauf alle lachten und ruckzuck ein kleines Glas *Arak* in ihre Kehlen kippten.

Tante Farah war aber auch hartnäckig. Nicht so heftig und aufbrausend wie meine Mutter, sondern auf eine sanfte, diplomatische Art. Sie gab nie nach, und ich freute mich immer darüber, dass sie nicht aufgab, schließlich schlug ein noch nicht ganz festgelegter Teil meines Herzens im fremden Rhythmus.

Kurz nachdem sich alle beruhigt hatten, setzte Farah zu einem Vortrag über den Geist fremder Sprachen an.

»Schätzchen«, sagte sie dann zu meiner Mutter, »natürlich hast du recht mit dem, was du über die persische Sprache sagst. Ist ja klar! Schließlich hat Hafez auf Persisch geschrieben.«

»Na, bitte schön, bitte schön!«, unterbrach meine Mutter sie laut, »Gott möge dich segnen, das hast du nun selber gesagt, nicht wahr? Alle haben es gehört: Hafez hat auf Persisch geschrieben und nicht auf Englisch! Und der wäre gewiss nicht zu blöd gewesen, Englisch zu lernen, wenn es literarisch notwendig gewesen wäre, nicht wahr?«

Darauf Farah wieder: »Ich bin ja mit dir einverstanden, was den Reichtum der persischen Sprache und Literatur betrifft. Aber Persisch ist nicht die einzige Sprache auf der Welt. Jede Sprache hat ihre Seele. Jede Sprache kreiert eine eigene Seele, und wenn sich die Kulturen unterscheiden, dann auch deshalb, weil die Menschen unterschiedliche Sprachen sprechen. Jede Sprache bringt eigene geistig-seelische Zustände hervor.«

»Ja, aber nach deiner Theorie dürften sich die verschiedenen Kulturen ja gar nicht verstehen!«, wendete meine Mutter triumphierend ein.

»Das ist richtig, Schätzchen.« Farah wusste zu gut, wie rechthaberisch meine Mutter war, und sprach jetzt äußerst behutsam mit ihr: »In gewissen Dingen verstehen sie sich auch nicht auf Anhieb oder sogar nie, und trotzdem ist Verständnis möglich, weil jeder Mensch mit seiner eigenen Sprache gelernt hat zu verstehen und daran glaubt, dass Verständnis möglich ist. Ich gebe dir ein Beispiel: Um die persische Seele zu verstehen, muss man das Wort *Ta'arof* verstehen. Ich habs schon tausendmal probiert, unseren ausländischen Gästen im Verlag zu erklären, was das ist, aber ich brachte sie immer nur zum Lachen. Seien wir ehrlich: *Ta'arof* bedeutet doch nichts anderes, als jemandem etwas anzubieten. Nicht wahr?«

»Richtig«, sagte meine Mutter.

»So, aber wir wissen auch, dass *Ta'arof* gleichzeitig die Bedeutung hat, das Angebotene nicht sofort anzunehmen.«

»Es wäre äusserst unhöflich«, ergänzte meine Mutter, »das Angebotene sofort anzunehmen. Niemand tut das.«

»Bravo! Niemand tut das *bei uns*. Aber es ist doch interessant, dass ein und dasselbe Wort, das unseren Alltag von morgens früh bis abends spät, prägt, gleichzeitig ein ganzes System von Verhaltensmustern schafft.«

Meine Mutter schwieg, und die Herren waren in ihrer eigenen Welt, also sprach Farah weiter: »Wir Perser leben von *Ta'arof*. Wir möchten immer, dass der andere teilnimmt an dem, was wir haben, und bieten es an oder tun wenigstens so und der andere muss es annehmen, aber nie beim ersten

Angebot. Das ist sogar so, wenn wir einkaufen gehen, oder? Wenn du den Verkäufer nach dem Preis einer Bluse fragst, sagt er dir nicht sofort den Preis, er sagt vielmehr: Ich bitte Sie, die Bluse ist nichts wert. Nehmen Sie sie als Geschenk des Hauses! Kein Mensch auf der Erde versteht das. Aber kein Mensch käme bei uns auf die Idee, diese Redewendung wörtlich zu nehmen und mit der unbezahlten Bluse aus dem Laden zu laufen. Wir insistieren so lange, bis er uns den Preis nennt. Und dann fangen wir an, zu verhandeln und den Preis nach unten zu drücken – von einem Extrem ins andere. Stimmts oder nicht? Und wenn ich dir ein Stück Kuchen anbiete, sagst du nie beim ersten Mal: Ja danke, ich nehme gerne ein Stück. Sondern du sagst: Nein danke. Dann biete ich dir den Kuchen so oft an, bis du ihn nimmst. Selbst eine Braut darf nicht bei der ersten Frage, ob sie den Mann heiraten wolle, ja sagen. Sie muss dreimal gefragt werden, bis sie ja sagt, nicht wahr?«

Alle schwiegen.

Da ergriff Tante Farah wieder das Wort: »Das könnte ein Zug der persischen Seele sein, das verstehen die Ausländer nicht, da hast du recht. Aber dieser Zug findet sich auch in unserer Sprache wieder, in den vielen Wiederholungen und Spielereien mit den Gegensätzen und im Umstand, dass wir vieles metaphorisch zum Ausdruck bringen, also mit einer gewissen Distanz zu den Dingen.«

»Du willst sagen, wir haben das *Ta'arof* nur, weil unsere Sprache so veranlagt ist.«

»So ganz hundertprozentig kann man das nicht behaupten, aber ich will sagen, dass viele Haltungen, die du Seele nennst, aus der Sprache hervorgehen. Wir kennen diese uns vertrauten Haltungen und Zustände, andere kennen wiederum andere.«

»Was soll ich sagen?«, seufzte meine Mutter. »Aber dann musst du zugeben, dass unsere Sprache doch mehr Seelenstoff anbietet als andere. So falsch lag ich also doch nicht mit meiner These.«

»Nein, so falsch ist deine These nicht, aber ich wollte dir nur erklären, dass es auch andere geistig-seelische Haltungen gibt, die uns nicht auf Anhieb vertraut sind.«

»Wie auch immer! Ich für meinen Teil muss einfach gestehen, dass mir die ausländische Poesie nicht gefällt, was auch immer der Grund dafür sein mag. Man kann sich doch nicht zwingen, etwas zu mögen.«

»Liebe Philosophinnen, jetzt reicht's! Lasst uns den *Arak* genießen!«, verkündete mein Vater. »Ihr habt beide recht, die persische Sprache hat mehr Seele, und andere Sprachen haben auch eine Seele. Und jetzt trinken wir auf die Liebe, die ist wichtiger als die Seele.«

Dass wir Kinder bei diesen Anlässen mit dabei sein durften, war normal. Kinder sind im Iran immer dabei und werden nie ausgeschlossen. Ich kann mich an etliche Einladungen erinnern, an denen um Mitternacht viele Kinder liegend oder sitzend auf den Stühlen eingeschlafen waren und zu noch späterer Stunde, von den Eltern geweckt, halb schlafend ins Auto taumelten. Oft schliefen wir Kinder im Auto erneut ein und mussten eine weitere Tortur über uns ergehen lassen, weil ja der Transfer vom Auto ins Bett noch ausstand. Bei allem hierarchischen Denken, das die persische Kultur prägt: Den Kindern wird immer mit viel Liebe und Respekt begegnet, und da die Gemeinschaft über allem steht, ist es keine Frage, dass man die Kinder nicht alleine lässt – und deshalb sind sie immer dabei.

So waren auch wir bei Tante Farahs nächtlichen Zusammenkünften fast immer zugegen, und während meine jüngere Schwester irgendwann auf dem Boden einschlief, trug ich eine Schlacht gegen den Schlaf aus, da ich, obwohl mir vieles schleierhaft war, nichts verpassen wollte. Einzelne Sätze oder Worte, deren Sinn mir zwar nicht verständlich war, die mich aber beeindruckt hatten, wiederholte ich für mich, da ich das Gefühl hatte, dass sie wichtig waren.

Oft stellte ich tags darauf solche Diskussionen vor dem Spiegel nach. Dabei war die Rollenverteilung klar: Ich spielte Tante Farah, während meine Mutter nur als Off-Stimme an der Debatte teilnahm. Da ich vor dem Spiegel unbedingt die magischen fremden Wörter auf der eigenen Zunge spüren wollte, waren die Sätze, die ich mit diesen Wörtern nachbildete, oft merkwürdig. Das kam mir jedenfalls so vor. Ein seltsames Gefühl, Sätze zu bilden, die man selbst nicht versteht! Aber darum ging es ja nicht. Es ging um den Geschmack eines Wortes wie *System* oder *Verhaltensmuster*. Das Wort *Philosoph* liebte ich besonders. So stand ich also vor dem Spiegel und deklamierte: »Es kommt auf die Verhaltensmuster der Philosophen an.« Oder: »Das ist ein kompliziertes System, das man nicht hundertprozentig erklären kann.«

Oder: »Auch die Ausländer haben eine Seele.«

Diese Übungen fanden im Schlafzimmer meiner Eltern statt, da der Frisiertisch meiner Mutter den einzigen großformatigen Spiegel in der Wohnung hatte. Manchmal nahm ich auch eine Bürste zur Hand, die mir als Mikrofon diente, und brachte der Bürste das Wort *Kultur* bei. Die alte Plastikbürste, ein Relikt jener legendären Europareise, war geduldig und nahm alles hin. Gelegentlich kam es vor, dass meine Mutter den Kopf in ihr Schlafzimmer steckte, um zu schauen, was ihre Tochter dort machte. Als sie meine merkwürdigen Sätze registrierte, schüttelte sie den Kopf. »Hast du sonst nichts zu tun im Leben?«

Ich antwortete leise: »Offensichtlich nicht.«

Aber sie ließ mich gewähren. Sie selbst hätte keine bessere Idee gehabt, was ich im Leben tun sollte.

Es gab noch etwas, was Tante Farah mir flüsternd mit auf den Weg gab.

»Vergiss nicht, ihr werdet wie Prinzessinnen behandelt – und dann wie Viehfutter irgendeinem Mann vorgeworfen. Es liegt ganz an dir, das nicht geschehen zu lassen. Do you understand me?«

Ich verstand sie halbwegs. Die Ungerechtigkeiten, mit denen man Mädchen und Frauen behandelte, waren selbst für ein Kind offensichtlich. Wie oft hatte ich den Satz gehört, dass eine Frau, die nur Töchter hatte, eine Unglückliche war. Man nannte sie so: die Unglückliche. Meine Mutter gehörte also zu dieser Kaste.

Zu allem Überdruss war sie auch noch die Mutter dreier Töchter geworden und blieb in diesem Punkt im Vergleich zur ersten Frau meines Vaters für immer im Rückstand. Diese hatte ihm von sechs Kindern immerhin drei Söhne geschenkt.

Ich verstand daher Tante Farah sehr wohl, aber ihr ging es um mehr. Tante Farah ging es um die Liebe. Und wann immer sie mit mir über die Liebe sprach, flüsterte sie mir ins

Ohr. Ich glaube, sie hatte sonst niemanden, mit dem sie über Liebe hätte sprechen können. Ein junges Mädchen von neun Jahren war das einzige Wesen, dem Tante Farah sich anvertrauen konnte.

»Listen! Never say no to love! Hast du verstanden? Aber nimms nicht zu ernst!«

Ich nickte wie ein braves Pferd, und obwohl wir alleine waren, flüsterte auch ich ihr ins Ohr: »Aber warum? Why?«

»Because they all lie. Psssst!«

»Wer?«

»Alle, auch die, die Liebesromane schreiben.«

Von heute aus betrachtet, hatten wir nicht so lange mit Tante Farah zu tun, höchstens zwei Jahre dürften es gewesen sein, danach zogen wir in einen anderen Stadtteil und verloren bald den Kontakt zu ihr. Aber sie blieb der Leuchttum meiner Kindheit.

Dezennien später fragte ich eines Tages meine Mutter, ob sie je wieder etwas von Tante Farah gehört hätte. Meine Mutter antwortete kühl: »Farah? Sie hat sich vor Jahren das Leben genommen.«

Meiner zugeschnürten Kehle entkam zunächst kein Ton. Zu groß war der Schock darüber, wie meine Mutter über den Tod der einstigen Freundin sprach. Nur ein leises »Warum?« kroch aus mir heraus.

»Was hätte sie sonst tun sollen?«, sagte sie ruhig. »Das war doch kein Leben.«

3.

Das war doch kein Leben. Aber was war es denn, das Leben? Meine Mutter erweckte den Eindruck, eine Antwort auf diese Frage zu haben, die sie mir aber nicht verriet. Das Leben schien jedenfalls etwas zu sein, das auch bei uns nicht vorkam, das hörte ich immer wieder von ihr, dass es kein Leben war, was wir führten. Das Leben war immer woanders. Es war die ordentlich getragene Schuluniform einer Klassenkameradin, die Reise einer Nachbarin in die USA, der nette Ehemann einer Bekannten – das Leben war etwas, was einer Mutter zuteil wurde, die Söhne hatte und von diesen verwöhnt wurde, auch das.

Das Leben war nicht bei uns und für mich fand es immer dort statt, wo ich nicht war. Ich fing mit sieben oder acht an, nach dem Leben zu fragen, und meinte schon bald, es dort zu finden, wo mir fremde Geschichten erzählt wurden. Das schien das Leben zu sein: eine unbekannte Geschichte.

Ich weiß nicht, ob man mit acht Jahren schon 1001 *Nacht* lesen muss, nur weil man in einem orientalischen Land lebt. Aber eine Auswahl aus 1001 *Nacht* war das erste Buch, das ich zum Geburtstag von mir unbekannten Gästen geschenkt bekam. Ein interessantes Buch, wie sich herausstellte, da ich jedes zweite Wort der in gehobener Sprache verfassten Geschichte nicht richtig entziffern konnte und so gezwungen war, mir verschiedene Alternativen für den Werde- und Ausgang einer Geschichte vorzustellen. 1001 *Nacht* wurde in meiner Hand zu einer Art Multiple Choice und ich weiß bis heute nicht, ob das, was *ich* gelesen habe, auch wirklich mit jenem Text zu tun hat, der sich 1001 *Nacht* nennt.

Ich las gerne, obwohl mir nicht klar ist, woher ich diese Behauptung nehme, denn im Primarschulalter gab es für mich nicht viel zu lesen. Zudem war ich wie alle anderen Schulkinder so sehr mit den unmenschlich vielen Hausaufgaben beschäftigt, dass mir keine Zeit blieb, nebenbei noch Bücher zu lesen. Für die Schule mussten wir dauernd ganze Texte, während der Schulferien nicht selten sogar ein ganzes Buch abschreiben. Wir mussten so viel abschreiben und auswendig lernen, dass die wenigsten nebenbei noch Zeit fanden, ein Kinderbuch zu lesen. Uns las auch keiner je vor. Kein Wunder, dass unser Schulbuch aus dem Persischunterricht für mich lange Zeit das größte Vergnügen bedeutete. Ich hatte meistens am Anfang des Schuljahres das neue Buch schon ganz gelesen. Vor allem Jahre später, als das Schulbuch nicht mehr der Rechtschreibung gewidmet, sondern eine bunte Quelle der Literaturvermittlung war, verschlang ich all die Texte und rezitierte sie vor dem berühmten Spiegel, als seien sie eigene Vorträge gewesen. Richtige Bücher kamen erst mit zwölf in mein Leben.

Außer jener ominösen Sammlung aus 1001 *Nacht* besaß ich als Kind keine Bücher. Dafür lagen etliche Frauenzeitschriften und zweimal am Tag die Zeitung bei uns herum. Die Frauenzeitschriften gehörten einem Lesezirkel, weshalb man sie äußerst behutsam in die Hand nehmen musste. Viermal in der Woche war gegen 17 Uhr nachmittags zunächst der brummige Lärm eines Motorrads, das vor unserem Haus anhielt, und danach das Knallen der Zeitschrift auf dem Korridorboden zu hören. Dann eilte meine Mutter jedes Mal wie ein Kind zu ihrem Glücksobjekt. Die Zeitschriften waren bunte Botschaften jenes Lebens, das sich bei uns nicht ereignen wollte.

4.

Es war nicht klar, was das Leben war, aber das Leben hatte einen Duft. Diesen Duft verströmte es immer während der persischen Neujahrsfeierlichkeiten, *Noruz*, die mit dem Jahreswechsel am 21. März begannen. Vor diesem Fest fand stets der große Frühlingsputz statt. Nebenbei wurden die Vorbereitungen des Festes in Angriff genommen. Beim Jahreswechsel deckt man einen Tisch, den man *Haftssin*, also sieben »s«, nennt, weil auf ihm sieben vorgeschriebene Sachen zu stehen haben, die alle mit dem Buchstaben »s« beginnen. Bei unserem *Haftssin*-Tisch kamen selten die sieben Sachen zusammen, oft fehlte der eine oder andere s-Gegenstand, aber auch wir deckten den rituellen Tisch, der während der Feiertage so stehenbleibt. Das Schönste an den Feiertagen war, dass die Mutter uns neue Kleider nähte und wir neue Schuhe bekamen. Welche Aufregung! Meine roten, höchst unbequemen Lackschuhe, die ich zu einem der Neujahrsfeste bekommen hatte, mochte ich so sehr, dass ich mit ihnen auch nachts ins Bett ging.

Auf den *Haftssin*-Tisch kommen ein paar weitere Requisten dazu, die eine symbolische Bedeutung haben, wie ein Spiegel, ein heiliges Buch und Goldfische. Wir Kinder liebten die Goldfische. Meist bekamen sie von mir und meinen Schwestern Namen, und von diesem Moment an gehörten sie zur Familie. Wir verbrachten viel Zeit vor der Bowle mit den kleinen Fischen und redeten sogar mit ihnen. Für mich waren sie ein willkommener Anlass, meinen jüngeren Schwestern selbsterfundene Geschichten über Goldfische zu erzählen. Aber wehe, wenn eines der kurzlebigen Tierchen unerwartet früh das Zeitliche segnete! Das war eine Tragödie, die wir Kinder mit einer würdigen Beerdigung gut zu spielen wussten. Keine von uns hatte je einer Beerdigung beigewohnt. Was wir da nachspielten, kannten wir von Fernsehfilmen. Wir beerdigten den Goldfisch nach christlich-amerikanischem Brauch. Wir legten ihn in eine Streichholzschachtel, die wir zuerst mit Stoffresten, die von den Näharbeiten meiner Mutter übrig waren, tapezierten. Ich trug als Älteste den Pseudosarg auf der Handfläche und meine Schwestern folgten mir feierlich in den Garten, wo wir unserem Goldfisch in einer kleinen Grube die letzte Ruhe gewährten. Am Grab des Fisches wurde ein mit Ästen oder mit Streichhölzern gebasteltes Kreuz angebracht. Ein Begräbnis hatte in unserer Fantasie christliche Züge. Nicht selten wurde die Grabstelle auch einige Zeit nach der Beisetzung noch einmal feierlich aufgesucht, bis auch dieses Ritual sich mit der Zeit auflöste.

Es ist üblich, dass man Personen, mit denen man tagtäglich verbunden ist, wie dem Straßenreiniger oder dem Zeitungsboten, den Lehrern und Lehrerinnen, zum Neujahrsfest etwas schenkt. Mein Vater importierte eine Zeit lang Kristallgläser und Porzellanfiguren aus den sagenumwobenen europäischen Ländern. Er liebte alles, womit er handeln konnte, und wurde später ein erfolgloser Grundstücksbesitzer. Aber zu jenem Zeitpunkt war er erfolgreich, besaß gelegentlich sogar zwei Autos und verbrachte bis zu drei Monaten im Jahr in Italien. Mein Gott, Italien! Der eigene Vater war irgendwo draußen auf dem magischen Atlas, dem Abbild der Welt. Und dann noch die vielen Geschenke (wehe, er ging zuerst zu seiner ersten Frau!): Kleider, Schuhe und Schokolade, wie wir sie nicht kannten, und riesige Bananen. Die Kleider, die der Vater von seinen Reisen für mich mitbrachte, rochen immer nach seinem Parfüm und waren immer so schön und anders, dass mich alle Mitschüler auslachten. Unvergesslich ist mir jener dunkelblaue Samthut, der eigentlich eine raffinierte Melone war. Aber welches iranische Kind trägt einen Hut und noch dazu einen aus Samt? Der dunkelblaue Hut wurde für einige in der Klasse ein handfester Anlass, mich zu hänseln. Und bei einer Rauferei kam es eines Tages zu einem Unfall – noch heute trage ich eine Narbe auf dem Arm, weil ich meinen dunkelblauen Samthut retten wollte.

Durch die Importgeschäfte meines Vaters standen in unserem Keller immer kistenweise Waren: Kristallgläser für Whisky, Scotch, Wasser, Vasen und Porzellanfiguren. Auch im sogenannten *Salon* lagen diese Figuren in einer Anrichtekommode: Nackte Frauenkörper, Elefanten, farbige, mit Gold verzierte Gläser und Flaschen. Auf einem der Elefanten thronte eine Barbie, die meine Mutter von *ihrer* Europareise mitgebracht hatte. Eine Barbie mit einem dunkelroten ärmellosen Rollkragenpullover, weißen Caprihosen, weißen Cinderella-Sandalen. Ihr langes blondes Haar war mit einem weißen Haarreif aus dem Gesicht in die Barbieewigkeit befestigt worden. Es war strikt verboten, mit der Barbie zu spielen, sie gehörte meiner Mutter. Also schauten wir Kinder immer wieder sehnsüchtig auf die in der Anrichtenhöhe triumphierende Elefantenreiterin, die in unserem Haushalt nie eine Konkurrentin bekam.

Zum Neujahrsfest schenkten wir meiner Lehrerin in der dritten Klasse eine Porzellanfigur. Sie war richtig glücklich über das in meinen Augen nicht so tolle Geschenk. Bei uns standen diese Figuren in unserem gigantischen Keller herum, der im Sommer meinen Eltern als Siestaraum diente, weil es dort kühl war, und dieser Frau kamen fast Tränen, so sehr freute sie sich über das Geschenk. Heute gehe ich davon aus, dass diese Porzellanfigur eine wichtige Rolle in meinem Leben gespielt hat. Dazu muss ich eine Geschichte nachschieben.

Ich war in der Primarschule eine mittelmäßige Schülerin. Im Rechnen war ich nicht besonders talentiert, in den englischsprachigen Fächern hatte ich zu Hause keine Unterstützung und im Schönschreiben war ich zu nachlässig – das Einzige, was mir der liebe Gott geschenkt hatte, war die Gabe, nicht auf den Mund gefallen zu sein. Fatalerweise saß ich in der dritten Klasse neben einem Mädchen, das äußerst fleißig war, was an ihrem prächtigen Schreibheft abzulesen war. Sie besaß aber auch ein Etui, wie ich es in meinem ganzen Leben nicht besessen habe, mit Kugelschreibern in allen Farben und bezaubernden Farbstiften, und ihr Heft war immer schön geschmückt mit allerlei Bildchen, die sie in ihr Heft geklebt hatte, oder ihren eigenen Zeichnungen. Daneben sah mein Schreibheft wie das Manifest der Nachlässigkeit aus. Alles in einer einzigen Farbe, lausig dahingekritzelt und jede Seite unten eingerollt, sodass das ganze Heft um einiges dicker als die Hefte der anderen aussah. Manchmal bügelte mir meine Mutter die eingerollten Seiten flach, aber man sah trotzdem die Knitterspuren, und ganz glatt wurden die Seiten nie.

Eines Tages verkündete die Lehrerin, die von meinen Eltern mit der Porzellanfigur beschenkt worden war, dass sie alle Schreibhefte kontrollieren wolle, um festzustellen, wie wir schrieben: »Diejenigen mit der schönsten Handschrift«, sagte sie, »dürfen fortan mit einer Füllfeder schreiben.«

Dann ging sie geduldig von Bank zu Bank und blätterte die Schreibhefte von vorne nach hinten durch. Währenddessen kritzelte ich mit meinem Bleistift einen Baum auf unsere Holzbank. Und siehe: Der Baum trug sofort Früchte! Ausgerechnet meine nicht besondere Schrift im unordentlichen Heft gewann unerwartet die Misswahl in Schönschrift. Natürlich erkannte mein kindliches Bewusstsein nicht, dass es vielleicht die Porzellanfigur war, die mir diesen Sieg eingebracht hatte. Daran dachte ich keine Sekunde.

Der Stolz, dass ich als eine der Ausnahmen in der Klasse mit Füllfeder schreiben durfte, wurde zum Ansporn, mehr und mehr zu schreiben. Reden konnte ich ja. Ich erledigte fortan vieles schriftlich, um meine schwarze Füllfeder mit dem grünlich marmorierten Mittelteil Marke Senator so oft wie möglich einzusetzen. Ich beschloss sogar, Ärztin zu werden, um viele Rezepte schreiben zu können. Das schien mir damals der einzige Beruf zu sein, bei dem man viel zum Schreiben kam und die Füllfeder einsetzen konnte. Ein Jahr später, als ich eines Abends die Trauer meiner Mutter über die Abwesenheit meines Vaters spürte, trieb mich etwas zum Papier. Das Rezept, das ich jetzt verschreiben wollte, sollte meine Mutter trösten. Dieses Rezept wurde unfreiwillig zu einem Gedicht. Ich las es ihr vor, und sie war zu Tränen gerührt.

»Bravo«, sagte sie schließlich. »Ich wusste immer, dass du sehr talentiert bist.«

Von nun an erteilte sie mir gelegentlich die eine oder andere mütterliche Empfehlung in Sachen Schriftstellerei und Literatur und begründete sie dann mit einem Satz wie: »Große Schriftsteller tun das«. Wie die Maria zum Kind war ich zu einem Gedicht gekommen, und schon war da die Rede von Tolstoi und Balzac. In etwas aber hatte sich meine Mutter nicht getäuscht: Es wurde ernst mit dem Schreiben.

Das Klagegedicht gegen meinen Vater war nur der unvorhergesehene Anfang, aber von diesem Augenblick an betrachtete ich mich als Schriftstellerin – mit oder ohne Füllfeder wollte ich nur noch eins: Gedichte schreiben, Geschichten erzählen und auf keinen Fall Ärztin werden. Meine Rezepte waren von nun an Gedichte. Alles, was mich bewegte, wurde zu einem Gedicht verarbeitet: alltägliche Vorkommnisse, Wünsche, Träume. Das Wortfieber hatte mich gepackt. Ich begann sogar Wörter zu sammeln. Ich legte ein Sprichwortheft an, ein anderes Heft galt Metaphern und Sätzen, die mir aus anderen Büchern gefallen hatten. Zu dieser Zeit komponierte ich sogar gelegentlich Musik zu meinen Gedichten, allerdings ohne Notenkenntnisse. Ich sang meine Lieder und hatte eine klare Vorstellung von meinen Melodien. Eines meiner Lieblingsspiele in jener Zeit war die Nobel-Party. Ich hatte keine Ahnung mit neun oder zehn, wer den Literaturnobelpreis je bekommen hatte und warum, aber ich wusste, dass es ihn gab. Ich organisierte fiktive Preisverleihungen und Partys vor dem Spiegel und überreichte mir, immer mit der Haarbürste meiner Mutter in der Hand, den Literaturnobelpreis. Da mir dafür ein Pseudonym unweigerlich nötig schien, erfand ich auch schnellstens einen literarischen Autorennamen für mich selbst. Meine Initialen ergaben das persische Wort für das Kaspische Meer. Dank einer Porzellanfigur entdeckte ich das Wasser.

5.

In der fünften Klasse der Primarschule schrieb sich buchstäblich ein neuer Stoff in mein Leben ein.

Wir hatten damals im Persischunterricht einen sehr strengen Lehrer alter Schule. Ein hagerer frommer Mann, der gar nicht zum Minijupe-Geist der versammelten Missen in meiner amerikanischen Schule passte. Dieser Lehrer hatte als gläubiger Moslem beschlossen, dass die Mädchen und Jungs nicht nebeneinander sitzen durften. So saßen wir einzig in seiner Stunde wie in der Moschee: die Jungs auf der einen Seite und wir Mädchen auf der anderen Seite des Klassenzimmers. Zwei, die die Klassenordnung stets störten, waren mein bester Freund Nima und ich. Zur Strafe für unser schlechtes Benehmen wurden wir abwechselnd versetzt. Entweder musste ich bei den Buben sitzen oder Nima hatte bei den Mädchen Platz zu nehmen. Der streng gläubige Lehrer, der für seine handgreiflichen wie auch verbal beleidigenden Interventionen berüchtigt war, hielt dies für eine Strafe, wenn wir nicht unserem Geschlecht zugeordnet platziert waren. Einmal, als Nima wieder bei den Mädchen sitzen musste, warf er mir von hinten ein Stück Papier auf meinen Rock. Ein kleiner Zettel mit seltsamen Worten, die ich nicht entziffern konnte. Das Gekritzel ergab keinen Sinn. Also drehte ich mich mit einer fragenden Geste zu Nima um. Dieser flüsterte: »Lies alles verkehrt!« Und ich las: »Ich liebe Ch.« – das war ich. Mein kaum zehn Jahre alter Kopf wusste noch nicht, was eine Liebeserklärung bedeutete, da stand der groß gewachsene Lehrer mit seinem dürren und finsteren Gesicht schon neben mir und verpasste mir eine Ohrfeige, die so heftig war, dass ich dachte, einen Zahn verloren zu haben. Ich vergoss während der ganzen Pause warme Tränen über die Schmach der Ohrfeige und erfuhr nebenbei von einer lieben Klassenkameradin am Pfosten des Volleyballnetzes, an den ich mich geklammert hatte, dass Nima auch ihr einen solchen Brief geschrieben hatte.

Diese Geschichte hatte sich zu einem Zeitpunkt ereignet, als meine Brustwarzen sich zu zwei Knöpfen verwandelt hatten und in meiner Schamgegend dillähnlicher Flaum sich scheu angekündigt hatte. Ich zeigte mich von da an nicht mehr nackt und machte einen Aufstand, wenn meine Mutter plötzlich ins Badezimmer hineinplatzte. Ihr Kommentar zu meinem Protest gegen ihre unerwünschten Besuche war lediglich: »Sie meint, sie sei Brigitte Bardot.«

Mit zehn Jahren schrieb ich zu jeder Gelegenheit. In meinen ersten Gedichten verfasste ich eine Art Lebenschronik. Alles wurde zum Anlass, in Verse gefasst zu werden. Es gab ja sonst nichts. Das Leben als Reim wurde zu einem außerordentlichen Ereignis.

Mein Vater hatte damals angefangen, sein Geld in Grundstücke zu investieren. Ein Grundstück mit vielen Nuss- und

Mandelbäumen befand sich mitten in der Wüste. Ein anderes, zehn Hektar groß, das später dazu kam, lag am Kaspischen Meer, aber leider nicht direkt am Meer, sondern gut zehn, fünfzehn Kilometer vom Wasser entfernt. Wenn man je das Alburz-Gebirge durchbohren und eine Autobahn von Teheran zum Kaspischen Meer bauen würde, so hatte das mein geschäftstüchtiger Vater gedacht, würde diese durch seine Ländereien führen und er wäre dann ein reicher Mann. Die Autobahn wurde nie gebaut, obwohl Generationen von Regierungen darüber debattierten, neuerdings sogar mit chinesischen Spezialisten. So fährt man noch heute über zwei gefährlich schmale, kurvenreiche und schlecht asphaltierte Passstraßen von Teheran an das Kaspische Meer.

Einige Male sind wir Kinder mit meiner Mutter alleine mit dem Bus ans Meer gefahren. Bei jeder Kurve schickte die vorwiegend muslimische Busbesatzung einen Segensgruß dem Propheten und seiner Familie. Für mich als Kind war es lustig, mit anzusehen, wie unbekannte Menschen plötzlich einen Chor bildeten und sich bloßstellten – unter vorgehaltener Hand kicherte ich wohl auch deshalb, weil meine Mutter an dieser Aktion teilnahm; aus Spaß oder aus Angst, weiß ich nicht, aber auch sie schickte Mohammed und seinem Stamm bei jeder Kurve einen Segensgruß.

Von dem Moment an, als mein Vater anfing, Grundstücksbesitzer zu spielen, wurde er ein Besessener. Er vernachlässigte zunehmend seine Kerngeschäfte und verlor sich in seinen neuen Visionen. In Norden legte er Blumenplantagen an, in der Wüste hegte er den Wunsch, Baumnüsse und Mandeln zu ernten. Mehrmals wöchentlich fuhr er über die langen staubigen Straßen (man kann sich das Ausmaß des

Staubs im Orient nicht vorstellen, wenn man ihn nicht gesehen hat), um zu schauen, was auf seiner Erde geschah, aber es geschah nichts. Die Verwalter der Grundstücke, in der Regel Bauern, die aus der Gegend stammten, behaupteten immer wieder, es habe Missernte gegeben, und zeigten große Fantasie bei ihren Erklärungen: Mal waren es die Vögel, die bei der Ernte schneller waren als sie, mal soll ein bösartiges Gewitter der Flora den zarten Atem genommen haben – »Inschallah, klappt's nächstes Mal, Inschallah!«, sagten sie dann und spendeten Trost.

Was vom ersten Grundstück übrigblieb, brachte der Vater regelmäßig mit nach Hause. Dann lagen große schwere Jutesäcke bei uns im Wohnzimmer herum. Was noch nicht alles war: Tagelang musste ich am Boden sitzen und mit einem Hammer in der Hand die Nüsse knacken. Unter mir und den Nüssen hatte die Mutter ein altes Sommerkleid von sich ausgebreitet. Auch darüber schrieb ich Gedichte.

Manchmal durfte die ganze Familie den Vater bei seinen Reisen begleiten, was ich trotz aller Strapazen aufregend fand. Das Landleben war Abenteuer pur: Der Mann, der den Nussgarten in der Wüste pflegte, einer aus dem persischen Azerbaidjan, der Persisch mit türkischem Akzent sprach, war mit seinen himmelblauen Augen eine Attraktion. Er behauptete, dass Menschen mit blauen Augen besser sehen würden als andere, was ich ihm glaubte und weshalb ich mir Sorgen machte. Meine Augen waren nicht blau.

Die Nächte in der Wüste gehörten den Sternen und den Grillen. Ansonsten fühlte man sich allein auf der Erde. Bei unserer Ankunft im Dorf warfen sich die Dorfkinder auf das Auto, liefen ihm nach und wollten es anfassen. Wir waren vielleicht nur zwei 200 Kilometer von Teheran entfernt, aber mir kam es hier wie auf einem anderen Planeten vor, der mich zwar erheiterte, den ich jedoch nicht gerne roch. Hinzu kam, dass Spielen mit diesen Kindern, denen der Popel stets an der Nase hing, nicht möglich war. Wenn man sie etwas fragte, lächelten sie und husch, weg waren sie. Und wenn sie etwas sagten, verstand ich sie nicht, weil sie einen Dialekt sprachen. So freudig jede Reise begann, so froh war ich, als ich wieder zu Hause war und nicht mehr den Schafsgeruch eines Dorfes atmen musste.

Auf den Grundstücken am Kaspischen Meer war es ganz anders. Da gab es keine Schafe, sondern nur Grün und noch mehr Grillen als in der Wüste und eine tropisch schwüle Luft, die in den Sommermonaten nach Reis roch und von der man nach zwei Stunden schon lockige Haare bekam. Ich fand mich dort mit den vielen, mir neu gewachsenen dunklen Locken schön. Allerdings brachten auch die Blumenplantagen nichts, außer dass mein Vater ein paar Mal mit einem Auto voller Gladiolen zu Hause ankam und wir die Blumen – Hunderte, Tausende – im ganzen Quartier verteilen mussten, da sie sonst vergeblich gelebt hätten. Auch darüber schrieb ich Gedichte.

Und ganz allmählich schlichen sich Bücher mit fremden Autorennamen in mein Leben. Sie erzählten einem auch ständig etwas über eine andere Welt: Hugo, Brecht, Fallaci, Wilde hießen sie. Da die Übersetzungen oft nicht gelungen waren, verstand man nicht immer alles, aber die fremden Autoren waren starke Magnete, zumal sie verboten waren.

Meine Mutter wollte nicht, dass ich Romane lese (»Sie verderben deinen Kopf«, sagte sie), und machte mir eine orientalische Szene, wenn sie mich mit einem Roman erwischte, aber ich war schon verdorben. Ich gründete mit ein paar Mädchen aus meiner Klasse im Vorgymnasium eine kleine Bibliothek in unserer Schule und wollte mir so den Weg zu den Büchern ebnen. Im Untergeschoss, wo sich die Toiletten befanden, gab es einen kleinen Raum, der vermutlich als Abstellkammer gedacht war. Zwei meiner Freundinnen hatten mit ihrem Antrag bei der Schulleitung Glück und man überließ uns die winzige Kammer. Es gab bald an die fünfzig Bücher in unseren Regalen und wir lasen viel, denn Lesen bedeutete, träumen zu dürfen, und dies kam uns wie Freiheit vor.

In den großen Pausen durften wir uns also in die winzige Bibliothek zurückziehen. Das war ein Privileg – und ich war stolz darauf.

Meine Freundinnen waren körperlich schon viel weiter als ich und schienen Dinge zu wissen, die mir nicht bekannt waren. Jedenfalls machten sie Anspielungen, die ich nicht verstand, die ihnen aber stets großes Gekicher entlockten. Aus der Sicht meiner Mutter waren sie die Unanständigen der Klasse, aber ich wollte zu ihnen gehören und meine Zeit nicht mit jener anständigen, durchaus liebenswerten Klassenbesten verbringen, die mir als Freundin empfohlen worden war. Was mich mit dieser allerdings verband, war mein Körper: Wir gehörten beide, sie noch mehr als ich, zu den Kleinsten der Klasse. Während die meisten Mädchen bereits von der Weiblichkeitssonne geküsst worden und in ihrem Gebaren schon Frauen waren, wirkten wir beide noch sehr jungmädchenhaft. Ja, es waren gewiss unsere unreifen Körper, die uns verbanden.

Der Blick in die Vergangenheit kommt mir vor wie der Blick in eine Gemäldegalerie, die sich zu keiner Stilrichtung bekennt. In langen, oft kahlen Gängen und Hallen hängen Tableaux und Porträts aus verschiedenen Epochen, zwischendurch wird ein Kurzfilm in Zeitlupe auf eine Wand projiziert und vielleicht stellt sich sogar eine skulpturale Kostbarkeit auf einem Podest zur Schau, aber das Ganze fügt sich nicht zu einer in sich stimmigen Landschaft. Die Vergangenheit grinst wie eine brennende Giraffe.

Das Schicksal hatte mir das Schreibenwollen in mein Lebenstuch gestickt, mir Bücher geschickt und irgendwann kleine Mofas fahrende Jungs im Quartier, die mir spätnachmittags unter duftenden Jasminbäumen Zeichen sandten, die mein Herz klopfen ließen.

Im Helldunkel der sich davonschleichenden Kindheit wuchs mir abends eine zärtliche Röte auf den Wangen, die ich jenen Zeichen zuschrieb, die mich so unerwartet berührt hatten – ein berauschendes, bisher unbekanntes Gefühl. Und das Ganze mit einem Körper, der auf einmal eigene Wege ging und mich täglich in Staunen versetzte über die neue Gestalt meines Selbst, das ich aber noch nicht war. Trotzdem aufregend, Jeans anzuziehen und die fremden neuen Rundungen, die sich wie angeschraubt anfühlten, zur Schau zu stellen.

Das Leben meldete sich an, tagtäglich mit herbeigesehnten Zeichen und anderen, die fremd und beängstigend waren. Und ich hatte mir vorgenommen, so schnell wie möglich so zu werden wie Oriana Fallaci, die Welt zu bereisen und zu schreiben. Ich malte mir mein künftiges Leben im

Detail aus. In diesem fantasierten Leben lebte ich im Ausland und sprach viele Sprachen. Ich stellte mir vor, wie mein Zuhause aussah und was ich trug, was ich tat und wer mich liebte, und zu diesem Lebensgefühl, das ich mir auf einem alten, mit senffarbenem Kunstleder bezogenen Sessel in den ereignislosen, von der Hitze gärenden Sommermonaten meiner Jugend vorstellte, gehörte auch frisch gepresster Orangensaft als Inbegriff eines gelungenen Lebens, eines Lebens in Saus und Braus. So nah lagen die Dinge beieinander: Schreiben, im Ausland sein, Erfolg haben, Geld und frisch gepressten Orangensaft. Das Letztere hatte vermutlich ein wenig mit den Vergleichen meiner Mutter zu tun. Gab's mal Erdbeeren zu essen, dann hieß es: »Das ist das Dessert des Schah«, und so freute sich die Mutter über ihre Nähe zum königlichen Vergnügen.

In diesem umschlungenen Tête-à-Tête mit mir selbst, im Fokus der wohlgemeinten familiären Bestrahlungen, trat ein unvorhergesehenes Ereignis schicksalhaft in mein Leben. Ein Wunsch ging unerwartet in Erfüllung und brachte das undurchsichtige, aber geschützte Chaos meines fantasierten Lebens auf eine erschütternd fremde Bühne. Seither weiß ich: Es ist Vorsicht angeraten, wenn man sich etwas wünscht, denn Wünsche gehen in der Regel in Erfüllung.

6.

Meine Schwester Mirella war nur drei Jahre jünger und laut Familienlegenden schon als Säugling ganz anders als ich. Während sich meine Mutter wegen meines Essverhaltens immer wieder in größten seelischen Krisen befand – ich aß als Kind sehr ungern – soll Mirella gerne und viel getrunken haben und im Gegensatz zu mir ein sehr friedliches Kind gewesen sein. Ich war das knochige, aufgeweckte und wissbegierige Mädchen, während Mirella, stets leicht pummelig und mit rosa Pausbäckchen, ein ruhiges, zufriedenes Kind war, das von allen geliebt wurde. Mein Trumpf gegenüber Mirella war nicht nur der Altersunterschied, sondern dass ich meinen Wissensvorsprung, vor allem wenn ich unsere Mutter in der Nähe spürte, zu meinen Gunsten zu inszenieren wusste. Mirella las ungern, Schreiben war ihr ein Greuel, zudem war sie ziemlich schlecht in der Schule, was sie persönlich nie beunruhigte. Sie fühlte sich geliebt und musste nicht um Siege kämpfen. Wie sehr genoss ich es, wenn sie von der Mutter für ein schulisches Missgeschick getadelt wurde. Aber Mirella blieb auch in solchen Situationen ruhig, lächelte und machte mit der Hand eine Geste, die sagen wollte: »Reg dich nicht so auf«, was meine Mutter erst recht auf die Palme brachte.

»Du bist ein Schaf. Wie kann dir so etwas egal sein? Eigentlich bist du genau wie dein Vater, dem ist auch alles egal. Du könntest dir ein Beispiel an deiner Schwester nehmen. Sie hat den Kopf nur in den Büchern. Und du?«

Das waren die einzigen Momenten, in denen ich mit aufgeblähtem Hals neben ihr triumphierte. Ich lächelte und nutzte meine Sprachgewalt aus, indem ich die eine oder andere Bemerkung machte, um Mutters Zorn anzuheizen. »Nicht ein Schaf, sondern ein Opferlamm ist sie«, sagte ich beiläufig. Und meine Mutter, die in ihrer Wut dankbar für jede verbale Anregung war, nahm sie sofort auf und wiederholte sie: »Genau, du bist ein Opferlamm.«

Aber Mirella blieb auch dann ruhig. Nie habe ich sie wegen einer Schelte weinen gesehen. Ganz im Gegensatz zu mir schien meine Schwester in einer undurchdringlichen Einheit mit sich und der Welt zu leben. Wenn sie je aus der Ruhe gebracht wurde, dann hatte ich etwas damit zu tun. Jeder Anlass kam mir gelegen, ihr einen Strick zu drehen, sei es bei den gemeinsamen Spielen, bei denen ich sie ständig hereinlegte, was sie oft herausbekam, oder mit ganz alltäglichen Bemerkungen, mit denen ich sie heruntermachte: »Das ist nichts für dich, du verstehst es eh nicht.«

Ein paar Mal, da waren wir beide noch sehr jung, wurde ich sogar handgreiflich. Eines Abends ließ ich den Kinderwagen, in dem sie als Zweijährige saß, auf der Straße an einer gefährlichen Stelle los, nachdem ich dem Wagen mit meinen schwachen Händen einen kräftigen Schubs gegeben hatte. Meine Mutter war außer sich, als sie mich alleine auf der Straße bemerkte, und fegte zur Rettung ihres damals jüngsten Kindes wie ein Tornado dem Kinderwagen hinterher. Es gelang ihr, den Kinderwagen rechtzeitig zu stoppen und eine Katastrophe abzuwenden. Noch Stunden nach diesem Vorfall malte sie meinen schlechten Charakter in bunten Farben aus und prophezeite mir das Leben in der Hölle, in deren Hitze ich ganz alleine schmoren würde. Ich konnte damals nicht richtig verstehen, in welche Gefahr ich meine

Schwester gebracht hatte, obwohl ich mir in meinem kindlichen Neid innig gewünscht hatte, dass sie einfach nur weg war.

Meine dritte Schwester Mina blieb eine fremde Person. Sie kam zur Welt, als ich bereits sechs Flugstunden entfernt von der Familie lebte und keine Lust hatte, diese Distanz zu verkürzen.

7.

Dreizehnjährige halten sich oft für erwachsen. Kaum setzt die kurzlebige Kindheit sie vor ihre Pforten, bläst sich das Gefühl in ihnen auf, sie seien schon groß und welterfahren. Und wenn es Hindernisse gibt, ihre Fantasien auszuleben, kommen sie gemeinerweise immer von den Erwachsenen, was diese zu natürlichen Feinden werden lässt. Zum Feindsein gehört, dass er immer vom Gegenteil ausgeht und dass er kein Verständnis aufbringt. Gründe genug für Dreizehnjährige, einem unfassbaren Trauergefühl nachzuhängen, einem Gefühl, das sich selbst nicht kennt, weil sein Anfang und sein Ende Unwissenheit sind. Es ist kein Zufall, dass die Menschen meist in diesem Alter anfangen, ein Tagebuch zu schreiben. Sich einem Tagebuch anzuvertrauen, ist ein Zeichen der Singularität. Es zeigt, dass man sich bewusst ist, unwiderruflich alleine zu sein.

Erwachsene vergessen, wie man sich in diesem Alter fühlt, und haben höchstens ein Lächeln übrig für die einschneidenden Irrungen dieser Lebenszeit.

Als Dreizehnjährige loderten zwei Wünsche in mir: einen BH zu tragen und nach Amerika auszuwandern. Ich hielt die Erfüllung dieser zwei Wünsche für mein Ticket in die Welt. Den Wunsch nach einem BH wagte ich nicht auszusprechen. Zu groß war meine Scham vor der eigenen Mutter und zu tief meine Angst vor einer spöttischen Absage. Die Welt der Gleichaltrigen war daher für mich in zwei Lager aufgeteilt: in die der glücklichen BH-Trägerinnen und die derjenigen, die zur Versagerfraktion gehören und noch nicht das Zeichen der Frau tragen dürfen. Um in der Welt als Frau anzukommen, bedurfte es eines BHs, und ich quälte mich in den unendlich langen Sommermonaten mit dem Gedanken, wie ich zum Objekt meiner Sehnsüchte kommen konnte.

Das Wort BH hatte ich in meinem dicken, knapp tausend Seiten umfassenden Persisch-Englisch-Wörterbuch mehrfach nachgeschlagen und war nicht glücklich über die Vorschläge. Sie schienen mir etwas altmodisch. Ich war mir sicher, dass das Englische bestimmt ein interessantes Wort dafür kennen musste, und ärgerte mich über den rückständigen Verfasser des Wörterbuches, über seinen mangelnden Sinn für so wichtige Worte. Aber etwas anderes gab es nicht, um meine Wissbegier zu befriedigen. Die Welt war damals ein ruheloser Strom, und man konnte sich in keinem Netz verfangen.

Manchmal, wenn ich alleine zu Hause war, schlich ich mich in das Schlafzimmer meiner Eltern und probierte die Büstenhalter meiner Mutter an, die mir zwar zu groß waren, aber wen kümmerte das schon! Es ging dabei um das Gefühl, das weibliche Symbol des Erwachsenseins auf der Haut zu spüren und, was noch wichtiger war, jenen Abdruck wahrzunehmen, der einer Frau als Ausweis ihrer Existenz diente.

So stand ich manchmal halb bekleidet in dem hell leuchtenden Raum, der mit seinen großen fantasielosen Fenstern auf unseren blumenreichen Garten blickte, vor dem Frisiertisch, der meine Mutter ein Leben lang begleitete, und mit einem BH, der an meinen knochigen Schultern hing, mich aber mit Glück erfüllte.

Damals stand in diesem Schlafzimmer noch ein Relikt aus den guten Tagen der Ehe meiner Eltern: ein aus dunklem Holz gefasstes Doppelbett im sogenannten Napoleonstil. Solche pompösen Möbelstücke erfreuen sich bis auf den heutigen Tag einer ungebrochenen Beliebtheit bei der Bourgeoisie oder in jenen Kreisen, die dieser Kaste angehören möchten.

Der Salon ist in der Regel der größte Raum einer Wohnung, der dem Empfang der Gäste vorbehalten ist, zu denen man eine gewisse Distanz hat und die man gerade deshalb besonders aufwendig bewirtet. Und da man selbst in einem gastfreundlichen Land nicht Tag und Nacht Gäste empfängt, steht dieser Raum meist menschenleer und unbenutzt über das Jahr da. In *gewisser* Weise ist der Salon die Materialisierung des *Ta'arof*: Er stellt dessen grundlegende Leere bloß.

Vielleicht hielt sich niemand so oft in unserem Salon auf wie ich, da ich ihn eine Zeit lang als meine Studierstube benutzte. In diesem Raum mit seinen kolossalen Möbeln, die an drei Wänden entlang aufgereiht und immer bereit waren, eine Armee aus Gästen aufzunehmen, machte ich auch meine ersten Rauscherfahrungen, da ich unbedingt wissen wollte, welches Geheimnis jene bunten fremden Flaschen in sich bargen, ohne die kein ausländischer Film auszukommen schien. Vaters Reisen und seine Weltverbundenheit hatten uns in diesem Salon auch eine Bar beschert, die wie alles andere in diesem Zimmer selten benutzt wurde, da meine Eltern Schnaps und Bier anderen alkoholischen Getränken vorzogen. So lag ich also manchmal mit einem heißen Körper wie gelähmt auf einem der Pseudo-Louis-Möbel, vorzugsweise auf jenem, der durch die Zigarettenglut meines stets rauchenden Vaters gezeichnet war, benebelt vom Martini, der mir seines süßen Geschmacks wegen durchaus gemundet hatte, unfähig jedoch, jenen Aufgaben nachzugehen, die mich eigentlich in diesen Raum geführt hatten.

Wesentlich leichter fiel es mir, meinen zweiten Wunsch auszusprechen. Ich nutzte jede Gelegenheit, um meine Eltern daran zu erinnern, dass ich in Amerika leben wollte. Dass mir dieser – im Vergleich zum ersten – ungewöhnliche Wunsch leichter über die Lippen ging, hatte damit zu tun, dass damals eine große Auswanderungswelle viele Jugendliche und deren Familien erfasst hatte. Wo ich hinschaute, wurden Freundinnen und Freunde als Jugendliche zwecks einer besseren Ausbildung weggeschickt, vorzugsweise in die USA.

Für mich, die das Ausland schon früh auf der Zunge getragen hatte, kam dieses Phänomen wie gerufen. Auf einmal war es *normal*, diesen Wunsch zu haben, obwohl ich bis heute nicht weiß, ob all die jungen Menschen, die von einem Tag auf den anderen, am Anfang oft alleine, in ein fremdes Land aufbrachen, ob auch sie die Sehnsucht nach den fremden Kulturen in sich trugen wie ich. Ich jedenfalls war beseelt davon.

In meinem Tagebuch wurde kein Wort über den ersten Wunsch verloren – aus Scham, vermute ich. Mein zweiter Wunsch hingegen füllte fast alle Seiten. Entweder wurde akribisch darüber berichtet, wer nun die oder der Glückliche war, der das Land verließ, oder es wurden gebetsartig Sätze wiederholt wie dieser: »Lieber Gott, mach, dass ich nach Amerika gehen kann. Ich tue alles für dich, wenn dieser Wunsch in Erfüllung geht.«

Gelegentlich siegte auch der kindliche Trotz, der mit einer gegensätzlichen Aussage den Zauber bewirken soll, dass der Wunsch doch noch erfüllt wird. Eine Art profaner Hokuspokus: »Ich weiß, am Schluss gehen alle weg, nur ich Unglückliche bleibe hier übrig.« Mit solchen Aussagen nimmt man es heroisch auf sich, gegen das Schicksal zu verlieren, und meint sogar, das Schicksal würde den kleinen *vermeintlichen* Betrug nicht bemerken.

Aber hoffnungslose Dreizehnjährige können manchmal Wunder bewirken.

8.

Die erste Revolution der Menschheitsgeschichte hatte nichts mit Unzufriedenheit zu tun. Kopernikus hatte lediglich die These gewagt, die Erde als einen beweglichen Planeten zu denken, der sich um sich selbst und um die Sonne drehte. Nicht mehr die Erde war es, um die sich die Sonne, Mond und andere Planeten drehten, sondern umgekehrt, wie man bekanntlich weiß. Ich aber erlebte eine andere Revolution.

Meine Freundin Fariba zog zusammen mit ihrer Familie nach New York, wie auch der Sohn und die Tochter unseres Nachbarn, die fürs Studium nach New Jersey gingen, ein Freund, mit dem ich drei Mal in der Woche Englischkurse besuchte, brach nach Michigan auf, mein Cousin wurde nach London geschickt, der Sohn einer anderen Nachbarin nach Los Angeles, und nachdem der Ölmangel den Alltag in den Sommermonaten 1978 beherrscht und damit die ersten, zu diesem Zeitpunkt noch unsichtbaren Weichen der Revolution gestellt hatte, brach mein Lieblingsonkel in einer Nacht- und Nebelaktion zusammen mit seiner Familie nach Montréal auf.

Wenn man sich etwas wünscht, dann hat man nur Augen für die Wenigen, bei denen der eigene Wunsch in Erfüllung gegangen zu sein scheint. Ich sah nicht die Millionen, die, so wie ich, in ihrem Land lebten. Mir fielen nur diejenigen auf, die ins Ausland gingen. Und es wurden bald noch mehr.

Bis zu diesem Zeitpunkt wurde ich zu Hause ausgelacht, wenn ich meinen Wunsch vorbrachte.

»Du kannst nicht einmal deine Nase selbständig putzen, was willst du alleine in Amerika?«, hieß es oft. In versöhnlichen Phasen gaben sich meine Eltern etwas nachsichtiger: »Zuerst machst du das Gymnasium fertig und dann kannst du fürs Studium nach Amerika gehen.« Ein Albtraum! Noch vier oder fünf Jahre zu warten, schien mir unvorstellbar. Was tun?

Ich entschied mich dafür, Italienisch zu lernen! Wenn man mich schon nicht nach Amerika schickte, dann wollte ich mich wenigstens auf ein anderes Leben vorbereiten. Und weil mein Vater, wie ich ein paar Mal mit eigenen Ohren hören konnte, fließend Italienisch sprach, sollte Italienisch meine zweite Fremdsprache werden.

Den düsteren Anklagen im Tagebuch wurde alsdann die Beichte hinzugefügt: »Ich will nirgends hin. Ich lerne Italienisch.«

Das in die Jahre gekommene, auseinanderfliegende Sprachbuch meines Vaters wurde mit einem Frauenporträt eingefasst, das ich aus einer im Straßenabfall gefundenen Frauenzeitschrift herausgeschnitten hatte. Danach überzog ich das Buch sorgfältig mit Plastikfolie. Italienisch lernen machte Spaß! Eine vokalreiche Sprache mit nicht allzu schweren Regeln, wie mir schien. Wenn ich ehrlich bin, waren es nicht nur die Fremdsprachenkenntnisse meines Vaters, die mich angespornt hatten, Italienisch zu lernen, sondern ein gewisser Signor Giovanni, den mein Vater eines Abends mit nach Hause gebracht hatte. Allein schon *Signor Giovanni* in Teheran auszusprechen, war eine Sensation. Und leibhaftig war er es auch: Ein schlanker Italiener mit dunkelblonden Haaren und ausländerblauen Augen. Er sah also genau so aus, wie man sich die Fremden vorstellte, das heißt: schön. In Persien reichen oft blonde Haare, und schon gilt die Person als schön.

Unsere Nachbarin und ihre Tochter waren jedenfalls auf eine Tasse Tee bei uns, da betrat plötzlich mein Vater, wie so oft mit großen Einkaufstüten bepackt, mit seinem blonden Gast das Wohnzimmer. Als wäre eine Granate in unser Wohnzimmer geworfen worden, sprangen alle fluchtartig in alle Richtungen. Meine Mutter, glücklich, zeigen zu können, was sie von ihrer Europareise noch wusste, stürzte sich auf Signor Giovanni und sagte mit übertrieben lauter Stimme »Buona sera, Buona sera!«, und ermunterte uns, es ihr nachzutun.

»Das versteht er! In Italien sagen sie das auch.«

Nach dieser erneuten Erklärung meiner Mutter ergriff auch ich meine Chance, mir mein *Buona sera* auf der Zunge zergehen zu lassen, und war entzückt darüber, dass ein von mir ausgesprochenes fremdes Wort von einer fremden Person verstanden wurde. Das schien mir magisch.

Unsere schüchterne Nachbarin, die Frau des Hausbesitzers, war aufgestanden, um uns zu verlassen. Sie hatte sich nicht getraut, *Buona sera* in die Höhle des Löwen zu brüllen. Aber meine Eltern insistierten, dass sie noch bleiben und wenigstens ihren Tee austrinken solle, zumal Signor Giovanni eh nicht verstehen würde, was wir sprachen. So nahm die zierliche, von der Sonne des Südens zart berührte Frau wieder Platz auf ihrem Stuhl, setzte sich knapp auf die Stuhlkante und lächelte wie Mona Lisa mit gesenktem Kopf vor sich hin. Wir Kinder wollten nicht mehr spielen gehen, setzten uns still hin und verfolgten gespannt das Ereignis.

Signor Giovanni war umzingelt von zwei erwachsenen Frauen, drei Kindern und einem Mann. Meine Mutter bekam Mitleid mit ihm und sagte streng:

»Der Arme meint jetzt, er sei in den Klauen von Menschenfressern, wie wir alle da sitzen und ihn anstarren. Kinder, geht in eure Zimmer!«

Keines der Kinder rührte sich aber von der Stelle, zumal Signor Giovanni den Eindruck erweckte, sich unter Menschenfressern wohl zu fühlen. Er hatte für jeden von uns ein

Lächeln übrig und strahlte uns Kinder mit seinem leuchtenden Lagunenblick an. Ich war in größter Verlegenheit, weil ich mich nicht zu den Kindern zählte, mich aber auch nicht so frei fühlte, den fremden Blick zu erwidern. Ich hatte mich in Signor Giovanni verliebt, kaum war das Zauberwort *Buona sera* ausgesprochen.

Je weiter dieser Abend voranschritt und je mehr bunte Flaschen vom Salon auf dem Tisch standen, desto stärker steigerte ich mich in diffuse Fantasien hinein. Zu meinem Pech sprach Signor Giovanni nicht so gut Englisch, aber da ich unbedingt mit ihm ins Gespräch kommen wollte, ignorierte ich das. Mein einziges Problem war, dass ich gar nicht wusste, worüber ich mich mit ihm unterhalten sollte. Also beschloss ich, die provokante Behauptung des blauäugigen Bauern auf den Nussfeldern meines Vaters hier und jetzt im Beisein eines wahren Experten zu exekutieren, und fragte unseren Gast, ob es stimmte, dass Menschen mit blauen Augen besser sehen würden.

Ich musste mich anstrengen, um Signor Giovanni die Bedeutung meiner Frage klar zu machen; Handbewegungen waren nötig, viel Gekicher und die Sprachhilfe meines Vaters. Die Frage schien unserem exotischen Gast so absurd, dass er zunächst nicht sicher war, sie richtig verstanden zu haben. Und als er sich dessen vergewissert hatte, lachte er mit seiner weichen Stimme laut auf und antwortete mir in seinem Giovanni-Englisch, dass die Menschen mit blauen Augen nicht nur besser, sondern die Welt vorwiegend in blauen Farben sähen. In diesem Augenblick strahlte ich ihn an und sonnte mich in dem Gefühl, dass er sich spätestens jetzt in mich verliebt hatte und gleich bei meinem Vater um meine Hand anhalten würde, um mich nach Italien mitzunehmen.

Meine Eltern hingegen schienen nicht besonders glücklich über meine Frage, nachdem ich ihrem Drängen nachgegeben und sie übersetzt hatte.

»So viel Geld haben wir in deine Ausbildung gesteckt und jetzt stellst du so eine blöde Frage vor fremden Menschen. Was wird er jetzt wohl von uns denken?«

»Dass wir tatsächlich Menschenfresser sind«, sagte ich.

»Nein, aber im Ernst! Fiel dir, die du Schriftstellerin werden willst, nichts Besseres ein als so eine stupide Frage?«

»Was hätte ich denn sonst fragen sollen?«

»Du kannst ihn zum Beispiel etwas über Florenz fragen. Der Mann ist Italiener!«

»Wer sagt, dass er sich in Florenz auskennt? Italien ist groß.«

»Auch bei uns kann jeder Analphabet etwas über Isfahan sagen. Der hätte über eine der bekanntesten Städte seines Landes bestimmt etwas erzählen können. Aber nein, nur Schwachsinn! Wie kannst du ernsthafte Gedichte schreiben, wenn du dich auf diesem Niveau bewegst?«

»Das war doch nur ein Witz«, versuchte ich mich aus der prekären Lage zu retten.

»Ein Witz! In deinem Alter macht man keine Witze mehr. Du hättest ihn fragen können, ob er gerne Pizza isst oder was er vom persischen Essen hält. Aber nein, da stellt meine dreizehn Jahre alte Tochter eine Frage, die von einer Fünfjährigen hätte sein können. Komm, sag jetzt *Buona notte*, um die Sache wieder gut zu machen!«

Das war das vorläufige Ende meiner ersten Abenteuerexkursion nach Italien und zugleich der Beginn einer längeren Reise, die vor allem in meinem Kopf und im Gespräch mit einem Lehrbuch stattfand. Tatsächlich verlor Amerika von diesem Augenblick an seine Attraktivität für mich und ich konzentrierte mich dank Signor Giovanni auf den europäischen Kontinent als Sehnsuchtsort: In Europa würde die Liebe auf mich warten.

9.

Nach dem Ölstreik wurden die zunehmend unzufriedenen Stimmen im Land immer lauter. Ein Kino in Abadan, in der ohnehin glühenden Zone am Golf, verwandelte sich während einer Filmvorstellung aus unergründlichen Gründen zum jüngsten Gericht des Teufels: Dreihundert unschuldige Menschen wurden im Saal eingeschlossen, in gierig züngelnden Feuerflammen gefangen gehalten und im Nu wurde aus Stimmen und Wünschen, die kurz zuvor voller pulsierender Ahnungslosigkeit waren, glutheiße Kohle. Menschen stiegen nachts auf die Dächer und riefen den Himmel mit ihren »Allahu Akbar«-Rufen an.

Nachdem im Herbst 1978 die Schulen ihre Pforten für uns Schülerinnen und Schüler wieder geöffnet hatten, waren eines Tages laute Stimmen in unserem sonst so strengen Mädchengymnasium zu hören. Plötzlich ging die Klassentür auf und ein Mädchen forderte mit schriller Stimme die Klasse auf, am Streik teilzunehmen. Es sei an der Zeit, mit den blutsaugenden Pahlawis abzurechnen. Von draußen drang der Protest einer singenden Schülerinnenschar in unser Klassenzimmer, die »Gas für Russland, Öl für die USA, Pahlawi, raus aus dem Märchenland!« skandierte.

Die Schulleitung hatte offensichtlich Mühe, die tobende Menge in den langen Korridoren des riesigen Schulhauses aufzuhalten. Die meisten Schülerinnen nutzten die günstige Gelegenheit, um blau zu machen. Die einen riefen lachend und kichernd die Streiksprüche durch die Gänge des Schulgebäudes, die anderen eilten nach Hause oder zu einer heimlichen Liebe.

In den Monaten danach wurden wir von der Schulleitung immer wieder in den ersten Morgenstunden nach Hause geschickt, bis es eines Tages hieß, dass wir gar nicht mehr zur Schule kommen sollten.

Wir verstanden nicht, woher plötzlich die ganze Wut kam. Unsere Familie war wie fast alle jüdischen Familien politisch nicht aktiv. Es gab keine jüdischen Intellektuellen im Land. Juden wurden toleriert, in den Großstädten und mondänen Orten mehr, in der Provinz weniger. Einige von ihnen waren ihrem Ruf als gute Geschäftsleute gerecht geworden und hatten es zu großem Reichtum gebracht. Und weil Geld stets der Türöffner der Säkularisierung ist, waren sie alle für den Schah und seine Verwestlichungsprogramme. Aber natürlich schlummerte auch die nicht unbegründete Angst vor Antisemitismus in ihnen. Sie hatten Angst in einem Land, in dem mindestens die Hälfte der Bevölkerung keine Bildung genossen hatte und für die Schwankungen des Lebens im religiösen Fanatismus nach Sicherheit suchte.

Sie war jedenfalls da, diese Wut der schreienden und fluchenden Menge – und nun erstmals hör- und sichtbar. Unter den Protestierenden gab es allerdings auch Menschen, für die der Protest mehr ein Zeitvertreib zu sein schien. Junge Männer vor allem, die lachend mitliefen und sich offenbar von einer Demonstration etwas Abwechslung in ihrer Alltagslangeweile erhofften. Hinter vorgehaltener Hand munkelte man, dass die Protestmärsche allesamt von der Polizei selbst organisiert wurden.

Aber die Wut der Menge, von der meine Eltern bis anhin nichts wussten und über die sie in unserer Gegenwart nie sprachen, verschaffte sich zunehmend mehr Raum. Der Sturz des Königs, den ich kindlich naiv stets als unantastbaren Märchenkönig erlebt hatte, war geradezu traumatisch. Um diesem Trauma zu begegnen, strich die darauf folgende Regierung, kaum fühlte sie sich sattelfest im Land, die persischen Dynastien aus den Geschichtslehrbüchern. Was blieb wohl übrig von der 2500 Jahre alten persischen Geschichte ohne ihre Könige? Viele Jahre später wurden die Entthronten aus ihrem künstlichen Schlaf wach gerüttelt und fanden wieder ihren Platz in den Büchern, allerdings mit neu interpretierten Eigenschaften und Taten.

Auch wenn es niemanden gab, der es hätte bestätigen können: Ich machte Fortschritte in Italienisch! Ich konnte bereits konjugieren, und die italienische Aussprache mit ihren vielen Vokalen fiel mir leicht. Vergnügt tauchte ich in dieses Harmoniemeer und übte stundenlang vor dem Spiegel, prononciert *mangiare* oder *parlare* zu sagen. Ich fühlte mich fast schon als Italienerin und meinem Idol Oriana Fallaci ein Stück näher.

Die politischen Unruhen hatten dazu geführt, dass nun noch mehr Menschen ins Ausland flüchteten. Für mich war dieses Thema auf Eis gelegt. Ich hatte mich in einem Schneckenhaus eingerichtet, in dem Italienisch gesprochen wurde. Einzig, nicht in die Schule zu gehen, war ein merkwürdiger Zustand. Man wünscht sich zwar als Schülerin immer alles Mögliche – dass die Schule abbrennt, dass sie von einer Sintflut weggerissen wird – aber plötzlich nicht mehr zur Schule zu gehen, ohne dass Ferien wären, war seltsam und keineswegs nur erfreulich. Die politischen Umwälzungen hatten zu einer eigenartigen Sprachlosigkeit bei uns zu Hause geführt. Man tat so wie immer, aber hinter jeder Geste rumorte eine tief sitzende Unsicherheit.

In dieser Zeit hörte ich mehrere Male, wie meine Eltern miteinander flüsterten, was meine Neugier weckte. Als ich hin und wieder wissen wollte, worüber sie sich so leise unterhielten, antwortete meine Mutter schnell: »über nichts.« Und dann verstummte sie.

Meine Eltern sprachen also über nichts, und trotzdem gelang es mir, das eine oder andere Wort aufzuschnappen. Einmal hörte ich das Wort *Schweiz*, ein anderes Mal hörte ich meine Mutter mit besorgter Stimme sagen, sie wisse nicht, ob das richtig sei.

Die Schweiz? Was war mit der Schweiz? Die Schweiz war ein Ort für reiche Menschen – der Schah machte doch Ferien in der Schweiz. Aber ich hatte genug gehört, um Herzklopfen zu bekommen. Wollten sie mich in die Schweiz schicken? Warum dorthin? Warum nicht nach Italien? Oder Amerika, geliebtes Amerika? Konnte ich nicht zu meinen Freundinnen und Freunden nach Amerika gehen? Also nahm ich eines Abends meinen ganzen Mut zusammen und fragte meine Mutter, warum sie und der Vater über die

Schweiz redeten. Sie schaute mich zunächst wortlos an. Und Trauer übermannte ihr wohlgeformtes kantiges Gesicht, noch bevor sie, die Löwin im Amt, etwas sagen konnte. Ich hatte sie noch nie so ernst und verlegen erlebt. Dann sagte sie mit einer Stimme, die um Verständnis bat:

»Dein Vater und ich überlegen, dich zu den Verwandten deines Vaters in die Schweiz zu schicken. Das ist kein Zustand, nicht in die Schule zu gehen. Dieses Land hat keine Zukunft mehr. Aber wir sollten nicht weiter darüber reden, weil es nicht sicher ist.« Und dann, als ob sie mich vergessen hätte und in ein Selbstgespräch vertieft wäre, hauchte sie: »Was sollst du alleine in der Schweiz? Du bist ja noch ein Kind«, und senkte den Kopf.

Damit hatte ich nicht gerechnet – aber endlich war es ausgesprochen. Die Revolution höchstpersönlich war mir zur Hilfe gekommen, und wie Revolutionen halt sind, ging alles Schlag auf Schlag: Auf einmal packte ich meinen Koffer, und zwei Tage später saß ich alleine im Flugzeug neben einem Iraner, der ununterbrochen Whiskey in sich schüttete, Richtung Schweiz. Zuvor hatte ich fast alles, was ich bis dahin geschrieben hatte, fortgeworfen. Ich wusste damals schon, dass ich nie wieder in mein Land zurückkommen würde. In Erinnerung geblieben ist mir vor allem die Trennung von meiner Lieblingspuppe, die ich nicht mitnehmen durfte – ich wäre ja nun groß, und was würde man in Europa von mir denken, wenn man mich, eine Vierzehnjährige, mit einer Puppe unterm Arm sähe?

Und weg war die Kindheit.

10.

An einem grauen Sonntagnachmittag riss meine Tragetasche im Terminal des Zürcher Flughafens. Das grelle Licht in der Halle kontrastierte mit der abweisenden Winterluft, die die großen Fenster wie ein milchiger Vorhang von außen umgab. Riesige Stahlvögel standen wie nicht abgeholt draußen auf dem Feld herum.

So sieht also ein Flughafen aus! Aber für eine Besichtigung gab es keine Zeit. Meine wichtigsten Habseligkeiten hatten sich soeben dem Schweizer Boden offenbart und lagen vor meinen Füßen: dicke Wörterbücher, in denen ich nicht nur allerlei Blüten und Blättern zum ewigen Schönheitsschlaf verhalf, sondern die auch mein Ein und Alles im Umgang mit der einzigen mir damals vertrauten Fremdsprache verkörperten. Die beiden Wörterbücher in meiner Tragetasche waren Geschenke meines Lieblingsonkels zu meinem zwölften Geburtstag gewesen – es waren die wertvollsten Geschenke meiner Jugendzeit und ich pflegte eine innige Beziehung zu ihnen. Deswegen hatte ich sie auch nicht in den Koffer gepackt, sondern das tausend Seiten schwere, mir kostbare Büchermaterial in meiner Tragetasche mitgenommen, die nun wie ein verletztes Tier auf dem fremden Boden lag.

Mangels sinnvoller Freizeitbeschäftigung und aus Sehnsucht nach der großen fremden Welt, die mir in meiner Kindheit nur in Form von fremden Buchstaben begegnet war, hatte ich lange Zeit jeden Tag in alphabetischer Reihenfolge eine Kolonne englischer Wörter auswendig gelernt. Oder in ein speziell dafür eingerichtetes Heft Sprichwörter und Redewendungen notiert. Oder Lieblingspassagen aus Büchern (zu der Zeit war Oscar Wilde mein Lichtblick) in ihre Originalsprache zurückübersetzt. Und war entzückt über mein Werk gewesen! Irgendwie musste ich damals davon ausgegangen sein, dass man außerhalb meiner orientalischen Heimat Gescheites nur von sich geben konnte, indem man Oscar Wilde zitierte.

Die Gefährten meiner langen und langweiligen Sommerferien und der stillen Abende im Kreis meiner Familie lagen nun hilflos auf dem Boden eines Landes, das ich, fast fünfzehnjährig, zum ersten Mal betrat. Ihr Sturz schmerzte mich. Nicht nur, weil ich in Sachen Fliegen eine Anfängerin war und im ersten Moment nicht wusste, an wen oder was ich mich wenden sollte (wer ist im Flughafen zuständig für gerissene Tragetaschen?), sondern auch, weil der Anblick der sonst so mächtigen Sprachhelfer erbärmlich war. Englische Wörterbücher in einem Land, indem man sie primär nicht brauchte – und ich sprach kein Wort Deutsch, als ich in der Schweiz ankam. Mit Tränen in den Augen gelang es mir, neue Tragetaschen aufzutreiben und die schweren Begleiter neu zu beheimaten. Aber der Schock blieb. Vielleicht wurde mir auch erst jetzt klar, dass ich nun allein sein würde, ohne meine Familie, die ich freiwillig und sogar auf explizit eigenen Wunsch in Teheran zurückgelassen hatte.

Während der kurzen Flugzeit im buchstäblich leeren Flugzeug, das außer dem Personal und mir nur noch drei oder vier weitere Passagiere beherbergte, hatte ich meine Heiterkeit verloren. In der Meinung, es handle sich beim von der Stewardess angebotenen Getränk um Sirup, hatte ich mich an einem Glas Rotwein vergriffen, und so kam es, dass ich an jenem Wintertag im Kopf ziemlich beduselt war, als ich endlich meine Destination erreicht hatte. Mit heißem Kopf, vielleicht etwas verwirrt, kam ich in jenem Land an, das meine Heimat werden sollte – my destiny.

Ich wohnte die ersten Jahre bei Verwandten. Die neuen Mitglieder meiner Familie hatte ich erstmals nach meiner Ankunft in der Schweiz kennen gelernt. Zuvor existierten sie nur als Namen im meinem Leben. Ich kannte nicht einmal ihre Gesichter, als ich zu ihnen zog.

11.

»Y-a-t-il une Italie aussi au monde de la lune?«
Cyrano de Bergerac

Nachdem ich von der Mondlandung gehört hatte, verbrachte ich viel Zeit mit der Beobachtung der nächtlichen Braut am Firmament und bildete mir hin und wieder sogar ein, Astronauten auf der Mondoberfläche zu sehen. Die Vorstellung, in der unendlichen Finsternis zu sein, fand ich so elektrisierend unheimlich, dass mich lange Zeit die Frage verfolgte, wie sich die Astronauten fühlten, wenn sie in ihrem tosenden, Feuer speienden Ungetüm saßen und dem Countdown lauschten: *Zero*! Und schon entrissen sie sich der zauberhaften Mutter Erde und schossen ins Ungewisse hinein. Was stellt sich der Mensch vor, der dem Mond entgegen fliegt? Und gibt es Heimweh auf dem Mond?

In meiner jugendlichen Fantasie fühlte sich die Ankunft in meinem Traumkontinent an wie ein Mondflug. Zwar waren mir viele Daten und Fakten bekannt, aber das ganze Abenteuer schimmerte mysteriös vor einem nicht entzifferbaren Hintergrund. Was nützten mir die Namen aller europäischen Hauptstädte, wenn mir der Geruch dieser Städte unbekannt war? Was ist Licht im Bewusstsein eines Nachtfalters?

Am meisten aber beschäftigte mich die Frage: Was würde alles geschehen an einem mir unbekannten Ort? Liebe, bestimmt viel Liebe, dachte mein pubertierender Kopf, und ein geordnetes Leben – die in meiner persischen Heimat sprichwörtliche »westliche Nüchternheit«. Als Europanautin hatte ich Herzklopfen und war mir sicher, dass es den Menschen in der Rakete, die sich mit aller Gewalt der Erdanziehungskraft entziehen, auch so ergeht. Ich entzog mich der Gravitationskraft meiner Vergangenheit.

Weg war die Kindheit und mit ihr die Sprache, die man Muttersprache nennt und an die man erst denkt, wenn man sie nicht mehr sprechen kann. Man realisiert es nicht gleich zu Beginn, sondern erst im Nachhinein. Sowie man sich auch bei den ersten Symptomen einer Krankheit nicht für krank hält. Niemand geht zum Arzt, weil der Kopf mal schmerzt oder weil die Haut juckt. Erst wenn es nicht mehr aufhört, wenn der Schmerz stärker wird als der Wille, ihn zu ignorieren, erst dann wissen wir, dass sich etwas fundamental geändert hat. Ich realisierte lange Zeit nicht, was ich verloren hatte, und als ich es realisierte, war es zu spät.

Was passiert mit einer Sprache, die wir nicht mehr sprechen, die aus uns nicht mehr heraus kann und die nicht mehr zu uns spricht? Setzt sie Staub an wie Bücher, die man in einem Regal stehen lässt und nicht mehr anfasst? Kann man sie Jahre später mit einem Staubfänger entstauben, und steht sie dann wieder im alten Glanz zu unseren Diensten? Und was macht sie in uns, wenn sie nicht mehr gesprochen wird? Schrumpft sie? Zerbröckelt sie wie Knäckebrot? Ändert sie ihre Substanz? Wird die Sprache, die nicht mehr gesprochen wird, zu nichts? Welches Gefühl entspricht diesem Nichts, das ja doch nicht nichts ist? Erinnerung? Sehnsucht? Eine nicht enden wollende Suche? Oder wirkt die Muttersprache vielleicht noch von einer geheimen Dunkelkammer aus, treibt auf uns zu und steuert ohne unser Zutun alles Neue?

Solange sie da war, diese Muttersprache, war sie da, wie es einen Himmel gibt und eine Erde. Wie oft am Tag denken wir daran, dass wir auf einem Planeten namens Erde leben? Und wer käme je auf die Idee, den gestirnten Himmel über uns infrage zu stellen? Die Muttersprache hatte Da-sein bedeutet – trotz aller Unwägbarkeiten des Lebens. Die Ausflüge weg von ihr waren wohltuend, erfrischend und aufregend wie Wochenendausflüge aufs Land. Man konnte jederzeit wieder zurück und brachte ein Souvenir mit.

Aber der Austritt aus der Muttersprache, der Eintritt in das ewige Grün, das mir der Blick aus dem Flugzeugfenster gezeigt hatte, war etwas anderes. Ich musste jetzt einen mir unbekannten Weg gehen. Einen Weg, der fortan mit einem Stock in der Hand zu bewältigen war.

Als ich die neue Sprache zu lernen begann, eine, mit der ich am allerwenigsten im Leben gerechnet hatte, wusste ich nicht, welche Stütze mir die Sprache war, die ich schon hatte, die Sprache meiner Großeltern.

Ich musste nun hinnehmen, dass die Zeiten, in denen ich im Schreiben brillierte, dahin waren. Dass man mich nun beim Reden und Schreiben korrigierte – was mir seit dem Ende der Primarschule nicht mehr passiert war. Damals bekam ich oft nicht einmal eine Note für meine Aufsätze, so berührt waren meine Lehrerinnen von dem, was ich schrieb.

Nun aber musste ich die schlimmste aller Strafen auf mich nehmen und fortan hinkend mit meiner Sprache durch die Welt gehen. Ausgerechnet ich. Ausgerechnet ich verlor meine Sprache und merkte zuerst nicht einmal, was ich alles verlor. Denn zu Beginn war auch das Deutschlernen ein großes Vergnügen. Alles, was mit Sprache zu tun hatte, war für mich, seit ich denken kann, mit Lust und Neugier besetzt. So auch das Lernen der komplett fremden Sprache, von deren Klang und Rhythmus und deren raffinierten Geheimnissen ich jetzt erfuhr. Deutsch war, übermittelt durch die Filme, die allesamt mit dem Zweiten Weltkrieg zu tun hatten, in meiner Fantasie besetzt gewesen als Sprache der Nazis. Deutsch war die Sprache, über die man sich im Pausenhof lustig machte, wenn man als Kind streng sein wollte. »Achtung, Achtung!«, sagten die Kinder, und je schroffer sie es aussprachen, desto mehr hatten sie das Gefühl, dem Wesen dieser Sprache nah zu sein.

»Du wirst sehen, wie sie in der Schweiz reden«, hatte mich mein vielgereister, auch mit der deutschen Sprache vertrauter Vater einige Tage vor meiner Abreise belehrt. Und dann stieß er ein tiefes »Jooo« aus und sagte: »Du wirst sehen, die haben eine eigene Art zu reden, die Schweizer. Es ist lustig.«

Das Lernen der neuen Sprache empfand ich nicht als anstrengend, obwohl die Stolpersteine vorprogrammiert waren: Aus einer Sprache ohne Artikel in eine mit drei hineinzugeraten, war nicht ohne Komplikationen. Abgesehen von allen Foltermodalitäten einer korrekten Deklination musste ich ja für jedes neue Wort jeweils zwei Worte lernen, nämlich das Wort selbst sowie den dazugehörigen Artikel. In Notsituationen geriet ich in Expressmeditationen ästhetischer Art, welcher Artikel wohl zu einem Wort wie »Draht« passen würde, und stellte mir das Wort mit geschlechtlichen Merkmalen vor, um seinen Artikel herauszuspüren. Es gab auch Situationen, in denen mir der Artikel eines Wortes gegenwärtig war, während mir das dazugehörige Wort, das ich eben noch präsent hatte, nicht einfallen wollte. Eine bildreiche Sprache zugunsten einer Sprache aufzugeben, die von Begriffen lebte, war nicht leicht und verführte mich immer wieder zu Metapherbildungen, die wenige verstanden. Und dann die deutsche Syntax, die einem reichlich Geduld abverlangt: Muss man doch einen ganzen Satz lang warten, bis man von seiner Majestät, dem Verbum, etwas hört, damit sich einem der Sinn des Satzes endlich erschließt. Von diesen Problemen und ihrer Lösung hing mein Wohlbefinden *existentiell* ab. Das war es. Mir ging es ja nicht darum, eine Sprache zu lernen, um an einem Kiosk sagen zu können: »Ich hätte gern einen Kaugummi, bitte!« Mir ging es um ein Gefühl – oder sind es mehrere, unendlich viele Gefühle? – in das Sprache mich versetzt.

Die allergrößte Herausforderung war von Anfang an, dass ich in der neuen Situation wieder zu einem Kind wurde, zu einem Wesen, dem die Sprachflügel langsam anwuchsen, aber mit der Perspektive, mit ihnen vielleicht nie abheben zu können – oder war es eher die sichere Landung, die es von nun an nie mehr geben würde?

Was vor allem Jahre später sichtbar wurde, war auch dies: Meine neue Sprache war die Frucht einer rationalen Aktivität, sie hatte nicht wie die Sprache der Mutter meine Zunge mit Milch und Honig in Beschlag genommen. Sie folgte der Fahne von Logik und Rationalität. Mir war nichts anderes übrig geblieben, als meine eigene Erziehung selbst in die Hand zu nehmen, und ich entpuppte mich als gnadenlos in der Durchführung der neuen Ziele. Ich beschloss, kaum war ich zwei Jahre mit dem Deutschen vertraut, nicht mehr in meiner Muttersprache zu schreiben, denn ich wusste, dass mir diese nie mehr helfen würde. Ich lieferte mich voll und ganz der neuen Sprache aus. Ich beherrschte sie nicht und beschloss daher, meine Spracharmut zu zelebrieren. »Du hast keine Sprache mehr, na dann schau, dass du mit dem, was du hast, so gut wie möglich zurecht kommst!«

Ich hatte Angst, dass die Pflege meiner Muttersprache mich daran hindern würde, in meinem für den lückenlosen Erwerb einer neuen Sprache doch fortgeschrittenen Alter die neue Sprache so gut wie möglich zu lernen. Und da ich wenig Gelegenheit bekam, Persisch zu sprechen, zog sich meine Muttersprache, ohne mein großes Zutun, zunehmend in ihre Dunkelkammer zurück. Nach zwei Jahren war ich auch schon in der Lage, anderen ausländischen Jugendlichen, die bereits deutlich länger Deutsch sprachen als ich, Nachhilfeunterricht in meiner neuen Sprache zu erteilen. Dass ich weiterhin schreiben würde, war mir immer klar. Aber würde ich je in der Lage sein, in der neuen Sprache auch Geschichten zu erzählen?

Mit Stolz allein kommt man nicht weiter im Leben, hatte ich als Kind oft gehört, und so beschloss ich, kaum war die Gymnasialzeit in der neuen Heimat beendet, meiner Leidenschaft für Sprache professionell nachzugehen, was bedeutete, meinen Lebensunterhalt mit Sprache zu verdienen und der Schicksalsstrafe einen Sinn abzuringen.

12.

Mir wollte die große Diskrepanz in der Bewertung eines Bildes und eines Textes nie einleuchten. Warum darf ein Bild einen Warencharakter bekommen und zugleich wie ein Kunstwerk behandelt werden? Für mich war die Frage der Einmaligkeit eines Bildes eng verwoben mit der Besitzfrage. Etwas, das gemacht worden ist, um angeschaut zu werden, kann niemals nur für jemanden allein bestimmt sein – so jedenfalls war meine Meinung. Ein Bild gehört allen. Jemand, der ein Bild kauft, um dessen alleiniger Betrachter zu werden, will etwas besitzen, verhindert aber einen natürlichen Prozess. Zudem: Wer sagt, dass ein Dichter weniger lang für seine Arbeit braucht als ein Maler? An einem einzigen Gedicht sitzt man – je nach Veranlagung – manchmal mehrere Monate. Und mit einem Gedicht allein hat man noch kein Buch gemacht. Was für den gesellschaftlichen Wert des Bildes gelte, müsse auch für das Wort gelten. Mit solchen Gedanken und vielen Zigaretten vertrieb ich mir die Zeit, nachdem ich endlich 20 geworden war.

Ich hatte früh Kontakt zu Künstlern und Autoren. Irgendwie ergab sich das auf eine natürliche Weise. Wobei einige

Alkoholexzesse und immer wieder neue Liebschaften dazugehörten.

Die Liebe schlich sich nicht auf zaghaften Füßen in mein Leben. Die Liebe presste ihre Lippen unverhofft auf meinen Mund und legte ihre Hand zwischen meine Beine, als ich naiv und nichtsahnend jemanden anlächelte. In meiner Erziehung hatte man mir nicht viel über das Küssen erzählt. Wer einen küsst, den heiratet man – das war, was ich gelernt hatte. Und auf einmal wurde ich unerwartet geküsst. Immer wieder waren Männer da, die mich küssen und noch mehr von mir wollten. Männer, die meinen Körper liebkosen wollten, aber es gab keinen, den ich heiraten wollte. Es war immer einer da, der mich begehrte oder sogar in mich verliebt war. Meine absurd romantischen Liebesvorstellungen aus der Zeit des Signor Giovanni hingen schief in der neuen Grammatik meines Lebens. Und es war niemand da, der mir etwas über das Küssen hätte sagen können. David war 26 Jahre älter als ich und hatte schon einige Gedichtbände publiziert. Ich hingegen trug meine Gedichte, lose Blätter in einem kleinen schwarzen Heft, stets mit mir herum in der Hoffnung, mir würde ein Lektor aus heiterem Himmel auf der Straße begegnen und mich nach meinen Gedichten fragen. Einfach so. »Liebes Fräulein, Sie scheinen ein Gedichtmanuskript unterm Arm zu tragen. Darf ich mal einen Blick darauf werfen?« So stellte ich mir den Lauf der Dinge vor.

David kannte die ganze Stadt und war immer wieder verliebt in mich. Am Anfang konnte ich mit diesem emotionalen Wackelkontakt nichts anfangen, doch David blieb beharrlich. Es war seine Art, Freundschaft und Sympathie zu zeigen. Von keinem dieser Gefühle konnte ich genug bekommen, auch wenn die Freundschaft mit ihm nicht das Geringste mit meinen romantischen Vorstellungen von Liebe zu tun hatte. Aber ich freute mich über seine Zuneigung zu mir und hielt dieses Gefühl zeitweise für Verliebtheit.

Dank David gründete ich meine Gedichtagentur. Dank seiner verirrten sich ab und zu Kunden zu mir. Lyriker konnten bei mir ausgewählte Gedichte abgeben, die ich von einem Grafiker in Großformat anfertigen ließ – wie ein Poster. Diese konnten dann erworben werden. Die Besitzer konnten bei unveröffentlichten Gedichten sogar einen Rechtsschutz verlangen, bezahlten damit etwas mehr für das Gedicht, besaßen jedoch alle Rechte daran. Wenn ein Besitzer es nicht wollte, durfte ein verkauftes Gedicht nicht in einem Buch publiziert werden, das war vertraglich festgelegt. Die Besitzer hatten ein einmaliges Werk, das nur ihnen allein gehörte. Ich hatte mir gedacht, was für ein Bild gelte, müsse auch für die Literatur gelten. Natürlich durften meine Kunden auch ein bereits publiziertes Gedicht in Auftrag geben. Aber das war der am wenigsten aufregende Teil meines Unternehmens. Da die meisten beruflichen Unternehmungen, die mit Spaß zu tun haben, sich selten finanziell lohnen, arbeitete ich nebenbei in einem Kaffeehaus.

Für meine Agentur hatte mir ein Studienkollege ein frei stehendes Mansardenzimmer in seinem Wohnhaus gratis zur Verfügung gestellt. Das Zimmer war nicht sonderlich gemütlich eingerichtet, dafür war es hell und hatte eine großzügige Terrasse mit Blick auf die Dächer der nahegelegenen Häuser. Im Zimmer befand sich ein filigraner alter Holztisch und eine altmodische Kommode aus dunklem

Massivholz, die ich als Bücherregal benutzte. Darin standen zwei Ordner, die die Agentur betrafen. Beide waren mehr oder weniger leer. Ein veralteter, im Laufe der Zeit dünn gewordener Teppich mit vielen hellen verknoteten Stellen, die das Muster nicht mehr erkennen ließen, lag stumm unterm Schreibtisch. Drei verwaiste, einst schwarz lackierte Bistrostühle waren nach nicht streng ästhetischen Maßstäben im Raum verteilt, einzig mein Schreibtischstuhl war gepolstert. Allein im Winter war es schwierig: Mein Büro besaß keine Heizung. Und eine elektrische Heizung erwies sich als eine zu kostenspielige Investition für mich. Als ich meine Agentur gründete, GE-AG, wie wir sie nannten, hatte David, großzügig wie er war, zwei Gedichte als Poster anfertigen lassen, damit ich etwas vorzeigen konnte.

Eines Tages rief er mich an und sagte mit seiner tiefen Stimme, ich solle mich vorbereiten. Er habe wohlhabende Bekannte auf meine Agentur aufmerksam gemacht – und die seien nun neugierig auf mich.

»Pass gut auf, meine Schöne! Das sind potenzielle Kunden.«

»Was machen sie im Leben?«

»Ach, es gibt Menschen, die einfach Geld haben wie du Haare auf dem Kopf. Aber die zwei sind auch fleißig und betreiben eine Sprachschule.«

»Eine Sprachschule?«

»Ja, und noch etwas: Ich glaube, dass sie geschieden sind. Aber sie arbeiten immer noch zusammen.«

»Igitt! Was sind denn das für Menschen? Warum lassen sie sich scheiden, wenn sie zusammen arbeiten?«

»Kindchen, das erkläre ich dir ein anderes Mal. Sei einfach charmant und bereite dich auch in österreichischer Lyrik vor!«

»Österreichische Lyrik?«

»Ja, tu doch nicht so! Artmann, Aichinger, Jandl! Der Mann hatte einen österreichischen Vater, da hat er sicher eine Schwäche für österreichische Autoren. Ich könnte mir vorstellen, dass die zwei auf Bewährtes stehen und kein Gedicht von einem unbekannten Autor wollen.«

»Aber was, wenn er nicht an seinen Vater erinnert werden will? Das wäre dann die schlechteste Empfehlung.«

»Er hasst seinen Vater nicht. Ich habe mit eigenen Augen gesehen, wie stolz er die alte Uhr seines verstorbenen Vaters in der Tasche trägt und sie bei jeder Gelegenheit herumzeigt. Mach einfach, was ich dir sage!«

In diesem Moment liebte ich David sehr und war ihm tief dankbar für seine Fürsorglichkeit. Eine Art Zärtlichkeit, die das Begehren im Schoße trägt. Doch diese Art von Zuneigung, die ich ab und zu für ihn empfand, war nie von langer Dauer. Aber was war schon von Dauer auf dieser Welt?

Österreichische Lyriker! Ich hatte noch nie Gedichte nach Nationalität gelesen. Ich konnte auch unmöglich meine Gedichtbücher ins Büro mitnehmen und meine Kunden die Gedichtauswahl vor Ort treffen lassen. Auf der anderen Seite konnte ich auch nicht so viele Gedichte auswendig lernen und diese dann herunterrattern. Ich entschied mich für einen Kompromiss. Ich würde ein paar meiner Bücher mitnehmen, aber nur als Geste. Und überhaupt, vielleicht hatte das Paar, das keines mehr war, selbst eine Vorstellung von seinem Lieblingsgedicht. Und vielleicht waren die beiden sogar sehr neugierig und wollten ein unveröffentlichtes Gedicht ihr eigen nennen. Und wie blöd stünde ich dann da mit meinem Hinweis auf Rainer Maria Rilke.

Diese Nacht ließ mich nicht zur Ruhe kommen. Zu sehr beschäftigten mich meine potenziellen Kunden. Ich hatte zwar schon einige Male interessierte Menschen in meinem Büro gehabt, aber die waren alle nicht in der Lage gewesen, sich ein einmaliges Gedicht-Poster zu leisten, geschweige denn die Rechte für ein unveröffentlichtes Gedicht.

Ich malte mir die Begeisterung meiner neuen Kunden aus, wenn ich ein paar bekannte Namen erwähnte: Goethe, Hölderlin oder vielleicht Apollinaire? Ich ging alle Dichternamen, die mir bekannt waren, alphabethisch durch. Das fiel mir sowieso nicht schwer, weil ich mir diese Reihenfolge irgendwann als Einschlaftechnik angeeignet hatte. Meine Liste war mit der Zeit lückenlos, denn glücklicherweise gibt es für jeden Buchstaben einen Dichter auf dieser Welt. Mögen andere Schafe zählen.

Was aber, wenn meine Kunden ein Gedicht aus einem Kulturkreis wollten, der mir nicht vertraut war? Ein albanisches oder ein norwegisches? Und meine Kenntnisse der alten Kulturen waren auch nicht brillant. Und wozu auf der Welt will sich ein getrenntes Paar ein Gedicht kaufen? Aber vielleicht stimmte meine Vermutung, und sie wollten einen unberührten, unveröffentlichten Text, der nur ihnen ganz allein gehörte. Ja, so musste es sein.

Wie ich da die Augen zuhielt und mich im Hin und Her der Gedanken wälzte, glitt auf leisen Sohlen der Schatten einer Idee durch meinen Kopf, dass ich in einer Sprachschule sicher mehr verdienen würde als in einem Café. Und noch bevor mich der alte Ouyang Xiu ereilte, sah ich mich als Lehrerin in einem frisch dahertrabenden Traum.

13.

Am Ort meiner Sehnsüchte angelangt, hatte sich mir sehr schnell etwas offenbart: In Europa genügte es nicht, einfach nur da zu sein. In Europa arbeitete man. Erst die Arbeit definierte die Menschen, machte sie sichtbar und zugänglich für die anderen. Die Arbeit ging dem Menschen voraus. Das war mir schon gleich aufgefallen, aber ich fragte mich, was es für den Menschen bedeutet, wenn ihm die Arbeit vorausgeht. Die Notwendigkeit der Arbeit und ihre Vorteile waren so dominierend, dass sich niemand kritisch mit der Arbeit auseinanderzusetzen schien.

Im Orient meiner Kindheit schien etwas allen gemeinsam zu sein: die Verfügbarkeit der Zeit. Vom Bettler auf der Straße bis hin zu Menschen, die tatsächlich bei der Arbeit waren – keine Hast dieser Welt war für sie von Bedeutung. Der eigene Rhythmus, die persönlichen Launen gingen stets allem anderen voraus. Eines der Symbole dieser Lebenshaltung war der exzessive Teekonsum. An vielen Orten wurde der Tee in einem Samowar zubereitet und so züngelte eine kleine Fackel den ganzen Tag vor sich hin und hielt einen heißen, immer dunkler und bitterer werdenden Tee in Bereitschaft für die unlösbaren Rätsel des Alltags. Oder Pistazien! Viele Männer trugen Pistazien oder Sonnenblumenkerne in ihrer Tasche mit sich herum, um mit ihnen gegen die Kapriolen der Zeit zu kämpfen.

Mir war klar, dass Pistazien in Europa nichts galten, obschon ich sie in meinem Gepäck trug. Und tatsächlich konnte ich mich auch nie geistig von den imaginären Pistazien in meiner Jacke verabschieden. Sie bewirkten immerhin, dass in mir eine bescheidene Zufriedenheit summte. Ich war gelassen bei allem, was ich tat, ich war glücklich mit meiner Agentur, die mir noch kein Geld einbrachte, glücklich mit ein paar Vorlesungen, die ich regelmäßig besuchte, und mit meinen Gedichten, die ich stets bei mir trug und von denen ich früh die Gewissheit hatte, dass sie mich überleben würden. Mein Lebensbrot verdiente ich als Kellnerin – und das war in Ordnung so. Hätte ich die Wahl gehabt, hätte ich vermutlich etwas anderes getan, um besser zu verdienen, aber ich hatte keine andere Wahl. Meine Eltern waren nicht in der Lage, mir Geld zu schicken, und eine andere Arbeit hätte mir nicht die Zeit gelassen, all die Dinge zu tun, die für mich mein Leben waren.

Mein Arbeitsplatz war eine freundliche Oase, in der mich sogar ab und an Freunde besuchen kamen. Manchmal saßen wir nach Ladenschluss zusammen und zählten gemeinsam mein Trinkgeld und ich kam mir reich dabei vor, wenn sich der Haufen von zehn und 20 Rappen in 20, 30 Franken verwandelte!

Regelmäßig telefonierte ich mit meinen Eltern. In den ersten sieben oder acht Jahren besuchte mich meine Mutter zweimal. Meine Schwestern wurden auf den Bildern, die sie mir zu allen Jahreszeiten schickten, immer größer und fremder für mich. Im Land wütete der Krieg und meine

Angst, in dieses Land zu reisen, das meine Heimat war, meine Angst vor der Konfrontation mit einem Leben, das nicht mehr meines war, war größer als jedes Heimweh. Ich war weit weg von meiner Familie auf einer Insel gelandet, und die Flaschenpost, die mich erreichte, hatte keine sinnvolle Botschaft mehr für mich.

Auch mein Vater war nicht begeistert von meinen Aktivitäten. Obschon er inzwischen sehr krank war, konnte er sich immer noch mit seiner von der Krankheit gezeichneten Stimme kritisch äußern. Er hatte mich stets als Ärztin gesehen und gewünscht, dass ich Medizin studierte.

»Deswegen haben wir dich ins Ausland geschickt. Erstklassige Poesie hätten wir auch im eigenen Land gehabt.«

Meine Mutter war ebenfalls nicht glücklich mit meinem Leben. Frauen meines Alters heiraten im Iran oder sind schon Mutter. Und ich trödelte in einem Leben, das bar jeglicher Sicherheit war.

»Was hast du denn?«, war ihre Lieblingsfrage. Wobei sie damit nicht etwa meinte, was mir am Herzen lag, sondern ihr ging es vielmehr um das Inventar meines Haushalts.

»Du hast gar nichts. Nicht einmal ein Auto.«

»Mama, wozu brauche ich ein Auto, wenn ich keinen Führerschein habe?«

»Das ist doch kein Leben.«

»Aber du fährst auch kein Auto.«

»Du musst nicht meine Fehler nachmachen.«

»Ich mache nicht deine Fehler nach. Ich führe das Leben, das *mir* gefällt.«

»Gott beschütze dich!«, sagte sie dann manchmal verzweifelt. »Du warst sehr jung zu lange allein und weißt nicht, was die Menschen treiben.«

14.

Als ich ein Kind war, hieß es oft, dass es kein Leben war, was wir führten. Und nun hörte ich immer wieder durch den krächzenden, mit fremden Stimmen durchsetzten Telefonhörer hindurch, dass ich nichts von den Menschen wüsste. »Du hast keine Ahnung von der Welt!« – und auf diesen Satz warf ein funkgerätartiges Geraschel seinen unheimlichen Schatten, und das Fehlen einer Antwort meinerseits ließ Raum für fremde Echos. Das Telefon wurde zu einem Ersatz für die Nabelschnur. Am Anfang, in den ersten fünf, sechs Jahren, schrieben wir uns auch gelegentlich Briefe, aber mit der Zeit versandete dieser Weg. Meine Mutter war nicht unzufrieden mit dieser Entwicklung und meinte, wir telefonierten ja wöchentlich und mehr hätte *man* eh nicht zu sagen gehabt.

Das einzige Relikt aus dieser kurzlebigen Tradition des Schreibens sind die Geburtstagskarten. Meine Mutter schickt mir noch heute Karten, für die sie bestimmt trotz ihrer bescheidenen Verhältnisse viel Geld ausgibt, mit schön und bedachtsam geschriebenen Glückwünschen.

Lange Zeit waren Telefongespräche mit meinen Eltern schwierig bis unmöglich gewesen. Manchmal musste man stundenlang die Nummer wählen, bis man durchkam. Ich konnte mir nicht erlauben, vom Haus meiner Verwandten aus meine Eltern anzurufen, zumal Ferngespräche damals exorbitant teuer waren. Ich konnte mir die Anrufe auch außerhalb des Hauses nicht leisten: Drei Minuten bedeuteten 24 Franken und Dutzende von jenen intergalaktischen Geräuschen, die ein richtiges Gespräch verhinderten. Ich musste also angerufen werden. Der Inhalt der Gespräche mit meinen Eltern bestand aus zwei Fragen: Aus einem »Wie geht's dir?«, das sich bei jedem Gespräch drei- bis fünfmal wiederholte, und einem »Wie ist das Wetter bei euch?«.

In den meisten Fällen nahm die Antwort auf die zweite Frage mehr Zeit in Anspruch als die auf die erste. Was hätte ich ihnen antworten sollen auf die Frage, wie es mir gehe? Ich sagte immer, dass es mir sehr gut gehe. Ich wollte meine Eltern nicht beunruhigen und erwähnte keines meiner Probleme. Sie erfuhren nie, wie ich die neuen Sprachen lernte, noch wie ich meinen Lebensunterhalt verdiente. Sie hätten mir sowieso nicht helfen können und sie sollten sich nicht unnötig sorgen. Sie waren mir gegenüber voller Scham, dass ich ohne ihre Hilfe allein in der Welt stand, und wollten vermutlich auch nicht so genau wissen, ob und wie aus mir ein neuer Mensch wurde. Die beiden Begegnungen mit meiner Mutter in der Schweiz, als ich noch zur Schule ging, waren für uns beide enttäuschend gewesen.

Sie hat nie direkt ausgesprochen, was sie sich vorgestellt hatte, aber mein Leben entsprach nicht ihrem Wunschbild. Meine Mutter lebte immer noch in ihren romantischen Europafantasien. Vielleicht dachte sie, dass Europa aus mir eine Fürstin oder eine reich verheiratete Frau machte. Nun musste sie hinnehmen, dass ich zur Schule ging und nebenbei Nachhilfeunterricht erteilte oder als Kellnerin in einem

Café arbeitete und zudem nicht mehr von den Dingen sprach, die ihre Welt ausmachten. Sie zeigte kein Interesse für das bescheidene Schülerinnen- und später Studentinnenleben, das ich führte. Auch das war kein Leben für sie.

Nach diesen für mich erschütternd traurigen Begegnungen lud ich meine Mutter für viele Jahre nicht mehr ein, mich zu besuchen. Sie wäre jederzeit gekommen, auch zu Fuß wäre sie nach Europa gekommen, wäre gelassen und vor sich hin träumend den ganzen Tag durch die Straßen gegangen und hätte mir am Abend stolz erzählt, welche Kaufhäuser und neue Waren sie entdeckt hatte. Aber ich ertrug das nicht und merkte erst jetzt, da die Distanz zwischen uns fünf, sechs Flugstunden betrug, dass sie im Grunde auch früher nicht anders gewesen war. Ich hatte bloß früher keine Chance gehabt, sie wirklich zu sehen, und hatte alles als eine normale Gegebenheit hingenommen und sie geliebt und bewundert.

Meine Enttäuschung über ihr Desinteresse an meinem Leben war so groß, dass ich anfing, sie zu hassen. Kein einziges Mal kam die Frage, wie ich es gemeistert hatte, die drei Sprachen, die man fürs Gymnasium benötigte, in zwei Jahren zu lernen. Kein Wort des Lobes, dass ich alles alleine, gelegentlich mit freundlicher Hilfe wildfremder Menschen und nie mit der der Verwandten, auf die Reihe bekommen hatte, die Schule zu absolvieren und in einem fremden Land Geld zu verdienen. Und wenn ich sie einmal auf ein Erfolgserlebnis von mir ansprach, sagte sie trocken und ernst, dass sie nie etwas anderes von mir erwartet hätte. Sie war nur darauf versessen, die Mängel in meinem Leben wahrzunehmen. Und mein kleines Studentenzimmer erfüllte nicht ihre

Ansprüche. Ich hätte in einer Villa leben und ein schickes Auto fahren sollen wie mein Vater. Menschen, die einen solchen Lebensstil pflegten, waren *die Glücklichen.*

Ihren Ansprüchen gerecht zu werden, war ein Ding der Unmöglichkeit. Trug ich mit Freude ein neues Kleid, das ich mir von meinen Ersparnissen gekauft hatte, wurde ich gescholten, verschwenderisch zu sein; führte ich ein bescheidenes Leben, demonstrierte ich, dass mein Leben missglückt war.

Ich habe viel Zeit gebraucht, um zu verstehen, dass meine Mutter in einer Traumwelt lebte. Lange Zeit nahm ich ihre Kritik ernst und war ratlos und betrübt über ihre Gefühlskälte, auf die sie auch noch stolz war: »Ich bin kein Mensch für Liebkosungen und Komplimente«, sagte sie kokett, »Schmeicheleien liegen mir nicht.« Lange Zeit kämpfte ich gegen Heulkrämpfe, die wie ein Platzregen über mich herfielen, und gegen stumme Tage, in denen ich mich ängstigte, einen Bus zu besteigen, weil ich meinen Anblick für eine Zumutung hielt.

So sehr sie immer eine Kritik für mich auf der Zunge trug, so sehr war sie erfüllt von Lob und Komplimenten sich selbst gegenüber. Sie konnte vor dem Spiegel in meinem Badezimmer stehen, als wir uns erstmals in meiner kleinen Wohnung trafen, und ihren Zeigefinger mit der Zunge ablecken und auf ihr Spiegelbild drücken, ein Zeichen, das man im Iran macht, wenn man jemanden vor dem bösen Blick beschützen will – sie fürchtete die Neider und ließ es sich dennoch nicht nehmen, ihrem eigenen Spiegelbild ein Kompliment zu machen und dem lieben Gott zu danken, dass sie so gut aussah, ohne sich anstrengen zu müssen.

»Wer sieht in meinem Alter noch so gut aus?«, war eine ihrer Standardfragen.

Als ich ein Kind war, sagte sie manchmal zu mir: »Ich verstehe nicht, warum du nicht so aussiehst wie ich!« Meine Nase war in den Jahren vor meiner Abreise der Gegenstand ihrer zahllosen spöttischen Bemerkungen gewesen. Meine jüngere Schwester geriet in eine andere Schmähliga als ich. Sie wurde nie ihres Aussehens wegen gehänselt. »Eine klassische persische Schönheit«, pflegte sie zu ihr zu sagen, »Schneewittchen persönlich«. Dafür bekam Mirella Kommentare zu ihrer Intelligenz und ihren schlechten schulischen Leistungen zu hören. Diese Zone war die meine. Ich thronte auf dem Hirnbezirk, während Mirella den Vollmond mit der Pfirsichhaut repräsentierte.

Meine Mutter hatte auf der anderen Seite immer wieder meinen Wissensdurst angestachelt und ihm Nahrung geliefert. Sie war die treibende Kraft für meine Bildung. Stets betonte sie, dass ich studieren und nie mit ausgestreckter Hand vor einem Mann stehen, mich nie in demütigende Abhängigkeit bringen solle. Andererseits musste ich als Dreizehnjährige Bücher auf dem Kopf tragen und auf Zehenspitzen schönes Laufen üben, weil angeblich die Mannequins in Europa solche Übungen für ihre Laufkünste machten, oder sie riet mir, meine Nase für bestimmte Zeiten mit einer Haarklammer festzuhalten, damit sie nicht noch größer würde.

Viele Jahre lebte ich mit dem Gefühl, dass ihre Kritik wirklich mich meinte. Erst viel später merkte ich, dass die Löwin ins falsche Kostüm geschlüpft war: Meine Mutter sah sich als eine verhinderte Prinzessin. Die, die ihr am nächsten standen, ich und, wie ich später erfuhr, auch meine Schwester erinnerten sie bloß an ihr eigenes Scheitern, das heißt an ihr wirkliches Leben.

Das erklärte auch, warum sie immer äußerst freundlich und charmant zu allen Menschen war, die ihr nicht nahe standen und die sie im Grunde nicht kannte. Ihnen gegenüber nahm sie stets die süßesten Worte in den Mund und war verführerisch und einfühlsam. Sie stellte interessiert Fragen und lachte häufig. Und für jede Antwort hatte sie eine höfliche und diplomatische Art, Verständnis zu zeigen. Wie oft hatte ich als junges Mädchen mit offenem Mund in einer Ecke gestanden und zugesehen, wie meine Mutter als anderer Mensch aus ihrem Fantasiereich mit der Nachbarstochter sprach. Die Szenen hatten sich damals wie eine Hinrichtung angefühlt. Ihre Wandlungsfähigkeit machte mich sprachlos und jetzt war ich froh, diesem schmerzhaften Theater nur noch alle Schaltjahre in meinem freiwillig gewählten Exil beiwohnen zu müssen.

Bei allen, die ihr nahestanden, konnte meine Mutter nicht die Rolle der kosmopolitischen Diva spielen, die sie für sich selbst war – deswegen ihr Groll und ihre ständige Kritik. Mein bescheidenes Leben ausgerechnet in *ihrem* Europa, das in ihrem Kopf vermutlich aus einem riesigen Palast bestand, der von einem blühenden Park umgeben war und in dessen Alleen Cary Grant pfeifend spazieren ging, muss ein Error-Signal ausgelöst haben. Wie konnte ihr eigenes Fleisch und Blut ein solches Leben in Europa führen?

Mit meinem Leben konnte sie ihre Träume nicht schmücken. Ich hatte in ihren Augen nichts erreicht, mein Studium zählte nicht (Philosophie war etwas für Menschen, die Probleme mit sich selbst hatten, und meine Mutter betrachte sich als jemanden, der keine Probleme hatte), meine Freundinnen waren unbedeutend, und sie vermied tiefergehende Unterhaltungen mit mir, weil sie nicht wissen wollte, dass ich nicht das jungfräuliche Leben führte, das in ihrer Kultur so wichtig war.

Aus Angst vor dieser Wahrheit in meinem Leben wich sie jedem wirklichen Gespräch mit mir aus. Die wiederholte Frage »Wie geht's dir?« bei unseren Anrufen war im Grunde eine Aufforderung, ja nicht zu erzählen, wie es mir ging und was ich im Leben trieb. Sie wollte nicht daran erinnert werden, dass es in meinem Leben auch Männer gab. Sie wollte sich mit so etwas nicht konfrontieren. Uneheliche Beziehungen, was für eine Katastrophe! »Äquivalenz zur Prostitution«, wie sie das nur ein einziges Mal in meiner Gegenwart benannte. Und weil ich dann empört reagiert hatte, sagte sie nichts mehr. Sie wollte mich nicht noch mehr verlieren, obwohl sie wusste, dass sie mich bereits verloren hatte.

Vielleicht wollte sie durch meine Liebesbeziehungen auch nicht an ihr eigenes Leben erinnert werden. Aber ihre Katastrophe hatte sich in einen seidig schimmernden, mit Goldfäden bestickten Mantel namens Europa verhüllt. Meine bestand aus einem einfachen Studio mit vielen Büchern und nichts, was dem Kaufhaus ihrer Fantasie zum Glänzen verhalf.

15.

An einem Donnerstagnachmittag betrat Eleonore Eisberg wie ein Komet mein Mansardenbüro und seufzte lächelnd: »Da ist ja die Günderrode!«. Wie ein unverrückbares Möbelstück stand sie mitten im Raum. Ihr Blick verriet, gewonnene Schlachten und Niederlagen hinter sich gebracht zu haben. Ich war froh, über den Besuch im Voraus informiert gewesen zu sein.

Frau Eisberg war kleinwüchsig und kräftig gebaut. Ihre starken Beine wirkten wie hartnäckige Wurzeln, die seit Jahrtausenden in der Erde steckten. Und beinahe unbewegt ruhte der stolze Kopf mit den kurzen schwarzen Haaren auf dem Sockel ihres Leibes. Sie stemmte die Arme in die Seiten, eine Geste, die, wie ich später beobachten konnte, gut zu ihr passte, und sagte mit unerwartet mädchenhafter Stimme, dass ihr Mann gleich nachkommen werde. Ich blieb bei *ihrem Mann* hängen und dachte sofort, dass David mit größter Wahrscheinlichkeit das Opfer eines Missverständnisses geworden war. Frau Eisberg sprach von *ihrem Mann.*

»Immer Ärger mit den Parkplätzen. Man weiß nicht, wozu man Steuern zahlt in dieser Stadt.« Danach schwieg sie, während sie sich langsam wie eine Statue um die eigene Achse drehte und das bescheidene Domizil der Gedicht-Agentur mit Sperberaugen ins Visier nahm.

Ich machte eine Geste in Richtung der Terrasse, um ihr die Möglichkeit anzudeuten, ihre bewegungslose Wanderung im Zimmer draußen fortzusetzen, aber sie lehnte mit einer entschlossenen Handbewegung ab.

»Diese Stadt habe ich schon oft genug von oben gesehen«, hauchte sie mit ihrer dünnen Stimme und verharrte an dem Ort, den ihr das Schicksal beschert hatte.

Kurze Zeit später klopfte es an die Tür. Ich hielt es für angebracht, aufzustehen und meinem Kunden persönlich die Tür zu öffnen. Frau Eisberg drehte nicht einmal den Kopf um, als ihr Mann vor mir stand. Ein distinguierter grauweiß karierter Anzug war das Erste, was mir an ihm auffiel. Sicher ein Brioni, dachte ich, verwundert über meine Sachkenntnis. Ich war von dieser unerwarteten Eleganz am helllichten Tag derart beeindruckt (Herr Eisberg trug eine grausilbrig schimmernde Krawatte mit einem Gilet, hatte die rechte Hand in der Hosentasche und sah aus, als wäre er soeben aus einem gehobenen Modekatalog ins richtige Leben umgestiegen), dass ich erst nach einer Weile auf die Idee kam, ihm auch ins Gesicht zu schauen: Kantige Züge, schlammgrüne Augen und weiße widerspenstige Haare am Hinterkopf, die vor einer sichtbaren, aber diskreten Stirnglatze ablenkten. Seine grazile, aber entschiedene Nase passte perfekt zu seiner eleganten Erscheinung. Körperlich jedenfalls war er das genaue Gegenteil seiner Frau.

»Da haben Sie sich also eingerichtet«, sagte er als Erstes zu mir, während er nach einem zustimmenden Blick seiner Frau suchte. Diese nickte mit dem Kopf und schaute an ihm vorbei. Frau Eisberg schien sich nicht mehr von der Stelle rühren zu können.

»Womit kann ich Ihnen behilflich sein?«, fragte ich beflissen wie eine Schuhverkäuferin.

Herr Eisberg lächelte. »David schwärmt sehr von Ihren Talenten. Sagen Sie, wie haben Sie überhaupt so schnell Deutsch gelernt?«

»Das ging rasch«, antwortete ich auf die Frage, die man mir schon an die hundert Mal gestellt hatte.

»Alles ist eine Frage der Leidenschaft, finden Sie nicht auch?«, sagte ich, wie aus der Pistole geschossen.

Die Schlammaugen des Mannes leuchteten auf. Aber nicht nur seine, wie ich bemerkte. Auch Eleonore Eisberg schaute auf einmal amüsiert zu und ihr statuenhafter Körper zeigte für einen Augenblick eine gewisse Lebendigkeit. Ich sah meine Stunde gekommen und fuhr fort.

»Die meisten Menschen wissen gar nicht, was es bedeutet, eine Sprache zu haben, und halten das für eine Selbstverständlichkeit. Dabei ist es beinahe unheimlich zu sehen, was Sprache mit einem macht. Wir werden durch und durch von diesem Gewässer getragen: *Bateau ivre*, verstehen Sie?«

Herr Eisberg lächelte sichtlich begeistert.

»Sie sind sicher auch ein Wortliebhaber, weil Sie eine Sprachschule gegründet haben«, fuhr ich fort und war schon wieder überrascht über mein eigenes rhetorisches Verkaufstalent. Wann hatte ich denn *diese* Sprache gelernt? Frau Eisberg sah mich an, wie man einem Kind zusieht, das mit infantilem Größenwahn erzählt, dass es später die Erde mit einem Ballon mit Düsenantrieb umfliegen wird.

»Ich bin Geisteswissenschaftler«, ließ mich Herr Eisberg mit sanfter Stimme wissen. Damit wollte er erklären, dass wir beide vom gleichen Schlag waren – nur dass ich keinen Brioni-Anzug trug.

»Haben Sie sich schon mal überlegt, Ihr Sprachtalent weiterzugeben?«

Ich schwieg. Auf diese Frage schien es mir heikel, mit einem Ja oder einem Nein zu antworten. Meine Verlegenheit erwies sich als richtige Haltung, weil Herr Eisberg, ohne seine Frau anzuschauen, mich jetzt mit seinem Blick fixierte und ohne Umschweife fragte, ob ich nicht Lust hätte, in ihrer Sprachschule zu unterrichten. Dann steckte er beide Hände in die Hosentaschen.

»Wir sind zwar eine Privatschule, da wir aber mehrheitlich ausländische Schüler haben, bekommen wir einen kleinen Zustupf vom Staat. Sie könnten bei uns Deutsch Unterstufe übernehmen, wenn Sie wollen. Sie wären ein fantastisches Aushängeschild für unsere Schule.«

Eleonore Eisbergs dünne Stimme doppelte nach.

»Natürlich gibts auch ein klein wenig Arbeit im Büro. Unsere Sekretärin ist, unter uns gesagt, nicht besonders intelligent und ich bräuchte dringend eine kluge Assistentin, die mir ein paar Stunden in der Woche zur Verfügung steht.«

Das Wort Assistentin gefiel mir, es klang chic, und hatte ich nicht in der Nachtfinsternis vom Unterrichten geträumt? Ich tat so, als dächte ich über die Frage nach, und sagte dann nach einer Weile: »Maximal zwei Tage in der Woche könnte ich in Ihrer Sprachschule tätig sein. Sie wissen, dass ich studiere, und Zeit fürs Schreiben und die Agentur brauche ich auch noch.«

Die beiden Eisbergs lächelten im Chor.

»Kommen Sie doch am Montag um 10 in unserem Büro vorbei. Da können wir alles nochmal besprechen. Wir sind nicht so bürokratisch. Die hässlichen Formalitäten haben wir schnell erledigt, nicht wahr, Fred?«

Herr Eisberg, nun Fred, nickte und hielt mir die Hand hin. Und als hätte er im selben Augenblick meine Gedanken erraten, sagte er: »Das Gedicht haben wir übrigens nicht vergessen. Wir verlassen uns auf Ihren Geschmack. Nehmen Sie ein unpubliziertes Gedicht! Wenn schon, denn schon: Wir wollen das Copyright.«

»Aber kurz sollte es schon sein. Wissen Sie, damit unsere Schüler nicht allzu sehr überfordert werden. Wir hängen das Bild ja in der Schule auf«, sagte die erste ernsthafte Kundin meiner Agentur und verließ mein Mansardenzimmer. Ihre Duftwolke folgte ihr auf der Stelle und hinterließ eine geschmeidig-pudrige Spur in der Luft.

16.

In Davids dunklen Locken leuchteten filigrane Silberfäden, nicht viele, aber die wenigen ließen seine Haare heller erscheinen, und einige Falten um seine Augen meinten es ernst mit den Zeitspuren, vor allem dann, wenn er lachte oder auf den Tisch klopfte und dabei wie ein Lausbub in die Welt sah. Fast immer trug er einen mokkabraunen, etwas aus der Form geratenen Manchesteranzug, den er seine Uniform nannte (ihm fehlte, wie er selber sagte, Saties Sonntagsanzug). In der einen Jackentasche trug er abends zu fortgeschrittener Stunde nicht selten eine Flasche Rotwein, in der anderen befanden sich oft seine neuesten Manuskripte. Den beigen Schal mit dem Affenkopfmuster sah man ab Mitte September an seinem Hals und es waren einige Sprüche bis tief in den Mai notwendig, bis er sich von ihm trennte. Mein charmanter Liebhaber-Freund, der bei seinen Langstreckenflügen stets koscheres Essen zu bestellen pflegte, weil er, obwohl nicht jüdisch, seinem Namen gerecht werden und das Gefühl genießen wollte, ein spezieller Gast zu sein, war ein bekanntes und beliebtes Gesicht in seiner Heimatstadt.

Wohin man mit ihm auch ging, überall wurde David freundlich gegrüßt und empfangen, eine hoch gehobene rechte Hand da, eine winkende linke dort. Besonders auffallend waren die vielen Frauen, die ihm zum Gruß einen Kuss auf die Wange setzten. Er nannte sie alle seine lieben Freundinnen – die in meinen Augen eine schillernde Armee bildeten: Es gab ältere und jüngere unter ihnen, große und kleine, blonde und dunkelhaarige, schöne und weniger attraktive. Auffallend viele jüngere Freundinnen, Frauen in meinem Alter, schienen zu meiner großen Überraschung Lyrikerinnen zu sein, von denen man nie etwas gehört hatte, und etwa genauso viele waren laut David versierte Lektorinnen. Ich wusste bis dahin nicht, dass so viele Dichterinnen und Lektorinnen in der Schweiz leben. Sie alle schienen ihn zu mögen und nicht verärgert zu sein, dass ihre Zeit an seiner Seite von kurzer Dauer gewesen war. Vielleicht dachten sie auch Ähnliches über mich, wenn sie mich an seiner Seite sahen.

Der Unterschied war frappierend. Während die Männer, die einst in mich verliebt waren, selten weiterhin mit mir befreundet sein wollten, erwiesen sich Davids Frauen als treue und verlässliche Anhängerinnen. Jede von ihnen war jederzeit zu haben. Ich wusste es aus seinen Erzählungen. Ein Anruf von David, und nie musste er einen Abend alleine verbringen.

Die Damen waren bei Bedarf auch liebevolle Krankenschwestern. Musste David wegen eines banalen Infekts das Bett hüten, gaben sich die lieben Freundinnen die Klinke in die Hand, um ihn zu pflegen. Die eine kaufte ein, die andere kochte ihm seine Lieblingssuppe, die dritte las ihm aus der Zeitung vor. Während »meine Männer« von dem Moment an, als sie merkten, dass sie mein Herz nicht erobern konnten, sich keine Bohne mehr für mich interessierten. Und selbst wenn es mal vorkam, dass man sich lange Zeit danach zufällig wieder traf und sich verabredete, ließen sie mich meist lange warten oder erschienen gar nicht zum Treffen. Ganz egal, was sie zuvor für mich empfunden hatten, setzten sie nun alles daran, mir vorzuführen, wie bedeutungslos ich für sie war. Davids Frauen hingegen schienen robuster zu sein. Nichts zählte für sie mehr, als ihm dienlich zu sein.

Scherze oder ironische Bemerkungen zu diesen Verhältnissen waren nicht angebracht. David mochte alle seine Freundinnen und betrachtete es als sein Recht, von ihnen verwöhnt zu werden.

»Weißt du, wir mögen uns halt.«

»Aber wie kommt es, dass keine dieser Frauen verärgert ist oder eifersüchtig? Schließlich hast du sie alle für eine andere sitzen lassen.«

»Ach, Eifersucht ist etwas Bürgerliches, findest du nicht? Warum soll man Menschen, die man mag, eine Szene machen?«

»Sie müssen dir keine Szene machen«, sagte ich dann mit gequälter Stimme, »aber dass sie dich so liebevoll umgarnen, finde ich seltsam.«

Ich war neidisch darauf, dass seine Verehrerinnen ihm so treu ergeben waren, und wusste nicht, wie ich mich selbst verhalten würde, wenn unsere Freundschaft erkaltete. Würde auch ich ihm bei einem zufälligen Treffen um den Hals fallen? Würde ich ihm lächelnd einen Stapel Bücher ans Krankenbett schleppen und meine kühle Hand auf seine fieberheiße Stirn legen? Würde auch ich, obwohl viel jünger als er, zu einer Art fürsorglichen Mutter werden?

»David, wie schaffst du es, dass alle Frauen liebevolle Mütter werden?«, fragte ich ihn.

Er hatte keine Antwort auf diese Frage. Er meinte, dass ich zu viel über Dinge nachdächte, die man nicht erklären könne.

»Das ist es eben, Mann und Frau zu sein.«

»Aber das ist ungerecht.«

»Wo siehst du eine Gerechtigkeit in dieser Welt?«

»Aber wieso tun dies die Männer nicht, die mich angeblich geliebt haben? Manche von ihnen haben mich sogar in ihren Texten verewigt.«

»Das waren keine guten Männer«, lachte er, »und du, Chaya, musst lernen, deine Chancen besser auszunutzen. Du bist nicht immer so offen.«

Ich war nicht begabt darin, ausufernde Streitgespräche zu führen. Ich verlor schnell die Geduld und konnte stundenlang heulen; zwei Mal wurde ich jähzornig. Einmal warf ich einen Stuhl aus dem Fenster, der zum Glück niemanden auf der Straße traf, ein anderes Mal schleuderte ich einen Blumenstrauß gegen den Kopf eines Geliebten. Irgendwann fing ich an, schriftlich mit meinen Verehrern zu kommunizieren. Da konnte ich in meinem Cockpit sitzen und ruhig und geordnet schreiben, was ich fühlte. Das Brodeln in mir konnte so am nachhaltigsten verebben. Ich glaube, dass Schriftsteller und alle Menschen, die schreiben, eine tiefe unbändige Wut in sich tragen. Ich schrieb viele Briefe, auch wenn ich sie nicht immer abschickte.

David besaß einen Ordner mit vielen Briefen und Kommentaren von mir. Der Ordner trug den Titel »Chaya tobt«. Er hatte ihn demonstrativ in sein Bücherregal neben Klassiker von Thomas Bernhard gestellt.

Eine Beziehung, wie ich sie zu ihm unterhielt, wäre mir mit keinem anderen Mann, auch nicht im Traum, eingefallen. Ich hätte keine Rivalinnen neben mir geduldet. Die ätherische Unverbindlichkeit zwischen uns hätte rasch Langeweile bei mir produziert, und ich hätte innerhalb kürzester Zeit in einer dramatischen Nacht- und Nebelaktion den Mann verlassen oder mich wortlos aus dem Staub gemacht. David aber ließ mich und blieb trotzdem. Ich konnte auf meiner Insel leben, wie ich wollte. Er war die Fähre, die immer wieder hinüber zu mir kam und mit einer freundschaftlichen oder galanten Geste erneut mein Herz eroberte. In dieser freischwebenden Zuneigung mit gelegentlichen Verliebtheitsattacken schien es mir nicht notwendig, konsequent sein zu müssen, zumal David wie ein liebevoller Vater für mich sorgte.

Er ist eine Ausnahme, sagte ich zu mir und hielt an meinem Groll dem Schicksal gegenüber fest.

»Eines Tages wirst du sehen«, sagte er manchmal im Spaß, »dass deine Mutter mich als den idealen Schwiegersohn preisen wird«, faltete beide Hände unter dem Kinn und machte eine Kopfbewegung wie ein indischer Tänzer.

»So einfach wird meine Mutter nicht verführbar sein«, belehrte ich ihn. »Sie ist viel raffinierter, als du denkst, mein Lieber. Sie wird dich, noch bevor sie dich gesehen hat, in Stücke zerfetzen. Sie wird mir vorhalten, dass ein Schriftsteller ein armer Schlucker sei und dass zwei Arme sich nicht zusammentun sollten und dass ich meine Zeit mit dir vergeuden würde. Sie würde sich keinen Augenblick daran erinnern, wie stolz sie auf meinen Kindheitswunsch gewesen war, Schriftstellerin werden zu wollen, und wie oft sie mich ermuntert hatte, zu schreiben. Dann aber! Wenn sie dich gesehen hat, wird sie sich bei mir beklagen, dass ich nicht die Fähigkeit hätte, aus so einem guten und reifen Freund und offensichtlich verlässlichen Mann einen Ehemann zu machen – und würde mich bedauern. Insofern könntest du recht haben, ja, nur dass du in dieser Rechnung austauschbar bist.«

Vielleicht wünschte David insgeheim, meine Familie kennenzulernen, und machte deswegen solche Späße. Im schwarzen Telefonhörer aber, der mich mit den Meinen verband, existierten weder er noch ein anderer. Ich mutierte dort zu einem geschlechtslosen Wesen, das nie Sorgen hatte und dem es stets gut ging. Ich instrumentalisierte die Bücher gegen meine Familie, vor allem gegen meine Mutter. Hinter dem Schutzwall von Lektüre ließ sie mich in Ruhe, das wusste ich. Also erzählte ich jedes Mal, dass ich gerade am Lesen sei. Laut meinen Berichten las ich zu jeder Tageszeit, und tatsächlich las ich viel und alles, was mir in die Hände kam, aber nicht so drastisch, wie ich meinen Alltag am Familientelefon schilderte. Ich erzählte nie von meinen gelegentlichen nächtlichen Ausflügen, und andere Menschen kamen in meinen Berichten ohnehin selten vor. Meine Familie erfuhr nie von mir, wenn ich verliebt war, und war ahnungslos, wenn ich Kummer hatte. Aber so sehr interessierte sich meine Mutter auch nicht für meine Lektüren, im Grunde langweilte sie das Thema, das sie fast immer und rasch mit der Bemerkung beendete, dass ich am Schluss meine Augen ruinieren würde.

17.

Ich stellte mir Davids Liebesleben bunt vor und malte mir seinen Kalender aus (Montag zum Frühstück: Marie, später Nachmittag: Leila, abends: eventuell Mirjam (ansonsten Bettina), PS: abends Marie anrufen!) und machte hin und wieder spitze Bemerkungen. Manchmal aber musste ich ihm schreiben.

Lieber David
Du hast mir immer wieder erklärt, ein praktizierender Anhänger der Polyamorie zu sein. An deinem Lustunternehmen kann jede Frau eine Liebesaktie erwerben, du hast also einen hoch demokratischen Betrieb. Auch erklärst du immer wieder, dass die glutroten Unterschiede, die mich gelegentlich, hier und da, eigentlich immer, höllisch ärgern, die basalen Differenzen zwischen Mann und Frau wären und zitierst dabei

auch noch einen jungen Lyriker: »Manche Früchte haben keine Antwort« und erwartest, dass ich mich damit zufrieden gebe.

Ich ärgere mich, lieber David, weil ich dir in solchen Momenten nicht adäquat entgegnen kann.

In der gesamten Literaturgeschichte lassen sich nur wenige Zeugnisse finden, wie Frauen lieben. Weißt du, warum? Weil es in der gesamten Literatur nur von deinen Fantasien und Liebesbezeugungen wimmelt, unsere Kultur ist vollgestopft mit männlichen Fantasien über die Liebe. Kein Kunststück, dass du problemlos junge und alte Lyriker zitieren kannst. Wenn Frauen als Liebende oder Geliebte auftauchen, dann ist es ein Mann, einer wie du, gewesen, der ihnen die Worte und Gefühle in den Mund gelegt hat.

David, es ist ein Skandal, dass selbst hinter der Nonne der sublimen Lettres Portugaises ein Mann gestanden haben soll! Ich könnte weinen.

Die einen Frauen lasst ihr aus Liebe sterben und die anderen, die nicht als Liebende gezeichnet werden, befördert ihr als Wahnsinnige in die Geschichte. Eine nicht liebende Frau ist für euch der Wahn selbst! Eine sich nicht aufopfernde, nicht für die Liebe lebende Frau ist für euch als positives Wesen inexistent.

Selbst die intelligentesten und einfühlsamsten Autoren unter euch, die sich der Liebesmaterie gewidmet haben, sind sich darin einig, dass die Frau für die Liebe lebt. Und diejenigen, die der aufopfernden Liebenden keine Krone aufsetzen und ihr in neueren Zeiten sogar mit einer gewissen Verachtung begegnen, die finden ihre Lieblingsfigur im realen Leben in ihren Geliebten wieder – Frauen, die bereit sind, vor lauter Liebe selbst auf die Präsenz des geliebten Mannes zu verzichten. Und so etwas nennt sich womöglich auch noch Demokratische Republik der Liebe, mit einem von euch als Präsidenten.

Was wären denn die weiblichen Worte und Liebesgefühle, die nicht von männlichen Ornamentierungseingriffen infiziert sind, David?

Und weißt du, was mich entmutigt? Dass die kühnsten und leidenschaftlichsten Liebesbezeugungen der Frauen in der Literatur interessanterweise auch an Frauen gerichtet sind. Die prägnantesten, die erschütterndsten und berühmtesten richten sich auch an weibliche Geliebte.

Kann man euch Männer vielleicht gar nicht lobpreisen? Seid ihr es nicht wert, seid ihr nicht schön genug? Die einzigen Männer, die in der Literatur gepriesen und bewundert werden, sind junge Männer, die von anderen Männern besungen werden. Du musst mir das glauben, dafür habe ich viel Zeit in Bibliotheken verbracht: Vom antiken Griechenland bis hin zu den islamischen Kulturen des Hochmittelalters ist es der zarte, noch nicht männliche Knabe, der junge Ephebe – letzten Endes ein femininer Typ Mann – der zum Gegenstand von Liebesansprachen wird. Auch im Mann wird nur die Frau gelobt.

Aber warum halten die liebenden Frauen ihre Leidenschaft für ihren Geliebten nicht fest, David, warum?

»Als Herr wirst du nicht reden! / Was soll das Seufzen jetzt? / Gespielt wird die Komödie!«, schreibt die Zwetajewa. Und junge Mädchen waren es, die Sappho zu ihren geschmeidigen Gedichten inspirierten: »Wie habe ich dich vermisst. Doch du kehrtest zurück / du hast meine Sehnsucht gespürt.

Meinen Wunsch erfüllt. / Vorbei ist die Trennung. Ich bin wieder froh. / Sei glücklich bei mir. Meine *Gyrinna.«*

Oder leben Frauen diese innige und alles ersetzende Liebe nur in den Augen von Männern und in Wahrheit verhält sich alles ganz anders? Aber auf welcher Bühne?

Lieber David, die Literatur, die du so gerne und oft zitierst, hat in der Rolle der liebenden Frau lauter liebende Idealmamis produziert. Allesamt Mütter. Ob die sich nun aufopfern, sich umbringen oder aus Liebe ein Verbrechen begehen. Hatte nicht selbst Albert Cohen, den du auch so bewunderst, geschrieben: »Und ich brauchte ihre Zärtlichkeit, diese Zärtlichkeit, die sie nur schenken, wenn die Leidenschaft sie ergreift, jene göttliche Mütterlichkeit der liebenden Frauen?«

Was meinst du dazu, David? Gibt es keine Frau in der Liebe für euch? Ist eure Liebe nur die zur Mutter und die Frau muss »außerhalb« erfunden werden?

Ich warte und freue mich auf deine Antwort.

Chaya

In meinem Mansardenzimmer glitt mein Blick über die Terrasse auf die ziegelroten Nachbardächer und suchte sich im Äther unsichtbare Verbündete, die mir Stoff und Nahrung für noch Ungeahntes lieferten. In meiner Traumagentur fand ich Zeit und Muße, den Fragen und Rätseln nachzugehen, mit denen ich mich allein gelassen fühlte und die mir niemand erklären konnte. Ich schrieb viele Briefe und kleckerte am korkbraunen Schreibtisch Hefte voll. Eigentlich saß ich dort, um Maßnahmen zu überlegen, wie ich Kunden gewinnen, wie ich Menschen dazu bringen konnte, ihr Geld für Gedichte auszugeben. Stattdessen beschäftigte ich mich fieberhaft mit Davids Liebesleben, hielt meine Beobachtungen fest, meine Empörung: Gemein! Gemein! Gemein! oder strich mit Wut im Bauch ältere Thesen durch, die mir nicht mehr hieb- und stichfest erschienen (ich hatte sogar in Erwägung gezogen, dass unsere Fähigkeit, verschiedene Sprachen zu beherrschen, die Veranlagung begünstigte, verschiedene Menschen gleichzeitig zu lieben – doch wenn diese Idee wahr gewesen wäre, hätte ich einen Harem unterhalten können).

Meine Wut richtete sich im Grunde gegen mich selbst, weil auch ich mich auf eine Weise in Davids Leben eingerichtet hatte. Ich besaß wie andere Frauen einen Schein in seinem Liebesfonds und beteiligte mich an jenem »natürlichen Unglück, dem unabwendbaren«, wie die Listige sagte, »das von der Krankheit der Männer kommt«.

18.

Eine Sprache zu lernen, ist noch nicht alles. Es ist wie beim Kochen. Weil wir essen, müssen wir nicht unbedingt auch kochen können. Es wird uns zuerst beigebracht, was essbar ist und was nicht, wir speichern die Geschmäcker und die Vielfalt der Zutaten, was aber eine Komposition ergibt, muss gelernt werden. Eine Sprache zu lernen, ist der Anfang, man muss dann viele andere Sprachen lernen. Man muss die Sprache des Streits lernen und die der Wut, die Sprache des Ehrgeizes und die des Spiels, die Sprache des Hasses und die der Liebe. Nur die Trauer hat keine Sprache.

Von allen diesen Sprachen hatte ich in meiner Kindheit so viele gelernt – wie ein Kind in durchschnittlichen Verhältnissen. Aber ich verfügte nur über Erfahrungen, die eine Jugendliche in ihrer kurzen Lebenszeit machen kann, und eine Jugendliche, die in einem behüteten Umfeld aufwächst, hat keine großen Erfahrungen – ich kannte die Streitereien zwischen meinen Eltern, eine Sprache, die mich ängstigte und mir verhasst war, ich kannte die große Bewunderung und Zärtlichkeit, die mir mein Vater entgegenbrachte und die den schwachen Gegenpol zu den Klagen meiner Mutter bildeten, sowie die kleinen Freuden des Alltags: ein Eis, neue Schuhe, der Beginn der Schule oder der Besuch eines Gartenbads, der so viel bedeutete, dass man die Nacht zuvor nicht richtig schlafen konnte und dem großen Ereignis entgegenfieberte.

Alle Sprachen, die ein erwachsener Mensch beherrscht, weil er sie sich auf »natürliche« Weise mit der Zeit aneignet, indem er sein Leben lebt, prägte ich mir ein über eine Sprache, die selbst zuerst gelernt werden musste. Ich hatte ja meine Milchundhonigsprache radikal aufgegeben und mit inniger Sehnsucht begonnen, aus der fremden Schicksalssprache eine Muttersprache zu machen. Ich nannte die neue Sprache meine Vatersprache, was dem Sachverhalt vielleicht, aber meinem Wunsch keineswegs gerecht wurde. Ich war besessen von dem Wunsch, nicht in einer Fremdsprache zu leben.

Hätte ich die Sprachen des Lebens in meiner Muttersprache gepflegt, hätte ich auf Persisch gestritten, Freundschaften geschlossen und lieben gelernt, dann wäre die Fremdsprache weiterhin eine Fremdsprache geblieben, aber ich hätte in ihr mit all den anderen Sprachen einen Raum gefüllt. Ich hätte persönliche Inhalte gehabt. Aber ich musste diese Rollen in einem Kostüm einnehmen, das zwar gut, manchmal sogar wie maßgeschneidert saß, aber nicht meine eigene Haut war. Mein Problem blühte in jenem Feld, das mir am wichtigsten im Leben war, beim Schreiben. Dort, wo ich andere Blüten wünschte und erwartete, empfing mich die Kluft, die Leere, jener eisige Raum, der sich zwischen der Muttersprache und meiner neuen Sprache eingenistet hatte.

Ein älterer Lyriker, der mich eines Tages in meiner Gedichtagentur besuchte, fragte mich unverblümt, warum ich meine Muttersprache aufgegeben hatte, und starrte mich mit seinem dunklen Blick an.

»Wie kannst du so etwas aufgeben?«, war sein väterlicher Vorwurf. »In einem fremden Haus, das dir immer fremd bleiben wird, egal wie wohl du dich darin einrichtest, wirst du kaum diesen direkten, ja intravenösen Zugriff auf die Poesie haben, verstehst du?«, stach er ungewollt in mein Herz. »Du musst aufhören, ein ideales Leben führen zu wollen, Chaya. Das führt nirgends hin. Du musst die Sprache, das Leben leben, das in dir steckt. Versuch wieder, in deiner Muttersprache zu schreiben und erst von dieser zu deiner neuen Sprache zu finden. Werde zu deiner eigenen Übersetzerin!«

Ich insistierte zwar, dass es Ideale seien, die einem Flügel verliehen, die einem erlaubten, aus dem eigenen Schatten zu springen, um Besseres, Intensiveres aus sich selbst herauszuholen, aber der erfahrene Dichter lächelte nur stumm.

»Ideale realisieren sich nur dann sinnvoll, wenn sie ein Maß haben. Außer man leckt Blut und hat Zähne wie ein Raubtier. Bist du ein Raubtier, Chaya?«, sagte er und ließ seinen dunklen, von vielen Buchzeilen dieser Welt gesättigten Blick in die Räume meiner Gedicht-Agentur schweifen. »Du bist zwar keine Schmusekatze, aber ein Raubtier ist etwas anderes, Chaya. Deswegen ist es in deinem Fall ein Fehler, maßlosen Idealen hinterherzurennen. Du erschöpfst deine Ressourcen.«

Ich versuchte dem Freund zu erklären, dass meine Muttersprache für mich keine richtige Sprache mehr war. Ich konnte mich in ihr nicht mehr so bewegen wie in der Stadt, in der man wohnt und sich mit geschlossenen Augen auskennt. Sie war subkutan mit mir verbunden, aber unbrauchbar für mein Leben hier. Wer denkt schon daran, was unter seiner Haut geschieht? Was uns berührt, streichelt oder juckt, das spüren wir auf der Hautoberfläche.

Ich war eine Vertriebene, die nicht mehr zurück konnte und nicht die Aussicht hatte, je vollständig und unversehrt am neuen Ort anzukommen. Ich war dazwischen.

»Schau mal, es sind wenige, ganz ganz wenige, die es so geschafft haben, wie du dir das wünschst«, entgegnete er mir. »Man könnte sie vermutlich an einer Hand abzählen. Ich rede jetzt nicht von Ausländern, die hier aufgewachsen sind. Als Kind ist man ein offenes, brach liegendes Feld, man denkt nicht, also gibt es keinen Widerstand. Die Sprache fließt in einen hinein, vielleicht nicht wie die Muttermilch, aber wie der Schoppen danach. Es ist immer noch organisch, wenn jemand mit zwei, fünf oder von mir aus zehn Jahren eine neue Sprache lernt. Du aber hast diese Sprache mit Verstand gelernt, mit deinen Grammatikkenntnissen und deinem Willen. Du hast Übungen gelöst, hast auswendig gelernt und deinen Widerstand gegen diese lästigen Aufgaben immer wieder überwunden – das ist etwas anderes. Das ist, auch wenn man es dir nicht ansieht und anhört, keine richtige zweite Haut, das ist deine Uniform. Verstehst du? Und eine Uniform ist keine zweite Haut.«

Die Familie war weg und die Muttersprache auch. Die, die einem Halt geben, konnten es nicht, und ich selbst fühlte mich bei aller Sprachgewalt, die man mir attestierte, sprachlos. Nicht nur beim Schreiben, auch in den Beziehungen fühlte ich mich sprachlos. Es war wohl kein Wunder, dass sich in diesem Gefühlsraum beinahe unbemerkt auf mikroskopischer Ebene die *Distanz* zum Maß aller Dinge in meinem Leben entwickelt hatte. Die Beziehung zu David schien mir die exemplarische Frucht meiner persönlichen Verhältnisse.

Wäre ich, fragte ich mich, auch im Traumland meiner früheren Jugend Amerika oder in der Heimat Signor Giovannis so geworden, wie ich es in der Schweiz geworden war? Hätte die italienische Sprache einen anderen Menschen aus mir gemacht? Hätte der Gebrauch des Füllwortes »magari« mir andere Lebensperspektiven eröffnet?

Wenn die Sprache uns prägt, uns einfach und natürlich ihren Stempel aufdrückt, was passiert mit den Stempeln, die uns weitere Sprachen verpassen? Und wie verhalten sich all die Prägungen zueinander?

Als ich damals mit 22 Jahren die Prüfung für meine Einbürgerung ablegte, lautete eine der Fragen, die man mir in der so freundlichen Runde gestellt hatte, warum die Schweiz neutral sei. Ich hatte mich auf diese Prüfung vorbereitet, hatte die Bücher »Schweizer, das musst du wissen« und »Wir Eidgenossen« studiert und wusste, wo die tiefsten und höchsten Punkte in der Schweiz waren, und kannte die Reihenfolge der Brücken in Basel. Der Stoff schien mir also überschaubar. Ich antwortete brav: »Die Schweiz ist neutral aufgrund eines Beschlusses des Wiener Kongresses.«

Der Präsident der Kommission war mit meiner Antwort nicht zufrieden. Er drehte seine graumelierten Locken um den Zeigefinger und ermunterte mich, nochmals darüber nachzudenken, was eigentlich die Neutralität der Schweiz ausmache. Ich war ratlos. Als untalentierte Historikerin war ich darauf fixiert, dass der Wiener Kongress nach der Niederlage Napoleons alle Karten in Europa neu gemischt hatte. Warum sollte er dann nicht auch die Schweizer Neutralität festgelegt haben?

Der Kommissionspräsident fing an, nervös mit den Händen zu fuchteln. Als er sah, dass er mich nicht auf den richtigen Weg bringen konnte, warf er, immer noch freundlich, aber vorwurfsvoll, in meine Richtung am anderen Ende des Konferenztisches ein: »Die vielen Sprachen! Wir sind neutral wegen der vielen Sprachen in unserem Land!«, und ließ mich in der Schlacht bei Marignano mutterseelenallein.

Damals fiel es mir, einer Frau von 22 Jahren, leider nicht ein, zu fragen, wie er das meinte, dass die Sprachen die Neutralität des Landes begründeten. Weil sie eine Zerreißprobe für das kleine Land darstellten? Oder weil sie sich gegenseitig aufhoben? Und warum sollte das, was für die Schweiz galt, nicht generell für so viele Menschen gelten? Für diejenigen, in deren Lungen mehrere Sprachen atmeten?

Alles hat nicht nur seine Zeit, alles hat auch seine Sprache. Ich war schon nicht mehr ganz jung, als mir das Schicksal vorführte, dass ich es aus lauter Sorge um die Vereinnahmung der deutschen Sprache versäumt hatte, die Sprachen des Lebens zu lernen. Ich war ahnungslos zu einem Bibliotheksgewächs mit einem merkwürdigen Menschen- und Weltbild geworden.

Ein ironischer, ja fast höhnischer Zufall muss es gewesen sein, dass mein sozialer Aufstieg in einer Sprachschule seinen Anfang nahm und dass ich an so einem Ort erstmals das Alphabet des Lebens wahrzunehmen begann. Hatte ich mich unbemerkt wie Gregor Samsa in einen Käfer verwandelt? Oder in eine Fürstin Myschkin?

19.

Die Eisbergs hatten sich ihr Schulgebäude etwas kosten lassen. Mitten in der Innenstadt hatten sie ein stolzes Patrizierhaus für ihr Bildungsunternehmen bezogen und provozierten mit ihrer nicht schweizerisch aussehenden Klientel die gut betuchte Nachbarschaft. Da gingen Türken, Afrikaner, Tamilen, gelegentlich auch Mazedonier und Chinesen ein und aus und nahmen mit ihrem Dasein ein Haus in Anspruch, das in den Augen der Anwohner altehrwürdig und deswegen im Kern nur von den Einheimischen wirklich zu schätzen war. Ein Nachbar hatte sogar einen Brief an die einzige Tageszeitung der Stadt geschrieben, die sich als Kulturstadt begriff, und dabei für die Erhaltung der Schweizerischen Werte im Sinne der »Landschaftspflege« argumentiert: »aus rein ästhetischen Gründen«. Damit wolle er zwar um Gottes willen keineswegs behaupten, die Menschen aus fremden Ländern seien nicht schön, auch wolle er kein hässliches rassistisches Gedankengut ins Spiel bringen, nein, aber diese Leute passten nicht zu dieser architektonischen Stilrichtung, und es sei auch nicht gesichert, ob sie die aus ganzem Herzen genießen könnten, denn schließlich liebe jeder Mensch, egal welcher Herkunft, im Grunde das, was er am besten kenne. Er habe nichts gegen Ausländerinnen und Ausländer, und es sei absolut zu befürworten, dass sie so schnell wie möglich *unsere* Sprache lernten, aber müsse das ausgerechnet in einem denkmalgeschützten Gebäude sein? Könnten denn diese Menschen Deutsch nicht in einem Neubau lernen?

Herr Eisberg, stolz auf ein *von* oder *zu* irgendwo in seinem beeindruckenden Familienstammbaum (leider führte dieser Zusatz nicht zu ihm, sodass er sich nicht von oder zu Eisberg nennen durfte, obwohl er das Von-oder-zu-Lebensgefühl tief in sich trug), hatte sich überlegt, diese Reklamationen ernst zu nehmen. Dann hatte er sich aber zurückgehalten, weil sie dem Ruf seiner Schule dienten und er damit zu gratis Publicity kam. Sein Instinkt sagte ihm, dass er damit das Richtige tat, und mit seinem Instinkt war nicht zu scherzen.

Im Erdgeschoss des prestigiösen Gebäudes befand sich zur rechten Seite ein lichtdurchfluteter feudaler Raum, der der Empfangsraum der Schule zu sein schien. Links gegenüber war ein ähnlicher Raum, der mit einer diskreten Goldtafel versehen worden war. Darauf stand schlicht *Büro Eisberg*. Obwohl ich einen Termin mit den Eisbergs hatte, wendete ich mich zunächst an das Sekretariat.

Da saß sie nun vor einem der imposanten Fensterminarette, die angeblich minder talentierte Sekretärin, von der Frau Eisberg gesprochen hatte: eine Frau mit kurzen, zum Himmel gerichteten, kupferroten Haaren, die Sonnenbrille unbekümmert auf dem zierlichen Kopf, einen Kugelschreiber an einer Goldkette um den Hals und eine hellblaue Jeansjacke, die sie locker auf den Schultern trug. Ich konnte ihre Füße nicht sehen, aber es hätte mich nicht gewundert, wenn sie Cowboy-Stiefel getragen hätte. Da sie mich offensichtlich für eine Schülerin des Hauses hielt, fragte sie, ohne die ihr Kinn stützende Hand zu entfernen, bemüht freundlich in ihrem Eidgenossen-Hochdeutsch, womit sie mir behilflich sein könne. Es war mir im Laufe der Jahre immer wieder aufgefallen, dass viele Menschen, die meinten, ich würde ihre Sprache nicht verstehen, mit mir wie mit einem Kind sprachen. Und es passierte nicht selten, dass, wenn ich darauf mit einem Satz im Dialekt erwiderte, sie sich weiterhin in ihrer Babysprache mit mir unterhielten. Mein Aussehen konnte sie nicht davon abbringen, sich unnötige Mühe zu machen. Was sie sahen, war stärker als das, was ihre Ohren ihnen zuflüsterten.

Auch ihre auffallende Höflichkeit verstärkte den Eindruck, dass diese Schule eine besondere Schule sein musste. Vielleicht war sie eine Art städtisches Lyceum Alpinum, in dem nur reiche Ausländer Deutsch lernen durften – das hätte zu den Eisbergs gepasst.

»Ich möchte gern zu Frau Eisberg, bitte. Wir haben einen Termin.«

Frau Tamara Buddel, wie ich inzwischen auf dem kleinen Schildchen an der Theke vor ihrem Schreibtisch entziffern konnte, lächelte vieldeutig und fragte in ihrem für meine Ohren fremden Deutsch, welche Frau Eisberg ich denn meine, die ältere oder die jüngere, und genoss offensichtlich meine Verwirrung. Gleichwohl sah sie mich mit ihren runden, undefinierbar blauen Augen freundlich an und ließ mich wissen, dass Herr Eisberg in zweiter Ehe verheiratet und dass die jüngere Frau Eisberg auch gelegentlich in der Schule tätig sei. Ich deutete an, mich nicht unhöflich festzulegen zu wollen, wer von den beiden Damen nun älter oder jünger sei; die Frau Eisberg, die ich meinte, habe jedenfalls kurze schwarze Haare, sagte ich – schwarze Haare waren schließlich nicht diskriminierend.

»Aha, Sie meinen in dem Fall Frau Eisberg senior«, sagte Frau Buddel. Sie sprach das Wort *senior* irgendwie nasal aus, sodass es sich wie *saignant* anhörte. »Ja, sie ist in der Schuldirektion. Frau Eisberg junior hingegen ist es nicht offiziell, aber auch sie hat hier und da ein Wörtchen mitzureden«, wurde mir verraten. Damit stand Frau Buddel entschieden auf und kam mit festen Schritten aus ihrer Ecke hinter der Theke hervor und lief mit einer Hand, die ihr den Weg durch die Luft ebnete, zur Tür hinaus. Frau Buddel trug tatsächlich mahagonibraune Cowboy-Stiefel. Selbst ihr Gürtel hatte einen Westerntouch, und oberhalb ihrer Schamgegend, wo normalerweise eine Schnalle ihre Dienste tut, ruhte ein Stierkopf mit abstehenden kleinen Hörnern und beschützte die fruchtbare Gegend. Frau Buddel musste so etwas wie der John Wayne des Betriebs sein. Ich folgte ihr und warf einen Blick auf ihr Reich, um mich zu vergewissern, ob nicht vielleicht ein Lasso auf dem Schreibtisch lag, sah aber nur einen erstaunlich aufgeräumten Arbeitsplatz – sie hatte offensichtlich keine Papierkriege zu bewältigen.

Im Büro der Eisbergs wartete lediglich Frau Eisberg. Sie kam überschäumend nett auf mich zu, als kennten wir uns seit Ewigkeiten, als wäre ich die Tochter einer alten Schulfreundin, ja vielleicht sogar einer Lieblingsnichte, die sie lange nicht gesehen hatte. Sie hielt sogar meine Hand für eine mir zu lang erscheinende Weile in ihren Händen und hieß mich strahlend willkommen.

Frau Buddel ihrerseits wirkte ob dieses herzlichen Empfangs, den mir ihre Chefin bereitete, überrascht. Ich schien in ihren Augen auf einmal eine wichtige Person zu sein, und da sie nichts Bedeutendes mit meiner Erscheinung verbinden konnte, misstraute sie ihrem Befund. Ein Lächeln bedeckte wie ein Pilzbefall ihren schmalen Mund und sie erbot sich, uns etwas zu trinken zu bringen. Dann verschwand sie wie der Wind aus dem Zimmer.

»Du wirst es gut bei uns haben«, sagte Frau Eisberg, nachdem sie spontan beschlossen hatte, mit mir in den Du-Modus zu treten.

»Zwei Doppelstunden Deutsch, die für dich bestimmt kein Problem sind. Dann wäre ich dankbar, deine Dienste für zusätzliche sechs Stunden in Anspruch nehmen zu dürfen. Es ist heutzutage so schwer, jemanden zu finden, der klug und schnell ist. Meine Aufgaben«, dabei betonte sie das Possessivpronomen so, dass klar wurde, dass damit Exklusivrechte einhergingen, »kannst du im Sekretariat erledigen. Dort steht seit langem ein Schreibtisch leer. Die Buddel wird dir später alles Nötige erklären. Zudem tut es auch ihr gut, wenn sie nicht immer allein im Empfangsraum sitzt. Sie führt sich ja auf, als wäre sie da bei sich im Stall. Über den Lernstoff wird dich mein Mann, oder sagen wir mein Ex-Mann, gleich informieren, das ist sein Ressort.« Bei der Erwähnung ihres Ex-Gatten hoben sich die kaum erkennbaren schmalen Augenbrauen. »Das musste er mir auch noch antun«, wären die Worte gewesen, wenn der liebe Gott die Augenbrauen mit Sprache gesegnet hätte.

Der herrschaftliche Büroraum von Frau Eisberg kam mir wie ein vollgestopftes Wohnzimmer vor: Zwei klotzige Schreibtische aus dunklem Nussbaum wurzelten in den Ecken, ein schilfgrünes Kanapee, drei Ohrensessel mit gewiss ungemütlichen Armlehnen, die mich an unseren vereinsamten Salon in Teheran erinnerten, ein riesiger Spiegel, der schon bessere Tage erlebt hatte, und hier und da ein Sekretär, der in ein Zwiegespräch mit der Wand vertieft zu sein schien.

Man konnte in diesem unbescheiden großen Raum mit den hohen Decken keine zwei Meter geradeaus laufen, ohne an ein Möbelstück zu stoßen, das einem wie eine Felswand den Weg sperrte. Auf einem der Schreibtische, vermutlich dem von Frau Eisberg Senior, stand eine chinesische Vase mit Drachengriffen. Der strahlend bunte Blumenstrauß war der einzige auffallende Gegenstand, der den Gast daran erinnerte, dass er sich hier nicht in einem Trödelladen aufhielt.

Wir hatten uns schon auf die alten beige gemusterten Louis-Sessel gesetzt, ich in etwas steifer Haltung, Eleonore, die ich nun künftig Frau Eisberg nennen durfte, fühlte sich selbstverständlich wohl, und tranken einen angeblich exquisiten Sencha, den sie persönlich von ihrer Japanreise mitgebracht hatte. Tamara Buddel hatte uns dazu in giftgrünes Papier gewickelte Bonbons und mir unbekannte ziegelsteinrote getrocknete Fruchtstreifen serviert, die leicht süßlich schmeckten. Eleonore Eisberg ließ mich wissen, dass es Kakifrüchte waren.

Ich fühlte mich sanft eingehüllt ob der vielen Liebenswürdigkeiten, die mir seit meiner Ankunft in Eisbergs Büro widerfahren waren und kam vergeblich gegen eine innere Stimme an, die in mir wie ein unaufhörliches Band lief und die Botschaft verkündete, dass nun endlich meine Zeit gekommen sei. Eine angenehme Wärme durchflutete mich. Auf einmal kam mir der soeben noch ungemütliche und nicht einladende Raum wie eine vergrößerte Mutterbrust vor und Eleonores Steifheit wie eine behutsame Zurückhaltung gegenüber der Welt. Ihre Aufmerksamkeit war stilvoll und sie trug souverän den Schmerz, von ihrem Mann verlassen worden zu sein und diesem nun auch noch jeden Tag am Arm einer anderen, jüngeren Frau zu begegnen. Bestimmt verdankte ich meinen Ersteindruck über die Kälte und Arroganz dieser Frau einer Fehleinschätzung, die sehr wahrscheinlich mit meinen mangelhaften Lebenserfahrungen zu tun hatte.

Meine Mutter – am anderen Ende der Welt in ihrem kleinen Zuhause – hatte mit ihrem mütterlichen Adlerinstinkt nicht unrecht: Ich hatte zu wenig Umgang mit Menschen gehabt und wusste nicht, wie sie wirklich sind, weshalb ich offensichtlich zu Fehlurteilen neigte. Eleonore war distanziert und gütig.

Herr Eisberg war schwungvoll ins Zimmer getreten. Er hatte wohl die innige Stimmung im Raum gespürt und blieb jetzt im Türrahmen stehen. Er hielt die alte Bürotür weit offen und wollte mich hinausbegleiten, da legte Eleonore ihre breite, fast viereckige Handfläche sachte auf meine Schulter, wie dies Katzen manchmal tun, und wünschte mir alles Gute, als würde ich nun in den Zug steigen und eine Weltreise antreten. Ich hätte sie am liebsten umarmt. So verabschiedete ich mich mit glänzenden Augen von Eleonore, die ich soeben erst zum zweiten Mal und dies für die Dauer von fünfundzwanzig Minuten gesehen hatte.

Herr Eisberg, dem die gemütvolle Abschiedsstimmung nicht entgangen war, lächelte ausgesprochen diskret. Er vermied meinen Blick. Für diese verständnisvolle Geste war ich dankbar.

20.

In der Gedichtagentur herrschte die meiste Zeit Ruhe. Der helle, in sich gekehrte Raum thronte nachdenklich auf dem Dach eines Mehrfamilienhauses in einem stillen Wohnviertel. Manchmal, wenn die Lichtstrahlen lausbübisch durch die Fenster auf den korkfarbenen Holztisch kletterten und auf den Teppich darunter fielen, erschien das Zimmer wie ein Relikt aus vergangenen Zeiten, das einem auf alten Fotografien begegnet. Unzeitgemäß wirkte der Raum durch sein gebrauchtes spartanisches Inventar ohnehin, aber das Sonnenlicht polierte seine Mattheit und hielt die Gesamtheit der Objekte für eine Weile leuchtend fest. Es roch nach verschwundenen Jahrhunderten.

Ich war noch nicht so weit, Werbung in Form eines Inserats für mein Geschäft zu machen. Mir fehlten die Mittel dazu, aber vor allem die Motivation. Einen Tag vor meinem Umzug in die Agentur hatte ich unter Davids Druck und mit seiner Hilfe eine hausgemachte Werbekampagne lanciert. Wir amüsierten uns bei der Kreation eines Werbespruchs, erfanden immer wieder neue Sätze, kommentierten sie umgehend und klopften vergnügt angesichts des uns eingefallenen Blödsinns auf den Tisch.

Ein Gedicht für Ihr Zuhause!
oder
Ein Gedicht nur für Sie allein.
oder
Mein privates Gedicht.

Am Schluss entschieden wir uns für

Was für ein Gedicht, dieses Geschenk!
Ge-AG, die einzigartige Gedichtagentur.

Danach fotokopierten wir diesen Satz zusammen mit der Angabe von Adresse und Öffnungszeiten siebenhundertmal und warfen die Blätter, akkurat gefaltet, mithilfe einer Freundin in den Schlund gieriger Briefkästen. Die Freundin, grafisch versierter als wir beide, hatte die bleichen Papiere zunächst mit Heinrich Heines Handschrift schattiert und sein Abbild groß in das Schriftbild am rechten Rand des Blattes eingefügt. Dann wurde leicht unterhalb von Heines Unterlippe unser Werbespruch platziert – als ob die Sprechblase von ihm käme. Keine Ahnung, ob Heinrich Heine sich ein Gedicht für sein Zuhause gewünscht hätte. Aber Heine war Programm: Er trug den Exilschmerz in der linken und rechten Herzkammer. Diese Aktion war die bisher erste und einzige Werbung für meine Agentur. Besonders stolz war ich nicht auf sie. Ich fand sie eher peinlich. Ansonsten hoffte ich auf Mund-zu-Mund-Propaganda und machte insgeheim die Schweizerische Diskretion für mein noch flaues Geschäft verantwortlich.

»Du musst etwas für deine Agentur tun, Kindchen, sonst kommt nie jemand«, versuchte mich David immer wieder zu motivieren. »Die Zeiten haben sich geändert. Man muss die Menschen füttern. Man muss ihnen Löffel für Löffel etwas in den Mund legen. Dann mögen sie es auf einmal.«

Davids Vorwurf, dass nie jemand in die Agentur käme, stimmte nicht ganz. Ich hatte hin und wieder Besuch von Lyrikern und anderen Autoren, die mein Unternehmen wohl etwas skurril fanden, aber sich gerne eine Weile bei mir aufhielten. Sie fragten mich dann, ob ich ein Bier für sie hätte, mussten stattdessen mit einem Tee vorliebnehmen, rauchten zwei drei Zigaretten auf meiner Terrasse, erkundigten sich nach den Geschäften, und als sie beruhigt waren, dass die Geschäfte nicht so gut liefen, äußerten sie gelegentlich den Wunsch, mich abends zu treffen. Aber Kunden kamen nicht. In dieser Hinsicht hatte David recht. Auf sein Drängen hin gab ich schließlich nach und beschloss, einem Journalisten mit respektablem Ruf einen Brief zu schreiben und ihn zu bewegen, einen Artikel über die Ge-AG zu schreiben. Das war es. Ich musste den Weg zu den Herzen aller

Lyrikliebhaber und die, die noch nicht wussten, dass sie es auch waren, über die Zeitung finden.

Sehr geehrter Herr Wiesengrund
Wie Sie selbst aus Ihrer eigenen Schreibpraxis bestens wissen, ist vom Einfluss jener Sprache, die Homer als die Sprache der Götter bezeichnete, so gut wie nichts mehr übriggeblieben. »Quadratisch. Praktisch. Gut« wird heutzutage mehr Anerkennung beschert als den Versen unserer größten Dichter.

Dieser Tendenz möchte ich als junge unbekannte Lyrikerin entgegenwirken. Ich habe deswegen eine Gedichtagentur gegründet, die dem Gedicht zur verdienten Verbreitung verhelfen soll.

Ich wäre Ihnen dankbar, wenn ich mich bei dieser Angelegenheit auf Ihre Unterstützung verlassen könnte, und bedanke mich im Voraus für Ihre freundliche Antwort.
Beste Grüße

Wenn mich nicht meine eigenen Sehnsüchte in meiner kleinen Traumfabrik gefangen hielten, schrieb ich Briefe an verschiedene Dichter und bat sie um ein Gedicht für die Agentur – die meisten kannte ich nicht persönlich. Die Bettelbriefe verfasste ich stets auf hellblauem Papier. War nicht in der Poesie alles blau? Klaviere, Steine, Blumen, Träume …

Verehrter Herr Himmelzorn
Bestimmt muss ich, die Ihnen gewiss Unbekannte, einem so vorzüglichen Dichter wie Ihnen die Absurditäten eines der Poesie verschriebenen Lebens nicht darlegen.

Als junge Lyrikerin habe ich beschlossen, dem Mauerblümchendasein der Poesie ein Ende zu setzen, und habe aus diesem Grund eine Gedichtagentur gegründet. Die Agentur lebt von den Dichtern und nur für sie.

Damit sie am Leben bleiben und ihre Aufgabe wahrnehmen kann, ist die Agentur einzig und allein auf die Beteiligung und Unterstützung derjenigen angewiesen, denen sie ausschließlich dienen will.

Mit einem einzigen Gedicht von Ihnen lässt es sich an die Türe der Nachbarn klopfen und die Lyrik in Haushalte bringen, in denen bisher die Poesie nicht geatmet hat.

Von einem solchen Unternehmen profitieren Sie selbstverständlich auch finanziell. Zur Hölle mit all jenen, die meinen, dass Lyriker sich vom Refrain eines Verses ernähren sollen!

Hätten Sie Lust, der Gedichtagentur ein Gedicht zur Verfügung zu stellen und somit zu einem reichhaltigen Gedichtarchiv beizutragen? Solange ein Gedicht nicht verkauft ist, gehört es Ihnen, und Sie dürfen es jederzeit zurückziehen, das versteht sich von selbst.

Aber vorerst freue ich mich auf das Gedicht, das Sie mir freundlicherweise zukommen lassen, und bedanke mich im Voraus für Ihr Vertrauen.

Beste Grüße

Es war ein Mittwochnachmittag. Nein, der Nachmittag war eigentlich schon vorbei. Die Sonne surrte ihrem täglichen Untergang entgegen und machte in Erwartung der Finsternis ein empörtes Gesicht. Ich wollte mich beeilen, rechtzeitig zu Hause zu sein. Zweimal in der Woche rief meine Mutter an, ungeachtet der Umstände, Sonntagnachmittag –

»Sonntag ist bei euch Ruhetag, da bist du zu Hause« – und Mittwochabend.

Wir schrieben uns so gut wie nicht mehr, meine Mutter hielt dies für unnötig, wir telefonierten ja oft, meinte sie, und ich solle mein Geld nicht für teure Briefmarken ausgeben. Sie wollte auch keine Karten zum Geburtstag oder zum neuen Jahr, was ich nicht akzeptierte. Wie sie zu meinem, so schickte auch ich zu ihrem Geburtstag stets eine Karte. Es freute sie, das hörte ich ihrer Stimme an, und trotzdem beklagte sie sich jedes Mal: »Warum hast du dein Geld verschwendet?« Auch wünschte sie nicht, von mir angerufen zu werden, sie bestand darauf, selbst anzurufen. Und wenn ich anrief, nahm sie manchmal den Hörer nicht ab. Ich dachte, sie sei nicht zu Hause, und legte auf, aber keine fünf Minuten später rief sie zurück und erinnerte mich vorwurfsvoll daran, mir schon mehrmals gesagt zu haben, dass ich nicht anrufen solle. Und immer wieder entschuldigte sie sich bei mir. »Das ist das Einzige, was ich für dich tun kann«, sagte sie, »dich anzurufen.« Diese fürsorgliche Offenheit war vermutlich die Frucht der unüberwindbar gewordenen Distanz zwischen uns. Sie entschuldigte sich immer wieder, für mich nichts getan zu haben – und dass sie für immer in meiner Schuld stünde. »Aber nein, du hast viel für mich getan …«, sagte ich – und das Kind in mir meinte das wirklich so. Ich wusste, dass es an den Umständen lag. Ein- oder zweimal weinte sie sogar, schluchzte in ihrer Telefoneinsamkeit und bat weinend um Verzeihung und dass sie und mein Vater nur das Beste für mich gewollt hätten, worauf ich antwortete, dass sie mir das Beste gegeben hätten und ich ihnen für immer dankbar sei.

Sie hatte auf ihr Kind verzichtet, um ihm ein besseres Leben zu ermöglichen. Sie hatte gedacht, was soll aus einem, wie sie sagte, »besitzerlosen Land« werden, in dem die Schulen schließen, das einen nicht enden wollenden Krieg inszeniert, in dem Tausende Kinder in den Tod geschickt werden, in dem Frauen nicht als Menschen gelten und die Jugend keine Zukunft hat … Das hatte sie alles gedacht, das wusste ich, dass sie in der Hoffnung, Mutter Europa möge ihrem Kind etwas Besseres geben als jenes »besitzerlose Land«, auf ihr Kind verzichtet und die ewige Distanz zu ihm gewählt hatte. Sie war sich nie sicher, ob die Entscheidung, mich wegzuretten, richtig war, nie. Einige Male sagte sie wie nebenbei am Telefon: »Wärst du doch bei uns geblieben. Wir wären alle immer noch zusammen.« Und manchmal rief sie empört aus, es sei ihr natürlich klar, dass niemand die Schweiz für ihr gesetzloses Schrottland verlassen würde.

Und trotzdem wäre sie selbst nie bereit gewesen, ihre Heimat zu verlassen. Nicht einmal für das geliebte Europa hätte sie sie aufgegeben. Als ich noch zu Hause lebte und meine Eltern mit meinem Amerikawunsch behelligte, sagte meine Mutter immer wieder, dass sie sich nie vorstellen könne, im Ausland unter fremden Menschen zu leben, es seien doch die kleinen Freuden des Alltags, die das Glück ausmachten, und wedelte mit ihrer Zeitung. Das sei ihr kleines Glück, das hätte sie nirgends auf der Welt. Und was solle sie überhaupt mutterseelenallein in einem Land, dessen Sprache sie nicht beherrsche? Sie sei am Glücklichsten in ihrer Heimat, trotz allem. Sie ahnte wohl die zelluläre Einsamkeit, die einen in der Fremde wie eine ansteckende Krankheit überfällt. Und von der man sich schwer wieder erholt.

Meine liebe Mutter
Gleich ist Sonnenuntergang. Sonnenuntergänge erinnern mich immer an dich. Da saßt du oft am Esstisch, wie immer mit den vertrauten Radiostimmen im Hintergrund, deine Beine hattest du übereinander geschlagen und tickartig bewegte sich dein Fuß unter dem Tisch, du schautest zum Fenster hinaus und seufztest jedes Mal: »Schon wieder ein Tag vorbei!« oder »Wie oft wird es noch Tag und Nacht werden?« Manchmal standst du um diese Zeit mit dem Gartenschlauch in der Hand im Garten, die eine Hand in die Seite gestemmt, breitbeinig standest du vor dem großen Petunienbeet und bestauntest Abend für Abend den betörenden Duft der kleinwüchsigen Blumen mit ihrem farbigen Blütenkelch und warst verblüfft, dass dir dieser Duft Kopfweh machte, und warst froh, wenn sich ein Nachbar von oben oder von den an den Seiten liegenden Häusern zeigte und du mit ihm ein paar Worte austauschen konntest.

Überhaupt sind diese Sonnenuntergänge von damals unvergesslich! Wie der heiße Himmel zur frühen Stunde und mit einem Augenaufschlag plötzlich dunkel wurde, Hunderte, Tausende von Krähen in den Ahornbäumen die Alleen betäubten und man von den die Stadt umzäunenden Bergen und Hügeln hier und da nur noch kleine Lichter flackern sah, von denen ich nie wusste, woher sie kamen und für wen sie gemacht waren. Teheran und seine Krähen, Jasmindüfte um die alten Gartenmauern herum und ewig hupende Autos!

Gleich werde ich nach Hause gehen und du wirst mich anrufen. Du wirst mich fragen, wie es mir geht, ob ich schon gegessen habe und was ich gegessen habe. Zuletzt wirst du mich nach dem Wetter fragen. Bei euch ist der Sonnenuntergang seit ein paar Stunden schon vorbei. Liebe Mutter, ich weiß, dass du es nicht gelten lässt, und darum schreibe ich. Du musst wissen, dass ich dir dankbar bin: Ohne dich hätte ich nie die Poesie entdeckt. Das ist kein Brot, sagst du, das weiß ich. Aber immerhin Wasser!
Gleich verschwindet die Sonne auch bei uns.
Es umarmt dich deine Tochter
Chaya

21.

Menin aeide, thea …

David und ich waren kein Paar. Wir trafen uns regelmäßig und liebten uns gelegentlich. Er machte mir nie Vorwürfe, warum ich so war und nicht anders, und ließ mich auch nicht hängen, wie es andere taten. Bei David hatte ich nie das Gefühl, eine Trophäe zu sein, das war vermutlich der Grund, warum ich an ihm hing. Sobald sich aber eine Gelegenheit ergab, mich von meinen Kleidungsstücken zu befreien, war David hilfsbereit zur Stelle und erwies sich in dieser Disziplin als Weltmeister. Ein einziger Griff und der sonst so pflichtbewusste Büstenhalter löste sich widerstandslos. Mit einer Hand öffnete David flink die Knöpfe meiner Bluse (ich musste meist beide Hände einsetzen) und ohne Anstrengung einen engen Gürtel. Und dann glitt er mit seinen Fingerspitzen über meine Brustwarzen, die sich schon aufgerichtet hatten. Er wusste, wie sehr ich diese Berührung liebte, und zog mich mit der anderen Hand näher an sich heran und presste seine Lippen an meine Schläfen. Dann spürte ich, wie er sich zu meinem Ohr beugte und wie seine weichen Lippen mein Ohrläppchen berührten. Das war unsere Ouvertüre. Und damit war ich besiegt. Wann immer die gespielt wurde und er und ich die Nacht im selben Bett zugebracht hatten, war uns beiden zu viel Alkohol ins Blut geflossen, sodass wir leichte Beute für den Schlaf waren. Wir schliefen beide lieber alleine, und so stand meist ihm oder mir nach einer Liebesarie ein nächtlicher Spaziergang bevor. Ich hatte sogar dafür eine Theorie, warum es besser war, sich nach dem Beischlaf zu trennen. Ich meinte, dass es besonders schön sei, am Morgen mit dem Gefühl aufzuwachen, etwas Zauberhaftes erlebt zu haben, von dem man manchmal nicht wusste, ob es Traum oder Wirklichkeit war. Und David lachte mich aus, dass ich sogar über magische Erlebnisse philosophierte.

Die nächtlichen Spaziergänge waren mir meist sehr willkommen. Ich liebte es, mich ab und zu spät abends in den Gravitationszentren des nächtlichen Zeitvertreibs zu bewegen und der pulsierenden Finsternis beizuwohnen. Die Spaziergänge zur ungewohnten Stunde hatten etwas Exotisches, ich fühlte mich wie auf einem anderen Kontinent. Plötzlich geht man als Besatzer, als Triumphator durch dieselbe Gegend, die man einige Stunden zuvor nur schnell hinter sich lassen wollte. Tagsüber ist man ein Gefangener der Stadt. Nachts tauscht man die Rollen: Die behäbige Stein- und Asphaltmasse gehört dann den Menschen und lässt mit sich machen, was diesen beliebt.

Und die Nachtgestalten. Man sieht sie selten tagsüber, aber nachts kriechen sie aus ihrem Versteck heraus und stellen sich. Seit eh und je dieselben – die Verlorenen oder die, die es sein wollen, überall auf der Welt dieselben, wo und in welcher Zeit sie sich auch befinden. Die Nachtkrankheit schafft eine unausgesprochene Brüderschaft unter den Menschen. Alle nicht satt Gewordenen des Tages sind in der Nacht unterwegs. Wie viele Gedichte und literarische Texte gibt es über die Nacht und die Dunkelheit und ihre höllischen Geheimnisse? Hatte nicht schon ein Lebenslustiger im tiefen Mittelalter in einem lakonischen Text ernsthaft gefragt: »*En paradis qu'ai-je à faire?*«

So schlenderte ich manchmal nachts durch die Stadt, je nach Wochentag lavierte ich mich durch die fröhliche Masse und hielt auf dem Nachhauseweg Ausschau nach einer geeigneten Oase, um ein letztes Mal vorm ins Bett gehen ins Sehnsuchtsgewässer fremder Menschen einzutauchen.

Auch wenn ich es selbst nicht immer wusste: Meine Schritte hatten stets eine Ahnung, wo das Ziel sein würde. Man sucht immer das Bekannte; die Wendung zum Unbekannten ist nur als Rechtfertigung für die Rückkehr zum schon Vertrauten interessant. »Kasbah« war ein Ort, den ich oft mit David, manchmal auch alleine, ja fast wie ferngesteuert, besuchte. Im Lokal saßen meist die gleichen Gesichter und der Kellner, ein Brasilianer, der seine Berufung sehr ernst nahm, kannte und duzte alle. Dieses freie und unbekümmerte Duzen war auch etwas, das ich lernen musste. In meiner Kindheit war es nicht üblich gewesen, Menschen, die man nicht kannte, zu duzen, selbst wenn es sich um Gleichaltrige handelte, geschweige denn um erwachsene oder ältere Personen. Welche Qualen hatte ich in den ersten Jahren nach meinem Exodus erlitten, vor allem Menschen zu duzen, die älter waren als ich. Stets rutschte mir ein Sie über die Lippen und ich musste mich entschuldigen. Ich konnte es nicht nachvollziehen, dass es möglich war, jemanden zu duzen, der älter war, und ich fühlte mich lange unwohl dabei und hatte ein schlechtes Gewissen. Aber die Gewohnheit ist ein guter Lehrmeister. Ich übte, indem ich mir keine Fragen mehr stellte. Ich übersprang etwas, was zu mir gehörte, und übernahm eine Geste, deren emotionale Bedeutung mir lange fremd blieb, und nun war ich darin so fortgeschritten, dass ich sogar einen Geliebten hatte, der mein Vater hätte sein können.

Das Auge nimmt nachts besonders fokussiert das Kommen und Gehen der Menschen wahr, obwohl es meist von der Arbeit müde und vom Alkohol benebelt ist. Manchmal kommt es mir vor, als würde jeder, der ein Lokal betritt, von allen anderen sofort registriert. Auf der Stelle ist man Mitglied in einem Club, um dessen Aufnahme man nicht explizit gebeten hat. Aber man gehört plötzlich dazu. Die Nacht ist die Heimat des Du. Wann immer der Körper sich in den Vordergrund stellt, taucht das Du auf: in den Bars, wo Menschen um Bekanntschaften kämpfen, und auf den Sportplätzen. Scheinbar sehnt sich der Körper nach etwas ihm Gleichen und eine Art Demokratietrieb stellt sich ein: Du … und wir sind auf Augenhöhe. Kein Status, kein Altersunterschied, keine Differenzen trennen uns, es ist Nacht.

»Wetten, du liebst den Blue Curaçao?«

Ein auffallend lieblicher Mund, der mich an den Mund eines Kindes erinnerte, weich und voller Empörung der Welt gegenüber, stellte mir unverhofft diese Frage, als ich ausnahmsweise an der Bar Platz genommen hatte. Ich war irritiert – vom engelhaften Antlitz und den hellen Zapfenlocken des jugendlich wirkenden Mannes ebenso wie von seiner Frage. Er hatte die Beine übereinandergeschlagen und den Ellenbogen so auf die Bartheke gestützt, dass sein leuchtender Kinderkopf den Handteller wie ein Kissen benutzte.

Einsamkeit macht manchmal frech und so fragte ich zurück, ob er mich denn zu einem Drink einladen wolle. Und staunte über das »du«, das so unverkrampft aus meinem Mund gehopst war. So schnell wird man zu einem anderen.

»Wusst ichs doch!«, sagte der Honigmund und ergänzte flüsternd, dass ich auch ein Blue Curaçao-Typ wie er sei, wobei sein Blick nicht auf mich, sondern auf die bunte Flaschenmauer uns gegenüber gerichtet blieb. Bisher hatte ich mich für eine melancholische Orientalin gehalten, kismetgläubig und ängstlich, und nun schien ich zu einer neuen Fraktion zu gehören. Plötzlich standen zwei *Swimming Pools* vor uns. Ich hasste zwar Schwimmbäder, hatte aber eine Schwäche für die kitschige blaue Farbe des berüchtigten Getränks, was ich dem kessen zartgliedrigen Engel nicht verriet.

Wir stießen an und er richtete seinen verträumten Nachtblick auf mich. Man hätte uns für ein Liebespaar halten können. Und mehr als ein Mal berührte er meinen Arm, während sein lasziver Mund mit Erzählen beschäftigt war. Meine nächtliche Bekanntschaft, der dank seines amerikanischen Vaters zu seinem Vornamen Jim gekommen war, berührte mich immer wieder – mal legte er seine Hand auf meine Schulter, mal tippte er mit der Handkante beiläufig auf mein Bein. Er sei ein totaler Gefühlsmensch, sagte Jim, Menschen, die Gefühle leugnen, seien Idioten, in der Regel Fachidioten, und stellte mit einer strengen Bewegung sein Glas wieder auf die Theke. Wie die meisten Männer redete Jim ununterbrochen über sich und seine Erlebnisse und kam selten auf die Idee, sein Gegenüber etwas zu fragen.

»Oder kannst du jemanden schätzen, der seine Gefühle nicht ernst nimmt? Wo wären wir denn, wenn wir unseren innigsten Wünschen und Ängsten nicht nachgehen würden? Stell dir vor, was der Welt alles erspart worden wäre, wenn die Menschen ihre Gefühle nicht ernst genommen hätten. Wir säßen immer noch in der Höhle! Glaub's mir, Blue Curaçao ist die Fahne der Gefühlsmenschen, und als ich dich so lässig hier stehen sah, wusste ich sofort, dass auch du zu meiner Partei gehörst. Wir sind nicht Maoisten, wir sind Blue Curaçaoisten!«

Bald taumelten wir in einem zweiten *Swimming Pool*. Immer noch sass Jim mit dem zur Seite geneigten, auf die Hand gestützten Kopf da und sah mich von der Seite an, während er mir von seinem Einsatz als Museumswärter erzählte oder von einer Phase seines Lebens, als er Musiker werden wollte und deswegen eine Zeit lang mit niemandem mehr sprach, um den Sound in sich nicht zu zerstören, wie er sagte. Ein mildes, spöttisches Lächeln begleitete seine Geschichten, und seine Finger ruhten inzwischen hin und wieder auf meinem Oberschenkel oder streichelten sanft mein Bein. Nichts an diesem Mann schien angestrengt zu sein.

Ein Kind, das erwachsen geworden war, aber seine Unbekümmertheit nicht verloren hatte.

So viel Sanftmut, so viel Lust und so viel Unbeschwertheit waren ansteckend. Alles fühlte sich weich und fließend an. Dann legte Jim seine Hand auf meine Schulter, drückte ein wenig auf meine Schulterknochen und fragte mich, ob ich mit ihm »jetzt« an den Thuner See fahren würde. Er starrte mich ernst an. Ich fühlte mich wie ein Fisch, den man aus dem Wasser gezogen hatte, und lächelte beschwichtigend das Netz an. Ich hoffte, dass sich alles um ein Missverständnis handelte. Ich zog an einer der vielen Locken, die Jims Gesicht umrahmten. Aber er meinte es ernst und blickte mich unbewegt an. Zwei Cocktails – und schon sollten wir die Fantasieschwimmbäder gegen einen See austauschen?

»Ich kenne da ein kleines Stück Paradies, in ein paar Stunden wird die Sonne aufgehen und wir zwei sind dann umgeben von einem großen Teich Blue Curaçao.« Ich wollte etwas Passendes sagen, aber es fiel mir nichts ein. Was sprach dagegen, mit einem Mann, mit dem ich immerhin zwei Drinks getrunken hatte, an den Thuner See zu fahren?

»Wir kennen uns besser als manche Menschen, die seit zwanzig Jahren zusammen sind. Merkst du das nicht?«, insistierte der Nachtvogel, der meinen Krebsgang wahrgenommen hatte.

»Und was gibt dir das Gefühl, dass wir uns kennen?«, wollte ich nun von ihm wissen. »Nur weil wir beide Blue Curaçao mögen? Weißt du, wie viele Menschen in diesem Raum diese Vorliebe mit dir teilen würden? Dann würdest du aber viele hier kennen.«

Jim nickte und zog die Mundwinkel hoch. Offensichtlich amüsierten ihn meine Einwände. Aber er war sich seiner Sache sicher. »Pass mal auf«, sagte er. »Ich rede von einem Gefühl. Von mir aus ist der Blue Curaçao eine Metapher dafür. Ich wette, wir finden niemanden hier in dieser Bar, der dieses Getränk mag. Gut, vielleicht einen einzigen, aber nicht mehr. Es war gewiss kein Zufall, dass wir uns getroffen haben. Und jetzt zeige ich dir etwas.« Für einen Augenblick dachte ich, an einen Verrückten geraten zu sein.

Jim entfernte sich wie ein Raubtier mit geschmeidigen Schritten von der Bar und lief gezielt auf den ersten Tisch zu, der vor dem Eingang platziert war. Was hatte er vor? Er sprach eine Weile mit den Gästen, die am Tisch saßen, zeigte ein-, zweimal auf die Flaschenwand vor meinen Augen, und als alle den Kopf schüttelten, ging er stolz lächelnd auf den nächsten Tisch zu. Langsam dämmerte es mir, was ihn trieb. Als zwei Männer, die auch wie wir an der Bar saßen, Jims Frage, ob sie Blue Curaçao mögen würden, mit einem Kopfschütteln verneinten, kam er mit siegesblitzenden Augen zu mir zurück.

»Keine Chance«, sagte er. »Du bist der einzige Mensch in diesem Raum, der – außer mir – Blue Curaçao mag! Quod erat demonstrandum, Madame!«

Hatte ich je behauptet, Blue Curaçao zu mögen?

Ich fühlte mich plötzlich wie die nackte Frau in Manets *Déjeuner sur l'herbe*. Aus diesem Wald musste ich heraus. Ich stand auf, legte meine Arme um Jims schlanken Hals, meine Fingerspitzen kraulten seine weichen Locken, und ich versprach ihm, dass ich, da ich nun die Wette verloren hätte, mit ihm eines Tages bestimmt an den Thuner See fahren würde, und verabschiedete mich mit einem flüchtigen Wangenkuss. Doch anstatt jetzt auf der Stelle zu verschwinden, drehte ich mich um und fragte zwei jüngere Männer, die am Tisch hinter uns saßen und mir ruhiger und unaufgeregter erschienen als die anderen Gäste, ob bei ihnen ein Platz frei sei. Riet David mir nicht immer wieder, meine Chancen besser auszunutzen?

Einer der Männer hatte dunkelbraune Haare und trug einen Dreitagebart, wie ihn Männer tragen, die ihre Lässigkeit zur Schau stellen wollen, und machte erfreulicherweise eine einladende Handbewegung. Ich setzte mich an den Tisch. In diesem Augenblick verließ Jim die Bar.

Ich sah weg und machte eine Geste in Richtung Pablo, des brasilianischen Kellners. Eigentlich war ich müde. Eigentlich hätte ich nach der unerwarteten Begegnung mit dem Fraktionschef der Blue-Curaçaoisten direkt nach Hause gehen und ins Bett fallen sollen. Warum nur hatte ich mich an den nächstbesten Tisch gesetzt? Meine Neugier war größer als meine Müdigkeit, obwohl ich im Moment gar nicht wusste, wem oder was meine Neugier galt. Es war die Neugier der Nachtmenschen, ihre Angst, etwas zu verpassen.

Der Mann, dem ich jetzt gegenüber saß, beachtete mich kaum. Er schien demonstrativ vertieft ins Gespräch mit seinem Kumpel, hielt mit einer Hand sein Glas Bier fest, berührte mit seinen langen Fingern das schlanke Glas und tippte gelegentlich mit den Zeige- und Mittelfingern an die Glaswand, während er sprach. Für ihn hatte niemand an seinem Tisch Platz genommen. Das fiel mir sofort auf. Ich weiß nicht, warum ich das eigentümlich fand, aber es machte mich unruhig, dass er mir keinen Blick schenkte.

Warum tat er so, als säße ich nicht vor seiner Nase? Ich steigerte mich in die Fantasie hinein, dass es ihm wichtig war, meine Anwesenheit auffallenderweise zu ignorieren, zumal sein freundliches Gegenüber neben mir ob meiner Gegenwart nervös wurde, immer häufiger mit den Händen gestikulierte, die Stimme anhob und mich sogar hin und wieder von der Seite ansah.

Sie sprachen über eine Person, die eine Ausstellung organisiert hatte, und machten sich lustig über die Drittel-Assistenz, die sich jener Unbekannte an der Universität ergattert hatte, was ihm ein devotes Verhalten seinem Chef gegenüber abverlangte. »Das ist doch ein Vollidiot«, sagte mein Tischnachbar, »eine Tagesfliege.« Der andere, für den ich nicht zu existieren schien, widersprach. Er war der Auffassung, dass es, gerade weil jener Typ ein ignoranter Schleimsack war, unverantwortlich sei, so jemanden mit so einer Aufgabe zu betrauen. »Das ist es ja«, sagte er und fuhr sich mit seiner Pianistenhand durch sein langes, ihm ins Gesicht stürzendes Haar, »dass solche Tagesfliegen überhaupt Raum erhalten. So etwas dürfte nicht passieren: In einem Museum nicht und in einer Universität schon gar nicht!«

Mein Dreitagebartnachbar aber war optimistischer, wie mir schien. »Der Unfähige braucht nur etwas Zeit und wenn er sich nicht bewährt, ist seine Zeit vorbei, und dann kommt der Nächste.«

Sein strenger Freund protestierte. Nein, dann komme kein Nächster, und wenn, dann könne man sicher sein, dass der Nächste noch blöder sei als sein Vorgänger. Jetzt hielt er sein Glas fest in seiner Hand und schüttelte es. »Der Machtkampf findet hauptsächlich zwischen den Idioten statt, zwischen den Menschen, die nichts wirklich können und nichts wirklich leisten, absoluten Nullen, und genau die bestimmen, wie die Geschichte geschrieben wird.« In seinem Glas schäumte das Bier.

Ich klatschte ihm innerlich Beifall und war auf einmal brennend interessiert, was sich da am Tisch zutrug. Ich warf den Anker. Verständnisvoll lächelte ich in den Äther hinein und hatte prompt Glück. Mein Tischnachbar nahm sofort mein Lebenszeichen wahr und fragte mich spontan, was ich denn von dem Ganzen hielte. Mit einem Lächeln war ich dabei.

Der andere hielt inne. Er machte kein wirklich interessiertes Gesicht, senkte den Kopf und sah auf die Tischplatte. Ein kleines, nur angedeutetes Lächeln von ihm in diesem Augenblick und sein Gesichtsausdruck hätte so etwas wie Hohn ausgestrahlt, aber das Lächeln blieb zum Glück aus. Sein Interesse war leidenschaftslos. Ich hätte es gerne vermieden, meinen Tischnachbarn, der mich so großzügig in die Runde aufgenommen hatte, zu enttäuschen, aber ich hatte eine Meinung: »Ich denke auch, dass Sie Recht haben«. Die Erfahrung zeige, setzte ich fort, dass die Schlechten in der Regel nur von den noch Schlimmeren übertroffen werden.

»Ich heiße Robert«, antwortete darauf mein Tischnachbar, »und das ist Meister Eckehart von Hochheim, bekannt als Erik. Wie heißt du?«

»Chaya«.

Was ich soeben gesagt hatte, schien bei beiden kein großes Interesse ausgelöst zu haben. Wir drei saßen jetzt wortlos im grellen Neonlicht einer Bar, der Verbindungskontakt schien auf einmal durchgeschnitten, da kam die Rettung. Meister Erik erhob das Wort: »Siehst du, Robert? Selbst das intuitive Geschlecht ist in dieser Sache realistischer als du«, lachte er und schüttelte den Kopf.

Ich mutierte kurz zu einem Molotow-Cocktail und unterbrach ihn empört, was er mit intuitivem Geschlecht und noch dazu mit der Unterstellung »selbst« meinte. »Findest *du*, was ich gesagt habe, ist bloß eine intuitive Einschätzung?« In solchen Situationen war ich unnachgiebig.

Robert lächelte wie die Sphinx. Erik blieb ruhig. Ich kochte innerlich vor Wut. Tief in mich hinein bohrte sich das Gefühl, dass Erik sich über mich lustig gemacht hatte. Er zeigte weder Reue noch unternahm er sonst eine konziliante Anstrengung. Im Gegenteil. Er sah mich ernst an, ja, endlich sah er mir ins Gesicht und sprach mit seiner ruhigen Stimme zu mir, als ob ich ein Kind sei, dem man vorsichtig eine Lebensweisheit beibringen müsse.

»Womöglich war ich jetzt nicht *political correct*, wie man so sagt. Aber Sie, ich meine du, falls ich dich duzen darf, weißt doch besser als wir beide zusammen, dass selbst die intelligentesten Frauen ihre klügsten Bemerkungen unter die Schirmherrschaft ihres Bauchgefühls stellen. Das ist keine Beleidigung, ist jedenfalls nicht so gemeint, und ich persönlich wäre glücklich, wenn ich auch so viel Power im Bauch hätte.«

Ich war fassungslos ob der Dreistheit und Respektlosigkeit dieser Sätze. Dabei sah Erik so feinfühlig und sensibel aus. Er hätte ein Künstler sein können. Aber was sein Mund hervorbrachte, entsprach seinem Äußeren nicht. In mir bildeten einige Worte sofort einen langen Zug: Zyniker, frustrierter Zyniker, arroganter Kotztyp, Blödmann! Ich brannte innerlich vor Wut und fuhr ihn harsch an, wie er auf solche Pauschalisierungen käme, die er womöglich noch für kostbare Geistesfrüchte hielte. Und was ihm eigentlich erlauben würde zu denken, dass seine Behauptungen Gedanken genannt werden könnten. »Sie sind doch eher das Resultat eines kranken Gehirns!«

Robert lächelte nicht mehr. Er neigte den Kopf und blickte nach unten. Ich war empört, dass er nichts sagte.

»Und was ist deine Meinung?«, wollte ich nun von ihm wissen. Und ob auch er der Ansicht sei, dass Frauen nur aus dem Bauch reden und, wie sein Freund behauptete, nicht denken könnten. Ich hatte wohl zu lange in Jims Schwimmbädern getaucht.

Robert lächelte. Seine Verlegenheit war ihm anzusehen. »Nein, das denke ich nicht«, sagte er, »und ehrlich gesagt, glaube ich auch nicht, dass Erik das denkt. Nimm's nicht so ernst. Er redet immer so ketzerisch daher.« Damit stand er plötzlich auf, um sich zu verabschieden. Erik zeigte locker auf sein Bier, das er noch nicht ausgetrunken hatte, und blieb gelassen sitzen.

Ich hätte auch aufstehen und den Zyniker alleine am Tisch sitzen lassen sollen. Er verdiente die größte Strafe der Nacht. Aber irgendetwas hielt mich zurück. Mein Groll hielt mich fest. Ich wusste zwar nicht mehr, was ich ihm zu sagen hatte, aber ich konnte mich nicht losreißen. Ich blieb wie hypnotisiert sitzen. Mein Körper hatte sich in eine träge Masse verwandelt, über die ich keine Kontrolle mehr zu haben schien.

Ist's das, was wir Schicksal nennen, wenn wir die Beherrschung über uns und unseren Willen verlieren? Robert verzog sich still. Übrig blieben Erik und ich. Unsere Nacht stöhnte ungehemmt. Ein, zwei und noch mehrere Male stöhnte sie ungehemmt und benebelte meinen Kopf. Die große Liebe wurde nicht daraus.

22.

Es gibt Menschen, die unaufgefordert viel reden. Sie sagen ihre Meinung zu allem, was ihnen über die Zunge rollt, und scheuen nicht davor zurück, uns auch noch zu sagen, wie sie uns finden. Sie betrachten sich als Alleinherrscher im Universum und verschwenden keine Sekunde an den Gedanken, ob das Ohr, das per Zufall zugegen ist, sich auch für das, was es unweigerlich hören muss, interessiert. Dieser grobmaschige Menschentyp gilt in weiten Teilen der hiesigen Bevölkerung als spontan und wird meist burschikos als »aufgestellt« beschrieben. Sein Vorkommen im Alltag lässt sich vor allem an jenen Orten nachweisen, wo es um administrative Angelegenheiten in Behörden und Institutionen geht, in denen viel Geld für unnütze Arbeit ausgegeben wird. Die Kaffeepause in solchen Orten wird dann zur natürlichen Bühne dieser verhinderten Showmaster, welche die Gelegenheit zu nutzen wissen, um ihre Talente in der Klatsch-Disziplin unter Beweis zu stellen. Je lauter desto schmerzhafter.

Die Kollegin in der Sprachschule, mit der ich nun wöchentlich ein- bis zweimal für mehrere Stunden das Büro zu teilen hatte, war so ein Typ Mensch.

Tamara Buddel war nicht leise und hatte ein beachtliches, mir unverständliches Mitteilungsbedürfnis. Sie war alles andere als zurückhaltend und sprach ununterbrochen. Und zwar mit der Bestimmtheit derer, die keine Angst davor haben, gehört zu werden, die es als ihr Recht betrachten, dass man ihnen Aufmerksamkeit schenkt. Es war schwierig, sie beim Reden zu unterbrechen. Und auf die Dauer kostete es eine Menge Geduld, ihr zuzuhören. Sie wiederholte sich oft, vor allem dann, wenn sie herausgefunden hatte, dass ihre Geschichte eine Pointe hatte. Sie erzählte sie jedem, der das Büro betrat. Alle, alle mussten die neue alte Geschichte mitbekommen. Schon nach wenigen Wochen konnte ich viele ihrer Anekdoten und Witze auswendig.

Anfangs lächelte ich höflich und lauschte ihrer lebhaften Erzählung. Ich tat so, als sei sie neu. Und war dennoch verblüfft. Nicht über die Wiederholung selbst, sondern über die unveränderte Rhetorik, mit der die Geschichte erzählt wurde. Jeder Satz kam so, wie er mindestens schon einmal ausgesprochen worden war. Als wären diese Sätze gespeichert worden und als hätte die Wiederholungstaste eines Computers sie wieder hervorgeholt. Die Syntax ihrer Geschichten schien unverwüstlich. Noch mehr staunte ich über ihr gleichbleibendes Pathos. Ein unaufhörliches Reservoir an Gefühlen war offenbar in der Lage, jedes Mal mit gleichen Gebärden bei der Inszenierung der Erzählung mitzuwirken. Unermüdlich. Die Augen wurden jedes Mal bei der gleichen Szene aufgerissen, die eine Hand bewegte sich exaltiert und die pöbelhaft laute Stimme dröhnte bei den immer gleichen Stellen. Spätestens beim dritten Mal verlor ich jedoch die Nerven. Gequält lächelnd bemühte ich mich, die

Lippen zu bewegen. Ich nickte mit dem Kopf, ein rauschend ungeduldiger Atem blieb mir im Hals stecken, und ich strengte mich an etwas zu sagen wie: »Ah ja, das haben Sie schon mal erzählt«, was sich aber als äußerst schwierig erwies.

Natürlich unterbrach ich Frau Buddel nicht gleich. Stets ließ ich gewisse Schilderungen über mich ergehen, damit mein »Ah« den Anschein einer Plötzlichkeit bekam. »Ah, jetzt erinnere ich mich ...«, obwohl bereits ihr Einleitungswort ein Protestbedürfnis in mir wachrief.

Viele Menschen schämen sich, wenn man sie daran erinnert, dass sie sich wiederholen. Ich zum Beispiel. Nicht aber Tamara Buddel. Sie zog die Augenbrauen zusammen (vermutlich erstaunt über die Unverschämtheit, sie zu unterbrechen) und verstummte auf der Stelle. Allerdings dauerte ihr Schweigen nie lange.

Innerhalb weniger Wochen hatte Frau Buddel mir beiläufig das Innenleben der Eisbergs freigelegt. So erfuhr ich ziemlich bald, dass Herr Eisberg zwei – oder waren es drei? – uneheliche Söhne hatte. Zum Höhepunkt des verratenen Geheimnisses angelangt, senkte Frau Buddel ihre soeben in Fahrt gekommene Stimme und versicherte sich, dass niemand hinter ihr stand. Dann flüsterte sie mir ins Gesicht, dass der eine Sohn in Locarno, der andere in München wohnte, und beteuerte noch leiser, dass ihr Vorgesetzer mit seinen beiden Söhnen wenig am Hut hatte. Dann stopfte sie sich den Mund mit einem Bissen von ihrem Croissant, das sie täglich mitzubringen pflegte, und trank einen Schluck aus ihrem Plastikbecher. Ich traute mich nicht, sie zu fragen, wer ihr Informant in all diesen pikanten Angelegenheiten war. Aber das war auch nicht nötig. Überhaupt schien keine Frage an Tamara Buddel nötig zu sein.

»Er hat sich um die beiden nie gekümmert, weil er der festen Meinung ist, dass man ihn betrogen hat. Gleich zwei Mal. Diese Frauen, die Tessinerin in Locarno und die Münchnerin, sind nur hinter seinem Geld her gewesen. Davon ist jedenfalls Herr Eisberg felsenfest überzeugt. Und da haben sie sich ein Baby machen lassen, weil sie dachten, Herr Eisberg ließe sich damit von Frau Eisberg trennen, um dann bei ihnen einzuziehen. Aber so lief es dann nicht. Deswegen kümmert sich Herr Eisberg auch nicht um seine Söhne. Ich verstehe auch nicht, warum der Ältere eines Tages hier auftauchte und mit mir für eine Woche Chef und Maus spielen durfte.«

»Er hatte vielleicht Ferien und wollte seinen Vater besuchen«, warf ich ein.

»Ach, was! Sie sind gut! Der Mann aus Locarno ist studierter Ökonom, ein erwachsener Mann im heiratsfähigen Alter. Und ich muss gestehen, ein gut aussehender dazu. Diese Tessiner sind ja nicht übel.«

Bevor Frau Buddel mein Leben kreuzte, hatte ich Klatsch für eine jüdisch-orientalische Angelegenheit gehalten.

»Den Münchner Sohn habe ich noch nie gesehen. Na, der ist ja auch jung, fünf oder sieben Jahre alt. Kaum war er geboren, trennte sich Herr Eisberg tatsächlich von Frau Eisberg und heiratete kurz darauf die Gucci-Ikone. Er ließ sich in dieser Zeit sogar immer wieder in der Zeitung abbilden, natürlich in Begleitung seiner neuen Frau. Ich glaube, es war ihm wichtig, allen öffentlich zu zeigen, dass er ein seriöser Mann ist, der weiß, wo seine Unterhosen zu Hause sind. Die

Eisberg Juniorin tauchte jedenfalls im richtigen Augenblick auf, wie es halt im Leben so ist, wenn man vom Glück spricht.«

Ich musste Frau Buddel schwören, niemandem (das Wort buchstabierte sie mir) zu erzählen, wie sie mit eigenen Augen gesehen habe, dass Herr Eisberg einmal, als man über seine Söhne sprach, ganz diskret ein edles Taschentuch aus der in London maßgefertigten Hosentasche herausgezogen und seine vor Trauer benetzten Augen kurz damit getupft habe. Sie, Tamara Buddel, habe dabei sogar mit eigenen Ohren vernommen – Herr Eisberg habe da mit einem elegant gekleideten Herren im Hauseingang gesprochen –, dass er mehrmals mit zitternder Stimme das Wort Verrat in den Mund genommen habe. Und dass er ja nicht habe wissen können, dass die Frau in München ihm ein Kind anhängen würde.

Er sei eines Abends in München so unglücklich gewesen, fügte Tamara Buddel hinzu, und sei nach Erledigung seiner Tagesgeschäfte wie alle einsamen Männer auf Reisen in eine Hotelbar geraten. Und da sei dann diese junge, saftige Frucht aufgetaucht. »Und wegen dieser Sommerfrucht hat der hart arbeitende Herr Eisberg dann jedes Wochenende in München verbracht. Offenbar war er geradezu versessen darauf, das Fleisch der jungen Geliebten zu spüren! Und mehrmals hat er ihr vorgeschlagen, in seine Stadt zu ziehen. Er kennt nichts, sage ich Ihnen«, vertraute mir Frau Buddel energisch weiter an, »er hatte ja in derselben Zeit noch eine andere Freundin hier in der Stadt.« Aber die Münchnerin habe das Leben in der Schweiz langweilig gefunden und immer nur höflich und kokett gelächelt und einfach nur süß gefunden, dass er auf einen solchen Gedanken gekommen sei. »Ja, ja, Herr Eisberg!«, flüsterte Frau Buddel auf einmal. »Trompetet überall Anstand und traditionelle Werte, zeugt dann zwei Söhne, die er links liegen lässt, und präsentiert sich der Welt auch noch als Geisteswissenschaftler.«

»Er ist doch Geisteswissenschaftler!«, betonte ich empört. Ich erinnerte mich gut an unsere Erstbegegnung in meiner Gedicht-Agentur.

»Wenn er Geisteswissenschaftler ist, dann sind die Busen seiner Frau auch echt«, zischte Frau Buddel. Nein, er habe drei, allenfalls fünf Semester Geschichte studiert mit irgendeinem sinnlosen Nebenfach und danach aufgehört. »Aber er nennt sich seither Geisteswissenschaftler. Ab und zu nennt er sich sogar Dr. Eisberg.« Die Buddel hatte es darauf angelegt, mich anzustacheln.

»Na, warum nimmt er wohl so gerne an irgendwelchen Universitätsprojekten teil, von denen er im Grunde gar nichts versteht? Er hofft natürlich heimlich, dass man ihm einen Ehrendoktortitel verleiht«, offenbarte mir Tamara Buddel.

»So blöd sind die von der Universität aber auch nicht«, sagte ich, »dass sie jedem Dahergelaufenen einen Doktortitel schenken.«

»Meinen Sie wirklich?«, fragte die Buddel ironisch. »Sie scheinen nicht viel von der Welt gesehen zu haben. Na ja, Sie sind ja auch eine Poetin und leben vermutlich in einer anderen Welt.«

Welche Aufgaben Frau Buddel während ihrer Arbeitszeit zu erledigen hatte, blieb mir schleierhaft. Mal telefonierte sie eine Stunde lang laut mit einer Freundin, mal war sie damit beschäftigt, die drei Zimmerpflanzen, die wie die meisten Zimmerpflanzen etwas Kümmerliches an sich hatten und die in einer Ecke standen, zu begießen. Kam dann ab und zu ein Schüler für eine Auskunft vorbei, sprang sie auf und unterhielt sich lange Zeit mit dem Besucher über dessen Herkunft und seine Erfahrungen in der Schweiz. Mich hatte sie ja auch gleich in der ersten Woche in so ein Gespräch verwickeln wollen, nachdem sie in Erfahrung gebracht hatte, dass ich meine Kindheit und frühe Jugend im Iran verbracht hatte.

»Und haben Sie sich schnell eingelebt hier?« oder »Man sieht es Ihnen an, dass Sie aus dem Orient stammen« oder »Möchten Sie irgendwann wieder zurück in Ihre Heimat?« – das waren Fragen, die ich hätte beantworten sollen. Ich aber blieb meist einsilbig, was für sie kein Grund war, sich mit weiteren Kommentaren zurückzuhalten.

Manchmal ging sie ruhelos hin und her im Raum. Mal hatte sie ein DIN A4-Blatt in der Hand, das sie vor sich her wedelnd in einem Ordner am anderen Ende ihres Arbeitsplatzes einzusortieren versuchte, mal lief sie mit leeren Händen im Büro herum, ohne dass der Sinn ihres Spaziergangs klar gewesen wäre. Immer wieder strich sie sich die rot glühenden Kurzhaare zurück und verschränkte für eine Weile die Hände hinter ihrem Kopf. Sie schien unentschieden und war dann schweigsam. Oder sie kämpfte mit sich, weil es ihr schwer fiel, nicht zu reden. Und da sie nicht still sitzen konnte, ohne zu reden, telefonierte sie ausgiebig.

Bei einem ihrer Telefongespräche beklagte sie sich, wie immer penetrant laut, mit Sätzen wie »ich hasse Menschen, die sich für etwas Besseres halten und einem nichts erzählen, bloß weil sie meinen, dass ihre Geschichten etwas Besonderes sind«. Augenblicklich schoss mir der Schweiß aus allen Poren. Sie meinte mich. Ich hegte keinen Zweifel, dass die Pfeile gegen mich gerichtet waren, und hatte doch nichts in der Hand. Aber dann legte sie auf und sprach mit mir über andere Dinge. Zwischendurch tippte sie frenetisch auf ihre Tastatur und sagte Sätze wie »Gott, das auch noch!« oder »Ist ja unglaublich, was ich hier alles erledigen muss« und beklagte sich refrainartig über das Maß ihrer Überbeschäftigung.

Am liebsten sprach sie über Frau Eisberg Junior, sodass ich ein komplettes Bild von dieser mysteriösen Frau hatte, noch bevor ich sie das erste Mal traf. »Es gibt Menschen, die tun alles für ihre Karriere«, sagte Tamara und lächelte mich an. »Alles ist geplant bei denen, was sie wann anziehen werden – und sogar wen sie heiraten. Man muss nicht einmal mit diesen Menschen reden, allein ihr Auftritt spricht Bände.« Gelegentlich wagte ich zu widersprechen und mahnte naiv, es sei gefährlich, Menschen aufgrund ihres Aussehens und Auftritts zu beurteilen.

»Ach, hören Sie«, sagte sie schnell echauffiert, »wenn eine Nana mit ihrem Gucci-Handtäschchen in das Leben eines Mannes wie in das Herrn Eisbergs eintritt und ihn so weit bringt, sie innerhalb von kurzer Zeit zu ehelichen, und dann auf einmal auch noch ohne Studium in einer Schule Aufgaben übernimmt, da muss man nicht Psychologie studiert haben.« Und war zufrieden mit ihrer engagiert vorgetragenen Argumentation, inklusive Gucci-Handtäschchen! Dann fügte sie leise hinzu, dass ich mir vorstellen solle, wie schamlos man sein müsse, um jeden Tag der Ex-Frau dieses Mannes auch noch zu begegnen. Und diese Frau, sie meinte Frau Eisberg Senior, sei ja nicht zufällig da. Immerhin habe sie dreißig Jahre mit diesem Mann durchgehalten. Offensichtlich hatte Frau Buddel durchaus einen Sinn für traditionelle Werte.

Erstaunlich ist, wie es Menschen wie Buddel gelingt, ihre Manipulationskraft einzusetzen. In Kürze umrankten Gedanken und Fantasien, Satzfragmente und Betroffenheiten unbekannter Provenienz, die ich in den Gesprächen meiner Mutter mit unseren Nachbarinnen so sehr verabscheut hatte, mein eigenes Gehirn. »Gott weiß, warum er diese Ausländer so reich gemacht hat«, pflegte Mama zu sagen, wann immer ihr jemand mit seinem Geplapper auf die Nerven ging. »Sie reden nicht so viel wie wir. Sie stecken den Kopf in den eigenen Kragen und kümmern sich nicht drum, was andere sagen und tun. Welches Glück! Aber wir Perser müssen stets Quatsch fabulieren, und wenn wir nicht die ganze Geschichte kennen, erfinden wir eine, nur damit geredet wird. Das kommt daher, weil wir nichts zu tun haben. Im Gegensatz zu den Ausländern, die seriös sind und alles im Leben ernst nehmen, geben wir uns damit zufrieden, Pistazien zu essen und zu tratschen. Ich glaube, dass sie in ihren Sprachen nicht einmal ein Wort für Klatsch haben, oder?«

Manchmal fragte sie auch direkt: »Gibt es im Englischen ein Wort für Klatsch?« Und wenn ich die Frage bejahte, sagte sie: »Na, wir haben auch viele Wörter, die wir nicht brauchen. Ich hab noch nie in einem amerikanischen Film gesehen, dass Leute ihre Zeit mit Klatsch verbringen.« Und da amerikanische Filme die höchsten Garanten für die Wahrheit der Dinge waren, war dem nicht zu widersprechen.

Es gelang Tamara Buddel tatsächlich, dass mir Frau Eisberg Junior unsympathisch wurde, noch bevor ich wusste, wer diese Person überhaupt war.

23.

(so stellte ich mir Laura Eisberg nach Tamara Buddels Erzählungen vor)

Drei Mal wöchentlich wird der Körper malträtiert. In einem diskreten Trainingsraum in der Nähe ihrer herrschaftlichen Wohnung. Gleich nach dem Aufstehen schnell unter die Dusche und dann sauberes Schwitzen für die vergangene Jugend. So beweint der Körper das, was er nicht mehr ist. Wie ein Kleinkind tobt er, damit er zu dem wird, was er sein möchte.

Für eine Frau Ende vierzig mit den sozialen Ansprüchen Laura Eisbergs ist es selbstverständlich, sich diesem Ritual zu unterwerfen.

Ein straffes Hautbild soll für reibungslose Kontakte im Leben sorgen. Laura Eisberg vergisst Menschen schnell, die aus ihrem Leben heraustreten. Egal, wie und wie lange sie ihnen verbunden gewesen ist. Wer kein interessantes gesellschaftliches Objekt mehr darstellt, hat in ihrem Kreis nichts mehr zu suchen. Wer ihr Interesse verloren hat, wird von ihr einfach übersehen. Zum Glück sind Gesellschaftshaie ersetzbar, alle zusammen, egal, wen oder was sie in der Öffentlichkeit repräsentieren oder wo sie als Schaltzentrale tätig sind. Eine Gästeschar mit dem Potenzial starker Objekthaftigkeit lässt sich unschwer zusammenschustern, da Objekte sich generell gerne ausstellen. Dazu brauchen sie lediglich ein behagliches Biotop (ein repräsentatives Schaufenster), in dem sie andere Objekte treffen können. Das ist das Gesetz unter den Gesellschaftsobjekten: dass sie immer umgehend darüber informiert werden müssen, welches weitere Objekt ihnen Gesellschaft leisten wird.

Laura vergisst schnell, wer aus ihrem Leben heraustritt, weil sie immer neue Anwärter auf ihrer imaginären Liste führt. Es gibt immer wieder wichtige Menschen, schillernde Gestalten, die es zu präsentieren gilt. Wer nicht mehr dabei sein will, ist selber schuld. Der Ersatz wartet schon auf seinen Einsatz. Der Ersatz schlummert im Kofferraum und zählt die Zeit bis zu seinem ersten großen Auftritt. Und dann kommt er hervor, geschmeidig und plötzlich wie das Auftreten eines Ereignisses. Wie wenn es ihn schon immer gegeben hätte. Wie wenn es nichts Selbstverständlicheres gäbe, als dass nun er zum Zeichenträger einer bestimmten Funktion wird.

Ersatzteile hat es viele gegeben in Lauras Leben. Das hat mit ihrem Drang nach Anerkennung und ihrem tiefen Wunsch nach einem glamourösen Leben zu tun. Aus jeder Zuwendung wird etwas für ihre eigenen Zwecke gestrickt. Und wer das Netz ihres Lebens betritt, kommt nicht mehr so schnell aus dessen Fängen heraus. Schon wegen ihres Willens zum Weiterkommen sind die Ersatzmenschen für Laura eine Notwendigkeit. Das ist der Stoff, den sie atmet, um sich zu entfalten. Je mehr Menschen, desto besser, und alle sind oft schon nach einer Begegnung gute Freunde.

Kein Wunder also, dass Laura mit dramatisch zur Schau gestellten Betroffenheit die Nachricht zur Kenntnis nahm, dass ihre Freundin Carla das schon betagte, aber mächtige Meerestier Alfred Eisberg laufen gelassen hatte. In Wahrheit verstand sie nicht, warum Carla eine solche Dummheit begangen hatte – und ärgerte sich. Sie hatte so sehr gehofft, durch Carlas Liaison den noch verheirateten Eisberg näher kennenzulernen, um auch ihn in ihren Kreis aufzunehmen. Und nun hatte diese einfältige Carla ihn einfach gehen gelassen. Hatte sie den Verstand verloren? Jetzt musste Laura selbst aktiv werden, um Herrn Eisberg kennenzulernen. Schade bloß. Sie hätte ihre kostbare Zeit gerne für etwas anderes eingesetzt (zum Beispiel mehr Körpertraining). Nun musste sie ihn anrufen oder ihm schreiben, auf teurem Briefpapier selbstverständlich. Ihm ihre Bewunderung für seine Leistungen im Bildungsbereich unter die Nase reiben und dazwischen ein paar Namen fallen lassen und innigst dem Wunsch Ausdruck verleihen, welch große Ehre es für sie wäre, wenn er auch an ihrem Empfang teilnähme. Laura war kinderlos. Alfred Eisberg war daran gewöhnt, an solchen Anlässen teilzunehmen, und schätzte es besonders, mit unabhängigen Frauen zu verkehren. Und so hatte Herr Eisberg Lauras Wohnung betreten, so wie ein anderer sie verlassen hatte. Ersatzteile sind die Emanationen des Vergessenen.

24.

(Erik. Teil 1.)

Eine Konstellation wie der Zeitpunkt, wenn Tag und Nacht zusammen treffen, um ihre Rollen auszutauschen. Ein einziger Berührungspunkt, patsch!, und ein Ineinanderversinken, ein osmotisches Helldunkel, um danach getrennten Wegen am Firmament zu folgen. Immer wieder von Neuem. Was Erik und mich in unserer kurzen Zeit zusammenhielt, war etwas wie ein Naturgesetz. Ein Gesetz, das aber nur zufällig auf uns gewirkt hatte. Vom ersten Augenblick unserer Begegnung an hatten sich die Worte, das Denken, die Sprache, die Logik gegen uns gestellt. Es kam so gut wie nie vor, dass wir uns über eine Sache einig waren. Zu jedem Vorfall, zu jedem Phänomen hatte Erik eine mir entgegengesetzte Meinung. Unsere Erstbegegnung war symptomatisch in dieser Hinsicht, was vielleicht für alle Erstbegegnungen gilt.

So sehr uns die Worte, die wir austauschten, voneinander trennten, so groß war unsere Lust aufeinander. So sehr der Tag sich zu unserem Feind erklärt hatte, war die Nacht, die innige, geheimnisvolle Nacht, unsere Verbündete. Unterschiedlicher wie wir konnte man nicht sein, obwohl es vordergründig viele gemeinsame Interessen gab, Bücher, Schreiben, Musik oder Kino. Erik fand meine Gedicht-Agentur stupid, er fand es auch bourgeoise, dass ich in einer obskuren Sprachschule mit seltsamen Menschen arbeitete, die noch nie vom Klassenkampf gehört hatten und bereit waren, für Geld und Macht ihre Seele zu verkaufen.

Erik war es nicht gegeben, wie David unterstützend zu agieren. Für David war alles möglich, ich musste nur daran bleiben, durfte nicht aufgeben. Nie hat mich David für etwas getadelt, was ich unternahm, im Gegenteil. Er fand, das Leben sei da, um ausprobiert zu werden. Nichts könne man im Voraus wissen, es gebe nichts Wesentliches, von dem man wirklich etwas wissen könne: vom Zufall nicht, von den eigenen Launen nicht und vom Lauf des Lebens nicht.

»Wissen hat mit Leben nichts zu tun«, war Davids Devise, »Wissen ist die Erfindung derjenigen, die Angst vorm Leben haben und ihren morbiden Schreibtischzustand auf das Leben übertragen, weil sie zu nichts fähig sind. Wissen ist der Zement, der die Veränderung festhalten und überschaubar machen soll. Aber überlege dir! Was ist wirklich überschaubar? Nichts. Nie wirst du wissen, was der Mann wirklich empfindet, der nackt neben dir im Bett liegt und mit dem du Sekunden zuvor die innigsten Gefühle in einem Einheitsschmelz erlebt hast. Du wirst nicht einmal vom Kind sagen können, was es denkt oder fühlt, das dein Fleisch und Blut ist, das du selbst auf die Welt gebracht hast. Oder von deiner eigenen Mutter, wenn sie dich ansieht. Und nie wirst du wissen, was dir die Zeit bringen wird.«

Erik war da entschieden anderer Meinung. Für ihn hatte *alles* mit Wissen zu tun. Ohne Wissen gab es bei ihm keine Berechtigung zu einer Meinungsäußerung. »Wissen«, und dabei hörte sich das Wort aus seinem empörten Mund an wie *Fissen*, »Wissen. Ja, ja, alle Welt weiß etwas. Jede Ameise und Kröte nimmt heutzutage für sich in Anspruch, etwas zu wissen. Weil das Wissen auf der Straße zu liegen scheint, auf jedem Plakat steht, und spuckt man irgendein Display an, spuckt es einen Brocken Wissen heraus. Aber Wissen, meine Liebe, ist etwas anderes. Wissen ist eine anstrengende Tätigkeit, ein Hin und Her des Geistes mit allem, was ihn berührt. Wissen steht im Bündnis mit der Welt, es ist ihre absolute Bejahung und überdauert die Zeit, ganz im Gegenteil zum Alltagsgekotze der Mehrheit, das sich von Stunde zu Stunde der jeweiligen Windrichtung oder einem schmeichelhaften Geruch anpasst. Über Wissen haben sich Menschen mit Scheinwerfer im Kopf Gedanken gemacht.«

»Du meinst Männer.«

»Meinetwegen. Aber sei doch nicht so kleinlich. Es geht nicht darum, ob es Männer oder Frauen gewesen sind, die sich den Kopf darüber zerbrochen haben, was wirkliches, echtes, unhintergehbares Wissen ist. Es spielt gar keine Rolle, ob und was der Geist zwischen den Beinen hat, verstehst du? Ohne Wissen sind wir wie batterielose Taschenlampen: dunkel und nicht wirklich brauchbar.«

Aus Gesprächen mit Erik entstand kein Bedürfnis nach Gewohnheit, nicht einmal bei den banalsten Dingen waren wir uns einig. Die Phase, in der Liebende wie auf Vereinbarung das gleiche Getränk bestellen, gab es bei uns nicht. Erik fand meine Lieblingsgetränke infantil oder er bezeichnete sie als Frauenzeug.

Bereits nach zwei oder drei Wochen erledigte ein schneller Wangenkuss die Zeremonie des Wiedersehens. Ob die Geschwindigkeit dieser Küsse damit zu tun hatte, dass er mich schon zu kennen meinte? Werden Küsse von Mal zum Mal schneller, wenn man sich näher kommt? Gibt es auch Quality-Time für einen Kuss?

Und was er von mir wollte? Woher zum Teufel sollte er das wissen? Was konnte er auch von mir wollen, wenn er nicht einmal wusste, was er von sich selbst zu erwarten hatte. »Das sind doch alles Märchen, Dinge wie Vertrauen oder Treue. Ich weiß doch, wie unbeständig ich selber bin. Wie kann ich von dir verlangen, mir zu vertrauen? Und ich sag's dir, all die Menschen, die das tun, sind Lügner, allenfalls Träumer. Und überhaupt Treue? Hast du im Ernst je von einem Mann gehört, der sein ganzes Leben lang immer derselben Frau treu gewesen ist, ohne körperliche oder psychische Probleme gehabt zu haben? Menschen können ehrlicherweise voneinander nichts Endgültiges wollen, weil in diesem Punkt Galaxien zwischen Wunsch und Realität liegen.«

Erik konnte mich mit seinen Ansichten zertreten, das spürte ich. Ich hätte in ein tiefes Loch fallen können, in ein Erik-Loch, und dort wie Eisensplitter auf dem Boden liegen, um dann nach magnetischen Anweisungen von Erik wie ferngesteuert mal in die eine und mal in die andere Richtung zu zappeln. Ich spürte, dass mein Wissen mich nicht zu hundert Prozent vor der Gefahr »Erik« schützte, und versuchte mit aller Kraft, dort zu bleiben, wo ich war.

Trotzdem wurde ich innerhalb von drei Wochen zu einer Wartenden: Eines der ersten Zeichen, wenn das Herz an einem Angelhaken hängen geblieben ist. Wir nehmen dann einen neuen Seinsmodus an. Unser Denken und Fühlen vereinheitlichen sich zu einer Masse, die nur einer einzigen Bestimmung folgt. In der großen, weich gepolsterten Blase, die uns auf einmal durch das Leben zu tragen scheint, in der wir, wie von einem zärtlichen Wind getrieben, sanft durch die Welt rollen, ohne an irgendetwas zu denken. Was sich außerhalb dieser Hülle zuträgt und uns beschäftigt, ist nur eines: Warten. Wir warten auf ein Zeichen des Geliebten, auf seinen Anruf, auf sein unverhofftes Auftreten und deuten alles, was um uns herum geschieht, im Hinblick auf das Ereignis seiner Epiphanie. Warten wird zu einer Lebenshaltung, es drängt alles andere, was es im Leben sonst gibt, beiseite, es blendet die Welt aus.

Von Anfang an und während der kurzen Zeit unserer Liebe ließ Erik mich warten, wann immer er konnte. Darin war er erbarmungslos. Würde er anrufen? Man wusste es nicht. Würde er einen Anruf innerhalb einer vernünftigen Zeit (ach, »die Vernunft« lacht sich darüber kaputt) beantworten? Auch das war ebenfalls nicht abzusehen. Vereinbarte man umständlich ein Treffen, wurde es nicht selten kurzfristig verschoben, und wenn es nicht verschoben wurde, kam er regelmäßig zu spät. Er verpasste den Bus oder vergaß die Zeit. Irgendetwas kam stets dazwischen oder er war mit irgendetwas noch nicht fertig. Ich schien für ihn nicht innerhalb der Zeit zu existieren. Ich war irgendwo außerhalb seiner Zeit angesiedelt, weswegen die Zeit im Allgemeinen und ihre Gesetzmäßigkeiten für mich nicht galten.

Einmal wartete ich in einem Café auf ihn. Als er nach einer halben Stunde immer noch nicht erschienen war, packte ich meine Sachen und verließ wütend den Ort. Ich fluchte vor mich hin und verfluchte meine Blödheit, geduldig gewartet zu haben. Kaum hatte ich den Fuß in meine kleine Wohnung gesetzt, wurde ich vom Telefongeklingel überrascht. Ich hatte keine Zeit, mir etwas zu überlegen.

»Wir hatten eine Verabredung«, sagte die begehrte Stimme. Der Kloß, der meine Kehle zuschnürte, brachte nur einen eisigen Laut hervor. Dieser sagte dumpf: »Wir waren vor 45 Minuten verabredet, das stimmt.«

»Na und?«, sagte Eriks Stimme. »Und wo bleibst du?« Es spielte offensichtlich keine Rolle, wann wir verabredet waren und dass er sich daran nicht gehalten hatte. Das Einzige, was zählte, war, dass ich nicht dort war. Ich hätte dort sein müssen, egal wann er eintreffen würde. Ich hätte auf ihn warten müssen, weil wir schließlich verabredet waren. Die Verabredung galt, nicht der Zeitpunkt. Mein Warten gehörte zur Abmachung, es war deren unausgesprochener, aber fester Bestandteil. Und es war wohl klar, dass ihm zustand, erwartet zu werden. »Ich kann doch nicht den ganzen Tag auf dich warten«, sagte ich dann krampfhaft, um einen sachlichen Tonfall bemüht. »Wer hat gesagt, dass du den ganzen Tag auf mich warten musst?«, meinte er empört. Für Erik waren dreißig Minuten im Leben eines anderen Menschen nur ein winziger, unbedeutender Punkt im Universum, über den er nicht eine Sekunde nachdenken musste. Er war ja zur Verabredung erschienen, war sogar – wie abgemacht! – dort eingetroffen, und wer das Treffen nicht wahrgenommen hatte, war ich. »Und jetzt bist du sauer, weil du ein paar Minuten alleine im Café gesessen bist. Stimmt's? Du hast wirklich kein Vertrauen in nichts«, fügte Eriks helle, für einen Mann untypisch sanfte Stimme hinzu.

Ich weiß nicht, in was ich Vertrauen habe und in was nicht. Ich hatte ja nicht einmal mehr eine Sprache, die mir Vertrauen gab, mit der ich eins war, wie man eins ist mit seiner Haut oder seinem Gähnen.

Für Erik war mein Beleidigtsein darüber, dass er mich warten ließ, ein Mangel an Vertrauen. Einmal sagte er sogar erstaunt, er könne es nicht verstehen, dass jemand wie ich so wenig Selbstvertrauen hätte, und legte mir damit ein Problem in die Arme, dessen Gewicht ich so nie empfunden hatte.

Von meinem Warten auf Erik musste ich David nichts erzählen. Die Geschichte hätte ihn sicher interessiert, aber so weit kam es nicht. Ich ahnte deren Ende im Voraus, auch wenn es mich unverhofft traf.

25.

Die Erinnerung, die ich an meine letzte Begegnung mit meinem Vater habe, ist mindestens zehn Jahre alt, wenn nicht älter.

Ein einziges Mal war ich für zwei Wochen zurück in die alte Heimat gegangen. Ich hatte mich seit zweiundhalb Jahren in der Schweiz eingenistet und war stolz auf meine neuen Fertigkeiten, da bot sich die Gelegenheit, nach Hause zu fahren. Mitten in der Pubertät kam es mir chic vor, eine Fremde in der eigenen Heimat zu sein, und ich genoss die Privilegien des Gastseins in meiner Familie. Ich war glücklich, sie nach so langer Zeit wieder zu treffen. Doch das Leben in Teheran kam mir von Anfang an völlig verändert vor. Meine Eltern waren in ein mir fremdes Quartier umgezogen. Ich traf weder ein Zuhause an, das mir von früher bekannt war, noch Nachbarn und Straßen, auch die Schwestern waren nicht mehr dieselben; vor allem die Jüngste, die praktisch ohne mich groß geworden war, entpuppte sich als eine mir unbekannte Person. Nichts, abgesehen von meinen Eltern und ein paar Bekannten, die mich besuchen kamen, hatte eine Ähnlichkeit mit dem Leben, an das ich mich erinnerte, vieles war neu. Und dieses Neue wurde von einem symptomatischen Vorfall zu Beginn meines Aufenthaltes besiegelt: Menschen fuhren eines frühen Abends hupend durch die Stadt, ließen die Musik laut laufen, tanzten und schnipsten fröhlich an öffentlichen Plätzen und in den Staus, die sie freiwillig gebildet hatten. An der großen Feier beteiligten sich selbst diejenigen, die im Grunde mit dieser Feier nichts zu tun hatten, aber auch sie feierten mit, weil es keinen Grund gab, nicht zu feiern; ein jubelndes »Pistazienfresservolk«, wie meine Mutter ihre Kompatrioten zu bezeichnen pflegte. Auch eine ehemalige jüdische Nachbarin nutzte die Chance, mit einer Hupe herumzufuchteln und mit einem bunten Tüchlein aus ihrem Fenster zu wedeln, so schnell hatte sich die Nachricht verbreitet, dass der Schah gestorben war. Das Volk jubelte.

Das Land offenbarte ein mir unbekanntes Gesicht, das sich zu diesem Zeitpunkt noch nicht verhüllt hatte. Eine hoffnungsvolle, heitere Stimmung war damals auf den vibrierenden Straßen Teherans spürbar. Es war die letzte Phase der Freiheit und zugleich deren Höhepunkt, wie es sich kurz darauf, als der Krieg ausbrach, zeigen sollte. Der Krieg wurde schließlich zum Medium der Umsetzung politischer Programme, aber in diesem lebenslustigen Sommer davor, in dem Millionen, die wenige Jahre später ihr Leben fürs Vaterland lassen mussten, enthusiastisch fieberten, war alles frisch und pulsierte der Vision einer freien Zukunft entgegen.

Abends standen an den breiten, mit Ahornbäumen gesäumten Alleen Stände mit vielem, was jahrzehntelang verboten gewesen war: Aufnahmen mit Vorträgen verfolgter Intellektueller wurden auf einem Tisch neben Kassetten von Volkssängerinnen präsentiert. Am aufregendsten, für mich zumindest, waren die zahllosen Bücherstände. Die Zensur war in dieser Zeit aufgehoben, deshalb wurden viele billige Raubkopien oder Bücher, die jahrelang nur auf dem Schwarzmarkt gelebt hatten, günstig angeboten. Oriana Fallacis *Interview mit der Zeit* auf Persisch hatte früher nicht alle Gespräche enthalten, die sie mit einer Reihe von politischen Persönlichkeiten geführt hatte; ihr Interview mit dem Schah von Persien zum Beispiel war im Iran nur in gekürzter Form erschienen. Daran konnte ich mich noch gut erinnern. Nun lag die ungekürzte Ausgabe neben politischen Sachbüchern, nicht selten kommunistischer Provenienz. Ich kaufte mir Karl Marx auf Persisch und ein Wörterbuch der Wirtschaft, das, wie ich später feststellen musste, die Begriffe aus marxistisch-leninistischer Sicht erklärte. Zwischen den vielen Bücherverkäufern fanden sich, der persischen Sommertradition gemäß, Maiskolbenverkäufer, die ihre pechschwarz grillierten Maiskolben in ein hohes, mit starkem, meist trüb gewordenem Salzwasser gefülltes Glasgefäß tauchten, und andere Händler, die ebenfalls in Salzwasser eingelegte frische Baumnüsse verkauften. Baumnüsse meiner Kindheit …

Am Abend vor meiner Abreise tanzten wir zusammen, mein Vater und ich, seine Chaya, wie er mich nannte, und folgten inmitten unseres weitläufigen Wohnzimmers in einem unspektakulären Quartier in Teheran einem Slow zu einer Melodie aus früheren Zeiten. Ich muss ungefähr 16 gewesen sein und hatte mit dem Stolz einer Heranwachsenden die dünnen Arme auf die Schulter meines kräftig gebauten Vaters gelegt und passte mich seinen wippenden Schritten an. So erinnere ich mich an die letzte Begegnung mit diesem jovialen, aber auch fremden Berg meiner Kindheit, der für mich immer *mein* Europa repräsentiert hatte, ein sorgloser, mitunter unverantwortlicher Hedonist, der viele Sprachen sprach und immer so gekleidet war wie sonst niemand in Teheran, der sich jeden Morgen eine Stunde für sein Baderitual Zeit nahm und oft großes Geld machte und dann wieder komplett Pleite ging wie andere in zwanzig Leben, da ereilte mich eines frühen Morgens, ausgerechnet Erik lag mit seinem nackten Körper in meinem Bett, ein Anruf, die kreischende Mutterstimme, die den Himmel anklagte und in den Hörer wie in einen Tunnel hineinschrie: Er ist tot.

26.

Als sie den Empfangsraum betrat, wusste ich sofort, dass sie es war: Laura Eisberg. Sie trug eine olivgrüne, dezent glänzende Bluse mit geometrischen Mustern in Aubergine und Orange und dazu einen mokkabraunen Glockenrock. An ihrer Schulter hing eine dieser teuren, mit Logos übersäten Taschen, die heute auf der Welt das leisten, was einst die Religionen vollbrachten. Ihre linke Hand war bandagiert, aber selbst die Bandagen waren elegant und raffiniert um ihren schmalen Handteller gewickelt. Das Gesicht war mädchenhaft und ausdruckslos. Etwas blass, ja fast blutleer, verkörperte Laura Eisberg die gängige Vorstellung von einer erfreulichen Erscheinung, aber man fand nichts Bleibendes an ihr, auch wenn man sich gerade deswegen veranlasst fühlte, sie noch einmal anzuschauen. Alles an ihr war Zurückhaltung, im Grunde glich sie Eleonore, dachte ich mir, wobei Eleonore imstande war, durch ihre bloße Präsenz Macht in den Äther zu sprenkeln. Frau Eisberg junior hingegen war mehr auf Zurückhaltung bedacht. Das, was von ihr zu sehen war, sollte genügen.

»Sie sind die Poetin, die neu bei uns arbeitet, nicht wahr?«, sagte ihre leicht scheppernde Stimme. »Mein Mann hat mir schon von Ihnen erzählt.« Sie streckte mir die unversehrte Hand entgegen und stellte sich als Laura Eisberg vor. Tamara Buddel machte in Laura Eisbergs Gegenwart keinen Mucks. Sie hatte sich in Luft aufgelöst. Der Besuch schien ihr enorme Konzentrationskraft abzuverlangen. Sie war nur noch ein Stück atmende Haut mit zwei riesigen Ohren, die ab und zu den Kopf von ihrer Tastatur hob und zu meinem Erstaunen Frau Eisberg geradezu bewundernd anstarrte, wobei ein milchiges Lächeln auf ihren Lippen stand.

»Ich habe Fred immer wieder zugeflüstert, dass dem Schulbetrieb ein kreativer Kopf fehlt. Jemand, der aus dem Leben kommt und den Schulalltag mit farbigen Bildern auffrischt.«

Sie nannte, wie Eleonore, Herrn Eisberg Fred. War das sein Wunsch, dass ihn seine Frauen Fred statt Alfred nannten? Oder waren die Frauen unabhängig voneinander im Zuge ihrer Leidenschaft für ihn zu dieser Abkürzung gekommen – »Fred« als expressive Essenz ihres Sehnens? Ich musste gelächelt haben, weil Laura Eisberg mich auf einmal freundlich anlächelte – und da wurde in ihrem Gesicht ein Stück Leben in Form einer Zahnlücke sichtbar.

Ich wusste nicht, welchen Beitrag für »farbige Bilder« ich bieten konnte. Ich unterrichtete ja nur. Oder hatten meine schwarzen Haare sie zu dem gewagten Bild mit Farben verleitet?

»Was halten Sie von dem Gedicht, das ich für Ihre Schule ausgesucht habe?«, wollte ich dann von ihr wissen. Ich musste ja, so war mein Eindruck, den hohen Ansprüchen, die alle Beteiligten in diesem Betrieb – mit Ausnahme von Frau Buddel – an mich stellten, gerecht werden, und das hieß in der Regel, auf alle vermeintlichen Wünsche einzugehen, um am Ende alle termingerecht zu enttäuschen. Ja, Enttäuschen war, wie ich immer wieder festgestellt hatte, zu meinem Modus Vivendi geworden. Ich konnte es niemandem recht machen. Für eine Ausländerin mit dunklen Haaren war ich zu gebildet, das hatte man von mir nicht erwartet. Ich galt schnell als arrogant, wenn ich Dinge sagte, die niemand verstand, oder weil ich aus Schüchternheit schwieg. Und wenn ich schwieg, meinte man, ich verstünde nicht ihre Sprache.

»Ach du meine Güte!«, rief Frau Eisberg Junior empört aus, als hätte nichts anderes ihren zarten Mädchenkopf mit den feinen hellen Haaren in den letzten Wochen beschäftigt als das Gedicht, das nun als Bild den Schuleingang verzierte. »Was denken Sie jetzt wohl von mir? Ach du meine Güte«, wiederholte sie noch einmal und wollte dem noch etwas hinzufügen, was sie dann aber nicht tat, weil ihr als Steigerung vermutlich nichts mehr einfiel. Ich beschloss, Frau Eisberg Junior aus ihrer Verlegenheit zu retten, und verließ unverzüglich meinen Arbeitsplatz, um ihr das Gedicht zu zeigen, das seit über einer Woche im Schuleingang hing. Sie folgte mir wortlos.

»Ach, da steht es ja!«, sagte sie begeistert über ihre Entdeckung. »Man hat ja heutzutage so viel im Kopf, dass man links und rechts nichts mehr wahrnimmt. Schlimm, oder?«, und versank in die Lektüre der Gedichttafel an der Wand, wo sie, vielleicht in der Hoffnung auf eine Expresserleuchtung, eine Weile mit ihrem Blick dort hängenblieb. »Schön!«, sagte sie dann andächtig, »vor allem der letzte Vers »barfüßige Münzen« gefällt mir ausgesprochen. Das haben Sie sehr gut ausgesucht. Ich fand immer, dass hier, genau an dieser Stelle, etwas fehlte. Leider kenne ich den Lyriker nicht, K. Goldstein, habe nie von ihm gehört, wie peinlich.« Ich beruhigte sie, dass es sich um eine noch unbekannte Lyrikerin handle und dass man natürlich nicht alle Lyriker der Welt kennen könne – es schrieben ja schließlich so viele Menschen Gedichte.

»Ach ja, wirklich? Ich dachte immer, es fänden nur wenige Menschen zur Poesie.«

»Was die Lektüre betrifft, trifft Ihre Einschätzung zu«, erklärte ich ihr, »weil die wenigsten Menschen tatsächlich Gedichte lesen, aber schreiben tun viele. Denken Sie bloß an all die Liebesgedichte, die jeder mal im Leben versucht hat.«

Der Glanz in ihren Augen strahlte Dankbarkeit aus. Ich hatte meinen Auftrag als Kreativkopf erfüllt und ihre Augen für eine neue Dimension in der Welt der Poesie geöffnet.

Sie streckte mir wieder ihre unversehrte Hand entgegen, ihr Bettelarmband machte dabei ein dumpfes Engelsgeräusch in der Luft, und verabschiedete sich mit den Worten, dass ich sie und ihren Mann so bald wie möglich besuchen solle. »Ich kenne ein paar Menschen«, sagte sie verheißungsvoll zum Schluss, »die Sie interessieren könnten«. Damit drehte sie sich um und verschwand in Richtung Büro Eisberg, das mir in diesem Moment nicht wie ein Büro vorkam, sondern wie ein Mehrzweckschlafzimmer, und auf einmal konnte ich den Gedanken an meinen Vater und seine zwei Frauen nicht verscheuchen.

27.

Manchmal betrat ich ein Geschäft, ohne etwas kaufen zu wollen. Ich war nicht interessiert an den Produkten, sondern auf der Suche nach dem Ereignis, das sich zwischen den Verkäufern und den Kunden abspielt. Als Kind des Orients konnte ich mich lebhaft an opulente Zusprüche der Verkäufer erinnern: »Schauen Sie, hier habe ich etwas für die Mutter und das Fräulein Tochter. Seien Sie nicht schüchtern, ich beiße nicht, meine Damen! Fassen Sie nur diesen Stoff an! Ein Traum aus Samt und Seide, sage ich Ihnen.« Ich suchte jene übertriebenen Gesten und Geschichten, vor denen ich davongelaufen war. Ich wollte Geschichten hören im Alltag, obwohl ich schon bald nach meiner Ankunft in der Schweiz zu ahnen begann, dass man in Europa keine Geschichten mehr erzählt und dass ich die Geschichte, die ich noch immer nicht kannte, aber unbedingt mit meinem Traumkontinent in Verbindung bringen wollte, nie zu Gehör bekommen würde.

Spätestens von dem Zeitpunkt an, als die seriöseste Buchhandlung der Stadt, die auf Philosophie und hochkarätige Literatur spezialisiert war, auch Olivenöl zu verkaufen begann, beschlich mich das Gefühl, dass hier etwas zu Ende ging. So etwas wie ein Glaube löste sich im Anblick jener Olivenölflaschen neben Spinoza und Descartes auf. Ölflaschen als Nachfolger der Kathedralen kam mir wie eine seltsame Entwicklung vor, sie entsprach nicht meiner Europafantasie.

Aber ich blieb weiterhin verführbar. Laut Erik meine größte Schwäche, laut David meine größte Stärke. Die Schwäche, so Erik, hinderte mich daran, groß herauszukommen. Ja, ich litt unter einer Krankheit, die Erik nicht verstehen konnte. Meine Krankheit hieß Sehnsucht. Ich hatte Durst nach uferlosen Geschichten und barocken Redewendungen, nach der fesselnden Nähe einer Tausendundeinen Nacht. Die scheinbar geheimnislosen, weil viel zu dick aufgetragenen Ansprachen der Basarverkäufer in Teheran hatten Charme und etwas Liebevolles, sie waren durch und durch verlogen und doch voller Lebenssaft. Mitten in der Schweiz war ich auf der Suche nach Intensität.

Einmal betrat ich ein Geschäft und blieb kurz im Eingang stehen, um mir ein Bild vom Gesamtsortiment des Ladens zu machen. Gleich flog mir eine Offstimme um die Ohren: »Man muss nicht Ski fahren, um die Après-Ski-Stimmung zu genießen. Kommen Sie doch herein, Madame!«

Ein schlanker Verkäufer mit graumeliertem Haar und einem lässigen Norwegerpullover tauchte auf einmal auf. Es war noch längst nicht Winter. Der Verkäufer schien eine Ausnahme seiner Gattung zu sein und war mir auf Anhieb sympathisch. Er zwinkerte mir zu und zupfte dabei den Ärmel einer kanariengelben Winterjacke zurecht, die er offenbar soeben noch einer anderen Kundin angepriesen hatte. In dieser Jacke steckte ich ungewollt einige Minuten später und schwitzte sportlich vor mich hin. Da ich dem Mann beichten musste, dass ich nicht Ski fahre (ich hatte stets ein absurdes Gefühl, als Orientalin und Tochter der Hitze in einem Gladiatorengewand Abhänge hinunter zu rasen), wollte er mich für die Runde danach warm machen. Soweit mir bekannt war, gehörte zum Après-Ski immer eine unerträgliche Beschallung dazu. Irgendwie passten diese Musikstücke in der »Runde danach« nie zu den erhabenen Bergkulissen. Einen Tee-Rum in der Kälte konnte ich mir hingegen gut vorstellen. Das Problem aber war, dass ich gar nicht die Absicht hatte, in die Skiferien zu fahren. Aber das interessierte den Verkäufer nicht. Und ich war zu neugierig, um in einer Situation wie jetzt den Laden zu verlassen.

In meinem Spiegelbild schaute mich ein unter Adipositas leidender Kanarienvogel an. Die Daunenjacke hatte gewisse Ähnlichkeiten mit der Bekleidung eines Astronauten. Mein Kopf wirkte zu klein im Verhältnis zu meinem aufgeblasenen Oberkörper. Die angenähte Kapuze unterhalb meines Nackens gab mir einen Touch vom Glöckner von Notre Dame, und mit den vielen kleinen Taschen, die die Jacke ebenfalls für alle Überraschungen des Lebens bereit hielt, fühlte ich mich jetzt schon überfordert. Der Verkäufer fand, dass ich in der Jacke rassig aussehen und die gelbe Farbe mit meinen dunklen Haaren perfekt harmonieren würde. Als ich einwand, dass das Gelb der Jacke einen Grünstich hatte, der mich an das Gefieder exotischer Vögel erinnerte, antwortete er enthusiastisch, dass genau dieser Ton so klasse sei. Wann immer er lächelte, wurden zwei Grübchen auf der Höhe seines Backenknochens sichtbar. Ich spürte, wie sich eine Empfindung von Schuld in mir breit machte. Ich wollte diese Jacke nicht. Ich wollte nicht eingelullt werden in einer Kaufaktion. Ich wollte absurderweise aber auch den Verkäufer nicht enttäuschen. Ich wusste nicht mehr, was ich sagen sollte. Eigentlich war ich gekommen, um etwas zu hören.

»Es ist heiß«, murmelte ich.

»Sehen Sie! Ich hab's Ihnen doch gesagt, dass diese Jacke für die eiskalte Bergluft geschaffen ist. Ihnen fehlt ja auch ein Fettpölsterchen. Mit dieser Jacke aber frieren Sie nie. Das garantiere ich Ihnen!« Er legte die rechte Hand auf sein Herz. Auf einmal erinnerte er mich an meinen Vater. Wie oft hatte er mich früher gemahnt, dass ich keinen Mann fände, wenn ich nicht zunehmen würde. Auch er hatte immer gemeint, dass mir das nötige Fettpölsterchen fehlte. »Wer will schon ein Holzstäbchen als Frau?«, war seine väterliche Empfehlung gewesen. Und immer wieder bot er mir etwas zu essen an.

Dieser Verkäufer hatte eine Mission. Und wie es schien, gehörte ich in diesem Moment zu seinem Survivalpaket. Ich hatte das Gefühl, auf ihn wie ein Naturmensch zu wirken, den er zur Zivilisation bekehren wollte. Ihm fehlte bloß der auf eine Schrift verweisende Zeigefinger. Stattdessen hielt er unbekümmert einen Kleiderbügel in der Hand. Das war sein magischer Stock – und mit diesem Stock empfing er unsichtbare Zeichen von oben.

Ich nutzte die sekundenlange Pause aus und streifte blitzartig die Astronautenjacke ab. Ein Seufzer der Erleichterung entglitt mir. Mein Körper fühlte sich feucht an. Die kühle Luft tat gut. Ich wollte mich aus dem Staub machen, ohne den Verkäufer anzuschauen. Da stand er schon wie ein Torero mit einer blutroten Jacke vor mir.

»Haben Sie gedacht, ich lasse Sie so einfach im Stich?«, fragte er ganz besorgt, als wäre ich mit einer schlimmen Verletzung in die Notfallabteilung eingeliefert worden.

»Nein«, stammelte ich. Was sich wie eine blökende Ziege in ihrem letzten Lebensmoment anhörte.

»Kommen Sie! Diese hier müssen Sie mir auch noch anprobieren!«, sagte er und schüttelte sanft die Muleta vor mir.

Der Stier in mir fühlte sich wie ein Kaninchen. Dass ich *ihm* die Jacke anprobieren sollte, war mir unbegreiflich. Dennoch zog ich die rote Jacke an. Ich mochte die Farbe auf Anhieb nicht. Es war kein leuchtendes Rot, sondern ein dunkles, beschämtes.

Er zupfte an meinen Schultern und musterte die Jacke mit sich hin und her bewegenden Pupillen. Er schien zufrieden mit seinem Werk.

Ich atmete tief ein und tat so, als würde ich den Kauf der Jacke ernsthaft überlegen. Plötzlich hörte ich ein Duo hinter mir:

»Die Farbe steht Ihnen aber gut.«

Als ich aufblickte, sah ich im Spiegel zwei Picadores links und rechts vom Verkäufer. Die ältere Verkäuferin lächelte mich an und verzog sich gleich nach diesem Auftritt, die jüngere, allem Anschein nach eine Lehrtochter, hing sich wie eine Äffin an ein Kleidergestell und wohnte still meiner Hinrichtung bei. Es musste sich bei dieser Szene um ein vorgeschriebenes Drehbuch gehandelt haben. Das konnte nie im Leben ein Zufall gewesen sein. Sobald der Stier verletzt wurde, hatten die Damen ihren Auftritt.

Ich fühlte mich nicht sonderlich wohl in der burgundroten Jacke. Mir war, als hätte mich jemand gefangen genommen. Plötzlich sah ich im Spiegelbild etwas, was ich in einem auf Sportkleidung spezialisierten Geschäft nicht erwartet hatte. Vor der Kasse war eine halbrunde Glasvitrine aufgestellt, in der in Reih und Glied Flaschen standen, die alle gleich aussahen. Meinem Verkäufer entging meine Entdeckung nicht. Wie auch? Er hatte mich im Visier wie ein Jäger seine Beute. Keine meiner Bewegungen konnte seinem Blick entkommen. Seine Spontaneität war so groß, dass er die Jacke schlicht vergaß. Er lief meinem Blick in Richtung Flaschen voraus.

Ich folgte ihm und streifte unterwegs still die Jacke ab. Ich trug sie auf meinem Unterarm, als gehörte sie mir, damit der Verkäufer ja nicht auf die Idee kam, dass die vorhin entstandene Intimität zwischen mir und der Jacke eher oberflächlich war.

»Davon haben Sie sicher auch schon gehört?«

»Wovon?«

»Von unserem vorzüglichen Olivenöl.«

»Nein, tut mir leid.« Olivenöl nun also auch mitten im Winterbekleidungsangebot?

»Wissen Sie, wozu Olivenöl alles gut ist?«

Er wartete keine Antwort ab.

»Für Ihre Gesundheit.« Dabei sprach er diese drei Worte so aus, als wollte er sie einem Erstklässler diktieren.

»Hm.«

»Möchten Sie eine Flasche?«, fragte er und drückte mir eine in die Hand.

Nun musterte ich die Olivenölflasche. Das arme Olivenöl war zu einer bizzaren Ware im europäischen Handel geworden. In jedem Geschäft glotzten einen ein paar Flaschen Olivenöl an. Ich hatte gedacht, meinen diesbezüglichen Schock seit jener Begegnung in der Buchhandlung überwunden zu haben, hatte aber nicht erwartet, das neue Symbol der Leichtigkeit des Seins auch in einem Sportgeschäft anzutreffen.

Auf dem Etikett stand in kursiver Schrift *Nostalgia*, die Flasche hatte einen leichten Bauch und sah wie eine Flasche Landwein aus. Ich zögerte.

Der Verkäufer nutzte unverzüglich die Gelegenheit aus: »Wenn Sie eine Liebhaberin von mediterranem Leben sind, worauf warten Sie noch? Olivenöl kann man immer brauchen.«

»Ja, aber ich brauche im Moment kein Olivenöl. Ich hab erst kürzlich eine Flasche gekauft.«

»Jetzt enttäuschen Sie mich aber! Das, was Sie hier in den Händen halten, ist nicht zu vergleichen mit dem, was man im Supermarkt kauft.«

»Ich habe mein Öl auf dem Wochenmarkt gekauft.«

»Hui, da müssen Sie am meisten aufpassen. Wissen Sie, wie viel gerade auf dem Markt betrogen wird?« Er senkte seine Stimme und flüsterte: »Ich könnte Ihnen hundert Geschichten erzählen von den angeblich speziell frischen, aber immer fast unbezahlbaren Produkten auf dem Markt. Wenn Sie einmal dieses Öl ausprobiert haben, wollen Sie gar kein anderes mehr.« Hatte ich eben das Wort Geschichten gehört? Ich war wieder einmal ein Kind, das nichts wusste. Da mir die Lust fehlte, den Laden zu verlassen, musste ich kämpfen.

»Woher kommt denn das Öl?«, fragte ich mit fachmännischem Blick.

»Na, woher denn?«, antwortete mein Kombattant. »Aus Italien natürlich, woher denn sonst?«

»Wussten Sie, dass Olivenöl ein ursprünglich griechisches Produkt ist?«, konterte ich forsch.

»Ja, aber die Griechen. Die bringen ja gar nichts fertig. Schauen Sie, was sie mit ihrem herrlichen Land angerichtet haben. Das wäre bei uns nie passiert. Die haben Meer und Sonne, gutes Wetter und nette Menschen, alles, was man sich im Leben wünscht, und schauen Sie, was sie daraus gemacht haben. Die pflegen ja nicht einmal ihre antiken Schätze. Waren Sie schon mal auf der Akropolis?«

Ich schüttelte mit tiefem Bedauern den Kopf. Nie würde ich mir diese Bildungslücke verzeihen können.

»Tja, Akropolis, sage ich Ihnen, eine bedauernswerte Ruine. Nein, vergessen Sie Griechenland! Ich meine, Italiener könnten auch etwas sorgsamer mit ihrem schönen Land umgehen, wenigstens den Abfall könnten sie besser entsorgen, aber im Vergleich zu den Griechen haben sie einen guten Geschmack und sind geschäftstüchtig.«

»Da spielen Sie aber die vielen Betrugsskandale in Italien herunter. Korruption ist in Italien Volkssport.«

»In Griechenland auch. Die haben zwar keine Monarchie mehr, aber hallo! Der Großvater vererbt das Amt des Ministerpräsidenten an den Sohn und dieser reicht es weiter an das Enkelkind. Und zum krönenden Abschluss präsidiert der Erbprinz auch noch die Sozialistische Internationale. Wenn das nicht ein Witz ist! Das ist ja gerade so, als wären Sie bei der Green Peace aktiv und zugleich Hauptaktionär bei Shell.«

»Solche Zustände finden Sie überall. Nehmen Sie doch nur mal die Kennedys. Die scheinen ja ein ewiges Recht auf Spitzenämter in der amerikanischen Politik zu haben.«

»Ja, aber das ist Amerika. Und die Amerikaner produzieren kein Olivenöl.«

»Was hat das mit Olivenöl zu tun?«

»Olivenöl hat etwas mit Kultur zu tun. Wie enttäuscht wären Sie, wenn eine Institution, die für Integrität steht, sich plötzlich als ein stinkend korruptes Loch erweisen würde? Darum geht's.«

»Ja, aber Sie wissen doch, dass es überall stinkt. In manchen Betrieben könnte es einem davon schwindlig werden«, hörte ich mich sagen.

»Das sehe ich genauso wie Sie. Deswegen finde ich, dass man italienisches Öl unterstützen sollte.«

»Ich verstehe Sie nicht.«

Mein Kombattant war während unserer Debatte zu einer Art Staatsmann gereift. Er hatte den Ellbogen auf die Vitrine gestützt, die Beine übereinander gekreuzt und hielt triumphierend die Ölflasche in der Hand. Die Flasche Öl sah jetzt aus wie eine seltene Flasche Cognac. Es fehlte nur eine Zigarre im Mundwinkel des Verkäufers.

Jetzt atmete er tief ein und sah mir dabei direkt in die Augen. »Wissen Sie, wenn alles korrupt ist, dann muss man sich selber seine Werte suchen.«

Ich staunte.

»Gut essen, schöne Kleidung, alles, was Spaß macht.«

»Aber das ist ja total unverantwortlich und unethisch, was Sie da sagen.«

»Haben Sie eine Alternative?«

Ich schwieg.

»Ich mache Ihnen einen Vorschlag: Kaufen Sie eine der Jacken – und ich schenke Ihnen eine Flasche Öl. Damit unterstützen Sie die Obdachlosen von Gizeh.«

»Die Obdachlosen von wo?«

»Sphinx, liebe Frau.«

Die Daunenjacke, die immer noch auf meinem Arm ruhte, war mir zunehmend sympathischer geworden, genauso wie die exotische Rhetorik des Verkäufers – und nun fanden auch die Obdachlosen um die Sphinx einen Zugang zu meinem weichen Herzen.

»Aha, Sie meinen die Sphinx von Gizeh.«

»Ja, klar. Das ist doch die Originalsphinx. Waren Sie schon mal dort?«

Dass die Originalsphinx die Sphinx von Gizeh war, wusste ich aus Wikipedia, aber leider war sie mir noch nie von Angesicht zu Angesicht begegnet.

Mein Staatsmann holte aus: »Wissen Sie, was die Menschheit Sphinxwürdiges im Umfeld der Riesenskulptur gebaut hat?«

Ich schüttelte sanft den Kopf, um den Zorn des Meisters nicht auf mich zu ziehen.

»Ein McDonald's! Es fiel ihnen nichts anderes ein, als einen McDonald's in der Nähe der Sphinx zu bauen. Jetzt können Sie zwei und zwei zusammen zählen. Wo es Abfall gibt, gibt es auch Menschen, die den Abfall suchen! Unsere

Produkte unterstützen deswegen die Obdachlosen von Gizeh.«

Ich entschied mich für die kanariengelbe Jacke. Auf einmal war es mir eine behagliche Vorstellung, als Außerirdische auf der Erde zu gehen. Das passte zu meinem extravaganten Lebensgefühl. Meinem neuen Liebhaber würde ich die Geschichte nie erzählen. Er hätte sie als mein seelisches Schachmatt ausgelegt, als Kapitulation vor dem reinen Blödsinn. Er hätte mich als willenlos beschimpft und mir empfohlen, mich mehr mit der Realität auseinander zu setzen. Trotz seines großen Wissens hatte Erik keine Ahnung von der wohltuenden Wirksamkeit von Olivenöl in zwischenmenschlichen Beziehungen.

28.

Erinnerungen erheben sich wie Inseln im Ozean unseres Zeitgefühls. Sie bieten dem undurchsichtigen Strom des Vergangenen die Stirn und halten ihn für eine Weile fest. Fossile unseres Lebens, die wir in uns tragen, bis wir selbst Teil der tiefdunklen Welle werden – aufgelöst in der Flut, die uns einst umgab.

Ich hatte ein Geheimnis als Kind, ein Wissen über etwas, worüber ich mit niemandem sprach. Auch meine Eltern hatten mir nie erklärt, wie es dazu gekommen war: zu ihnen beiden und zu der zweiten Frau, die doch zuerst da gewesen war. In meiner Erinnerung war dieses Wissen schon immer da. Und in diese Kindheitserinnerung hatte sich auch sehr früh ein Gefühl eingenistet – Scham. Ein Gefühl, das sich anfühlt wie eine Brandwunde. Ich schämte mich sehr, Trägerin eines so offensichtlichen Makels zu sein. Obwohl niemand, von den Familienmitgliedern und sehr wenigen Nahestehenden abgesehen, etwas von diesem Makel wusste. Es reichte, dass ich es wusste, und so zog ich für mich den Schluss, dass Wissen immer auch ein Geheimnis sein muss.

Meine Mutter schwieg eisern über alles, was sie persönlich und – vornehmlich – was ihre Vergangenheit betraf, und zementierte damit mein Schweigen. Ihre wortlose Botschaft kam bei mir an: Es war nicht angebracht, über das Familiengeheimnis, über ihre Wunde, dass sie die zweite Frau war, zu sprechen. So wurde das mütterliche Schweigen auch zu meinem.

Manchmal fragte ich sie als Kind nach ihrem Schweigen, nicht zu dieser Angelegenheit, nein, diese war ja höchst geheim, war ein verfluchtes ägyptisches Pharaonengrab, das man nicht betreten durfte. Ich fragte sie, warum sie nie etwas Privates von sich preisgab, zumal sie ja eine gesprächige Person war und mit größter Autorität zu allem und jedem ihre Meinung äußerte. Ich fragte sie das eine oder andere Mal nach etwas, was ich damals nicht in Worte fassen konnte, und wenn, dann wohl sehr ungeschickt. Das kindliche Denken ist einfach, weil es sich in Gegensätzen bewegt und keine Nuancen kennt. Eines Nachmittags, als wir Kinder mit ihr am Tisch saßen, fragte ich über das Butterbrot hinweg: »Warum küsst du mich nicht?« Sie sah mich an, als hätte ich um etwas Unmögliches gebeten, und sagte mit abgewürgter Empörung in der Stimme, dass ich groß sei und dass man große Kinder nicht mehr herzen und knuddeln solle. »Hast du mich denn nicht gern?«, wollte ich als Nächstes wissen.

Und da antwortete sie, dass sie sich nicht *verstellen* könne, wie dies andere täten, und dass man nicht unter Zwang sagen könne, dass man jemanden gern habe. »Natürlich hat jede Mutter ihre Kinder lieb«, fügte sie aber hinzu. Offensichtlich war sie irritiert über meine Fragen (wie kommt das Kind auf so seltsame Ideen?) und starrte mich eine Weile mit versteinerter Miene an.

Im Grunde, denke ich, handeln alle Geschichten von unseren Lebenslücken, davon, was uns verschwiegen wurde oder was wir selbst verschweigen. Jede Geschichte bauscht sich auf um das Unsagbare in uns, um die Erfahrung des Schweigens, der wortlosen Botschaften, die uns durchwühlen, mit unserer Haut verschmelzen und uns wie durch Geisterhand durchs Leben steuern. Der Staub der Zeit und die Distanz zu meinen Eltern hatten zwar meinem Geheimnis Kraft entzogen, aber mein eigenes Liebesleben war stark genug, um mich immer wieder daran zu erinnern.

Ich machte einen Fehler und weihte Erik in die Fragen ein, die mich beschäftigten. Was meinst du, Erik, gibt es eine Algebra der Liebe? Meinst du, dass man sie lernen kann? Meinst du, dass man mit einer Sammlung von Meinungen und Standpunkten oder auch Liebesgeschichten Antworten auf diese Fragen finden kann?

Erik zog die Augenbrauen hoch. Eine Mimik, die sich unwillkürlich einstellte, wenn er präventiv mild wirken und nicht gleich einen Gegenvortrag halten wollte. Ein »Ah, bon!« war sein erster Kommentar. Und als ich ihm zu erklären versuchte, warum es interessant sein könnte, eine theoretische Auseinandersetzung anzustreben, lächelte er fast höhnisch: »Über die Liebe hat noch nie jemand etwas

Gescheites von sich gegeben, darüber kann man gar nichts Intelligentes sagen, sonst wäre sie nicht die Lieblingsbeute der Literatur. Weißt du das denn nicht?«

Natürlich wusste ich das.

»Warum willst du dir so einen Blödsinn antun? Was spielt es für eine Rolle, wer was zu diesem Thema gesagt hat? Die Liebe ist eine Performance, Erklärungen oder theoretische Auseinandersetzungen sind hier fehl am Platz. Du vergeudest damit nur deine Zeit.«

»Ja«, versuchte ich mich krampfhaft zu verteidigen, »aber darüber haben viele Menschen schon nachgedacht«, warf ich ein, »denk an Platon! Selbst Descartes hat über die menschlichen Leidenschaften geschrieben. Gar nicht zu reden von den vielen anderen Autoren, die ihren Gedanken in ihren Romanen Raum gegeben haben, sie nicht nur dargestellt, sondern auch darüber reflektiert haben. Man kann doch auch die Literatur heranziehen, nicht nur theoretische Werke. Verstehst du? All diese Menschen haben ihre Erfahrungen mit der Liebe gemacht.«

»Und was soll die Summe all dessen bringen, was du da heranschleppst? Glaubst du im Ernst, daraus eine einzige Theorie oder Sichtweise bündeln zu können?«

»Das weiß ich noch nicht. Man könnte ja auch nur die Rosinen berücksichtigen.«

»Und wer entscheidet, was die Rosinen sind? Du?«

»Ja, ich. Wer sonst?«

»Du strebst eine, denke ich, pseudowissenschaftliche Auseinandersetzung an und ausschlaggebend für deine Thesen sollen deine persönlichen Präferenzen sein?« Da waren wir einmal mehr bei seinem Lieblingsthema. Ich schmorte innerlich. Ich empfand einen unkeuschen Groll und begehrte ihn auch in Augenblicken wie diesen, was ich aber verbarg. Ich war meist perfekt in der Rolle des großen verständigen Mädchens. Ich unterdrückte mein Beleidigtsein mit infantilen Gesten, nahm zum Beispiel Eriks Kaffeelöffel und leckte den noch weichen Restschaum am Löffel ab oder ich durchkämmte mit vorgetäuschter Selbstvergessenheit meine langen Haare. Aber innerlich kochte ich und wartete auf den günstigen Augenblick, um Erik mit einer Geste oder einem Wort zu besänftigen.

Besänftigen – das war im Umgang mit Erik eine existentielle Geste. Sanft und vorsichtig sein, auf der Lauer sein, nach Möglichkeit spontane Äußerungen meiden, und wenn alles oder weil alles meist nichts nützte, mild und versöhnlich sein und Schadensbegrenzung anstreben. Erik war ein aktiver, rechthaberischer Vulkan. Die Alternative zu seiner Position konnte immer das Nichts sein. Wenn ich nicht Lust hatte, einen Film, den er vorgeschlagen hatte, mit anzusehen, kam als Möglichkeit nicht etwa ein anderer Film in Frage, sondern das Treffen löste sich auf. Entweder oder. Das »oder« aber hatte in diesem Arrangement kaum eine Bedeutung. Und so entdeckte ich unerwartet nach kurzer Zeit ein neues Talent in mir: sanft zu sein. Ich wusste gar nichts über meine Ressourcen auf diesem Feld, bis Erik in meinem Leben auftauchte. Aber ich ahnte, dass diese Ressourcen endlich waren.

»Wenn ich dir einen Kuchen backen würde, würdest du doch nicht wissen wollen, in welchem Laden ich die Rosinen gekauft habe, oder?« Und erkämpfte mir damit sein Lächeln. Sein Lächeln war mein Etappensieg. Wenn Erik in solchen Momenten lächelte, dann hatte der Meisterphilosoph in ihm einen Schlaganfall erlitten.

»Aber du backst mir ja nie einen Kuchen«, flüsterte er beinahe zärtlich. Meinen Augen entging das Joconde-Lächeln auf seinen Lippen nicht.

»Soll ich dir einen Kuchen backen?«, hauchte ich zurück.

Er nickte.

»Und du wirst nicht fragen, woher ich die Rosinen genommen habe?«

Erik verneinte meine Frage wortlos.

Sprachlosigkeit war die Zone unserer tumultuösen Begegnungen, sie war das Feld der nackten Wahrheit.

29.

Liebe, mutige Lyrikerin!
Es ist löblich und erfreulich, dass Sie sich der Sache der Poesie angenommen haben. Ich bin sicher, dass viele Kollegen Ihnen auf diesem Weg beistehen und Ihre innovative Idee gutheißen werden.

Natürlich möchte ich nicht, dass mir die Rolle des Spaßverderbers zufällt. Ich könnte mir durchaus einen »Bericht« über Sie und Ihre Agentur vorstellen. Why not?

Ich werde Sie demnächst anrufen und mit Ihnen einen Termin vereinbaren.
Freundliche Grüße
P. Wiesengrund

Nachdem ich diese lichterfüllten Zeilen gelesen hatte, holte ich sofort einen Lumpen, den einzigen, der sich im Spiegelschrank der Toilette der Agentur versteckt hielt, und begann das Zimmer abzustauben, obwohl der Raum wenig Anlass dazu bot. Was hätte hier auch abgestaubt werden sollen? Die Kommode war zu hoch, als dass ich hätte beurteilen können, ob sie auch von oben gesehen sauber oder in Staub gehüllt war. Blieben nur die Stühle und der Schreibtisch übrig. Immerhin. Ich entfernte sorgfältig alle durcheinander geratenen Papierinseln, die sich auf dem Tisch gebildet hatten, die herumliegenden Stifte und all die überflüssigen Visitenkarten, die mir in die Hand gedrückt worden waren und die ich meist auf dem Schreibtisch liegen ließ, auch der Stapel mit den blaufarbigen Papieren, das Briefpapier der Agentur, wurde entfernt.

Die glatten, vom Staub befreiten Streifen unterschieden sich markant vom Rest des Tisches. Ich hasste es, dieses Nichts anzufassen, das doch etwas war und sich auf der Haut so rauh anfühlte. Aber das Herz zukünftiger Lyrikliebhaber durfte nicht mit Staub, Dreck und Unordnung angegangen werden. Danach holte ich alles wieder auf den Tisch zurück und baute exakte viereckige Stapel. Das Briefpapier so, dass jede Kante eine gerade Linie ergab, ohne Wellen, ohne ein ungebetenes Blatt von oben oder unten, das quer im Wege stand, davor bildeten die Stifte ein unnachgiebiges Bataillon, Hefte und Notizblöcke bekamen ihren Platz, und die Visitenkarten landeten in einer Tüte, die ich in einem Fach der großen alten Kommode verschwinden ließ – vorerst als Purgatorium.

Beim Aufräumen und Putzen dachte ich immer wieder an meine Schwester Mirella. Einige Jahre nachdem mein Vater so unerwartet gestorben war und mich mit der Wunde, ihn letztmals in meinem Leben mit 16 gesehen zu haben, alleine gelassen hatte, hatte sich meine Schwester Mirella für einen Besuch angekündigt.

Wir hatten den Kontakt zueinander in all den Jahren mehr oder weniger verloren. Ich war nicht da gewesen, als sie ihre Kindheit verabschiedet hatte, als der Krieg ausgebrochen war und als sie geheiratet und ihre Kinder bekommen hatte. Für sie war mein Wunsch, im Ausland zu leben, nie nachvollziehbar gewesen. Und immer hatte sie mich – halb scherzend, halb im Ernst – »die Verrückte« genannt.

Nun also wollte sie ihre verrückte Schwester besuchen, die sie fast ein halbes Leben nicht gesehen hatte, und damit ihre erste Auslandsreise antreten.

Ich freute mich aus ganzem Herzen über diese Nachricht, obwohl ich im Grunde nicht wusste, wen ich im Flughafen abholen würde. Doch Mirella, die Schwester, mit der mich seit meinem Weggang nichts mehr verband, erwies sich als ein Geschenk des Himmels, als eine Herzensschwester. Sie schien der einzige Mensch zu sein, der sich in all den vergangenen Jahren Gedanken über mich gemacht hatte, der verstanden hatte, wie sehr mich der Tod des Vaters getroffen hatte. Mein Vater wurde beerdigt und ich war nicht dabei. Ich plätscherte in einem Leben mit absurden Gestalten, die offensichtlich zum Marionettentheater des Berufslebens gehörten, einer ungebildeten, rohen Frau, die den ganzen Tag klatschte, einer anderen, die ihre Lebenspläne wie nach einem Businessplan verfolgte, und Männern, die kamen und gingen. Ich schrieb Gedichte – doch wer las Gedichte? –, machte mir Gedanken über die Bücher, die ich las, fühlte mich nur als Zirkuspferd interessant, während mir in dieser Zeit alles abhandenkam, was mich und mein Leben einst ausgemacht hatte. Ich bekam viel zurück, keine Frage, allein die schon als Kind heiß ersehnte Freiheit. Ich lebte voller Lust und Engagement, verfolgte meine Wünsche und Ideale, war dankbar für alles, was mir die neue Heimat ermöglichte, und blieb selbst auf der Strecke, zwischen einem Außen, das mir nicht in seinen Wesenszügen, aber in seinen Schwingungen fremd blieb, und einem Innen, das keinen Zugang nach Außen fand.

Mirella, die Schwester, die ich in kindlicher Eifersucht samt ihres Kinderwagens hatte zum Verschwinden bringen wollen, brachte die Liebe mit.

Wie sie mir gleich am ersten Abend kichernd erzählte, hatte sie, nachdem ich nicht mehr zu Hause war, weiterhin keinen schulischen Erfolg. Sie verfügte nur über die nötigste Schulausbildung, aber Mirella wäre nicht Mirella, wenn sie darunter gelitten hätte. »Das langweilige Zeug« bedeutete in ihrer Sprache Schule und überhaupt alles, was mit Bildung zu tun hatte. Als ich sie einmal nach ihrem Lieblingsbuch fragte, einfach so, wie man das so macht, eine ganz simple Frage wie »geht's dir gut?«, kam sie in Verlegenheit. Sie hielt ihren schönen Kopf schräg, zuckte mit den Schultern, zog die Augenbrauen hoch und sagte dann kichernd: »Keine Ahnung!«

Ich glaube, dass sie bis dahin noch nie freiwillig ein Buch gelesen hatte. Aber was soll's! Mirella brachte all das mit, was ich immer vermisst hatte. Meine jüngere Schwester schlüpfte in die Rolle der fürsorglichen Mutter, stellte Fragen über mein Leben, hörte mir stundenlang zu, verwöhnte mich mit ihren Kochkünsten und lobte mich für mein immer noch gutes Persisch, wie sie sagte. Offensichtlich genoss sie selber auch, Aufmerksamkeiten zu bekommen, die sie lange vermisst hatte. Wir erfuhren beide erst jetzt, dass wir Ähnliches erlebt hatten. Mit anderen Inhalten und unter anderen Vorzeichen, aber die Quintessenz unserer Erfahrung war dieselbe: die Mutterliebe. Jede von uns hatte stets die andere für die Favoritin im Mutterherz gehalten, und nun stellten wir beide fest, dass weder ich noch sie diesen Platz je innehatten. Vielleicht war dies Mina, unserer jüngsten Schwester, vergönnt, scherzten wir und lachten über dieses Ding der Unmöglichkeit.

Da ich meinem normalen Leben weiterhin nachgehen, in der Schule arbeiten und gewisse Fächer an der Universität besuchen musste, ließ ich Mirella, so leid es mir tat, während ihres Besuches einige Stunden am Tag allein. In der Schule hatte ich mich von der Büroarbeit kurzfristig suspendieren lassen, sodass ich Mirella an zwei Tagen der Woche nicht komplett ihrem Schicksal überlassen musste. Mirella war ungern allein und ging ungern selbstständig auf Stadttouren.

Als ich sie das erste Mal für drei Stunden allein gelassen hatte und dann nach Hause gekommen war, erkannte ich meine Wohnung nicht mehr. Ein Eimer voll Wasser, umgeben von verschiedenfarbigen Lumpen, und einige Wassertropfen auf dem Boden erwarteten mich im Gang. Dahinter stand Mirella, Kaugummi kauend in sommerlicher Aufmachung. Sie trug rosarote Gummihandschuhe und hielt einen

Wischbesen, stramm wie ein Soldat sein Gewehr, vor der Brust und hatte sich ein Kopftuch im Nacken zusammengebunden. Sie hatte alles, was anzufassen war, auch Dinge, die man nicht auf Anhieb sehen konnte wie versteckte Steckdosen, gereinigt. Die Fensterscheiben glänzten, der Küchenboden roch nach Reinigungsmittel, und die Badewanne wurde gerade in einer Javellösung eingeweicht. Die Gummihandschuhe hatte sie aus Teheran mitgebracht, auch die Lumpen, weil sie nicht wusste, ob ich über solche Dinge verfügte. Auch wollte sie in der teuren Schweiz nicht unnötig Geld ausgeben, also hatte sie in den Koffer mit Esswaren aus der Heimat auch Putzmittel eingepackt. Ich war sprachlos. Einerseits freute es mich, dass meine Wohnung endlich gründlich gereinigt worden war, andererseits war es mir nicht recht, dass meine Schwester sich diese Arbeit gemacht hatte. Aber sie lachte und tröstete mich mit dem Bekenntnis, dass sie diese Arbeit zu Hause auch täglich machte.

Am selben Tag kam Mirella nach dem Mittagessen mit einem Besen in die Küche und begann mit ernstem Gesicht zu kehren. Auf ihrer Stirn bildete sich senkrecht eine Falte. Später stellte sich heraus, dass dies ihre Putzfalte war, die immer dann auftauchte, wenn sie konzentriert dem Dreck an den Kragen ging. Die Stirnfalte gehörte irgendwie zu ihrem Putzsetting. Auf meinen Protest hin, dass die Küche doch makellos sauber sei, belehrte sie mich, dass beim Essen immer winzige Brosamen auf den Boden fielen und dass die ganze Arbeit von vorher umsonst gewesen wäre, wenn man die Brosamen nicht sofort wegmachte, und wischte energisch die winzigen Teilchen auf, die für das bloße Auge nicht sichtbar waren, aber das innere Auge meiner Schwester offenbar quälten.

Dieses Programm wiederholte sich zu meiner Verwunderung täglich. Sämtliche Lappen wurden zweimal am Tag in Javelwasser eingelegt, mindestens viermal wurde während ihres Aufenthalts die Besteckschublade komplett geleert und gereinigt, jede anfassbare Oberfläche mehrmals täglich gescheuert, immer wieder meldeten sich bei Mirella versteckte Ecken im Raum mit dem Wunsch, mit Stahlwolle geschrubbt werden zu wollen, und ich musste mich an das Bild gewöhnen, dass meiner Schwester stets ein Staublappen wie ein Colt an ihren kurzen Hosen hing, die sie zu Hause vorzugsweise trug, damit sie keine Sekunde Zeit im unaufhörlichen Kampf gegen den Schmutz verlor. Sie liebte, wie sie immer wieder betonte, diesen Kampf, es sei die einzige Arbeit, die ihr wirklich Spaß machen würde. Und sie lächelte friedlich dabei.

30.

(Erik. Teil II.)

Erik hatte ein Stipendium für einen dreimonatigen Aufenthalt in London bekommen. Von dort rief er mich ab und zu aufgeregt von einer Telefonzelle an und berichtete von den neuen Unterschieden, die die Welt ausmachten. Vor allem aber schrieb er mir Briefe. Ich war vor Freude im siebten Himmel. Zu meinem Glück und meiner Überraschung fand Erik unsere epistuläre Kommunikation sogar »interessant«

und »bereichernd«. Mit schnellen Medien ginge eine gewisse Gärungszeit verloren, wie er betonte: »Man wartet wesentlich weniger lang auf eine Antwort. Und man ist permanent in einem Jetzt, was das Schreiben betrifft«, und schnaufte: »Dabei ist das Warten so entscheidend. Im Warten gedeiht die Fantasie. Im Bratsaft des Wartens wird die Geliebte zu Fleisch und Blut. Um es dir in der Sprache der Kochkunst zu sagen, Chaya, weil du ja so gerne in Kochbüchern wühlst: Das rohe Element der Geliebten wird im geduldigen Schmoren erst genießbar und dies, wie jeder Sonntagsbraten weiß, je länger desto besser. Hinzu kommt, dass ein exquisites mehrgängiges Menü etwas anderes ist als Fastfood!« Und so machte ich mit dem Warten eine neue Erfahrung. Ausgerechnet mit Erik, der mich durch seine Unpünktlichkeit so oft in Rage getrieben hatte, lernte ich von Neuem, was Sehnsucht ist. Die Briefe, die mich aus London erreichten, waren allerdings recht erikös:

Liebe Chaya
Gestern Nacht hatte ich einen Geistesblitz. Ich bin dann aufgestanden und habe mir etwas aufgeschrieben. Schreib mir bitte, so schnell du kannst, was du dazu meinst.

Pass mal auf! Jede Manipulation, die auf die Materie gerichtet ist, bewegt sich in der Zone des Strafbaren. Einzig die Bilder bewegen sich als große Ausnahme in der riskanten Gegend!!! Doch damit die Macht des Bildes nicht auswucherte, wurde sie zu biblischen Zeiten schon eingeschüchtert, indem sie als Kunst komplett verboten wurde (du weißt schon, diese alttestamentarische Bilderfeindlichkeit!). Doch was hätte ein Bild alles ausrichten können, wenn es nicht verboten worden wäre? Es hätte kraft seines geistigen Potenzials seine materielle Substanz zu verleugnen versucht oder umgekehrt. Jedenfalls wären an ihm die Grenzen und Differenzen zwischen Geist und Materie fragwürdig geworden – und damit auch die Grenzen von Strafe und Freiheit. Also wurde die bildende Kunst komplett verboten. Zwei Kulturen haben diesem Verbot Folge geleistet – mit welchem Resultat?

Was meinst du? Kann man das so denken, fragt sich dein Londoner Verehrer, der sich ganz viele Briefe von dir wünscht. Am liebsten sofort –
Erik

Manchmal schickte er mir auch Auszüge aus seinem Tagebuch, das er, diszipliniert wie er war, täglich führte. In diesen Tagebuchfragmenten war dann weder eine Anrede noch ein Abschiedsgruß angebracht. Höchstens am Rand war etwas gekritzelt wie »Das schrieb ich gestern in der Tube« oder »Studentenfutter für deine Theorien«. Erik nahm also meine Gedanken, die er so oft als überflüssig abgetan hatte, ernst.

Eitelkeit
»Die Zunahme der Eitelkeit aus dem Geiste der Verzweiflung« – ein Vorgang, der in mehreren Stufen in der Dunkelkammer der Seele abläuft. Wie Unkraut schießt der neue Ich-Stengel aus dem Sumpf empor und kommt sich als eine seltene Sonnenblume auf der Weltwiese vor. Und schaut immer wieder mit gesenktem Kopf zur Erde – zu viel Sonne ist dem Himmel wohl doch unzumutbar. Unmöglich, sich auf der Liebesbahn zu bewegen und von der Selbstliebe verschont zu bleiben.

Wer also die Exzesse des anderen auskosten will, wird unweigerlich bei sich landen (und umgekehrt). Ein Chiasmus ist es, was die Welt zusammenhält. Ein X, ein Rätsel. Endorphine hin oder her.

Meine Briefe wurden mit der Zeit vor allem wegen ihrer Gestaltung immer aufwendiger. Einmal kaufte ich mir, zuerst gar nichts überlegend, eine Tüte bunter Ballons. Zu Hause blies ich dann einen der Ballons auf – ich entschied mich für einen orangefarbenen –, und plötzlich überkam mich die Lust, etwas auf ihn zu schreiben. So schrieb ich behutsam und mit etwas krakeliger Schrift einen Brief an Erik:

Im Wissen darum, dass das, was ich dir heute schreibe, verblassen wird wie alles, was sich dem Licht preisgibt, verharre ich wie immer in der Schwebe – ich schreibe im Verborgenen. Aus einem Reich, in dem auch die Luftblasen Bedeutungen stiften,
deine
Chaya

Dann ließ ich die Luft wieder aus dem Ballon, wickelte die tätowierte Gummimasse in schwarzes Seidenpapier ein und steckte das Ganze in einen Umschlag. So wie ich mit meinem Hauch aus der Ballonhaut die Schreibfolie hergestellt hatte, so konnte nun auch Erik nur mit seinem Atem meine Worte lesen. Auf der Rückseite des Umschlags schrieb ich in großen Buchstaben EIN ANIMIERTER BRIEF.

Erik war beim Briefeschreiben ein anderer als sonst. Er fand zu meiner Freude und Verwunderung Gefallen an meinen Briefen und wollte immer mehr davon. War es die Distanz, die ihn weicher gemacht hatte, oder waren es die Briefe? Wer konnte das wissen? Selbst die liebesleiderprobte Marianna Alcoforado musste ihrem Geliebten gestehen: »So ist also meine Verzweiflung nur in meinen Briefen. Wenn ich dich so liebte, wie ich es dir tausendmal versichert habe: müsste ich nicht längst tot sein?«

Wer weiß, was stimmt, wenn wir schreiben? Vermisste ich Erik, weil ich ihm dies geschrieben hatte oder weil er mich vermisste? Oder meinte ich, ihn vermissen zu müssen, weil er nicht da war? Jedenfalls spürte ich zum ersten Mal so etwas wie eine gleißende Sehnsucht nach meinem anstrengenden Granitfelsen und gab diesem Gefühl verschämt einen Namen, obwohl ich tief in meinem Herzen wusste, dass zwischen uns noch mehr Welten lagen als die Erde und ihre Kontinente.

Erik genoss schon die fünfte Woche seines Londonaufenthalts, als mir plötzlich auffiel, dass ich seit einer Woche keinen Brief von ihm erhalten hatte. Und so tauchte ein neuer Feind in meinem Leben auf, der nicht zurückwich und stumm innehielt. Und bald schon begann ich, den alten, mit Etiketten überklebten Briefkasten in unserem Hauseingang mit Befremdung zu mustern. Ich war mir sicher, dass er nichts für mich bereithielt, nichts, was mich brennend interessierte. Und ich war mir sicher, dass er sich still über mich lustig machte, wenn ich ihn zum zehnten Mal am Tag besuchte.

Meine Unruhe war allerdings schon länger da. Vor ein paar Tagen bereits hatte ich bei allen Nachbarn im Haus an der Tür geklopft und sie freundlich gefragt, ob der Briefträger vielleicht aus Versehen einen Brief, der für mich bestimmt war, bei ihnen in den Briefkasten geworfen hatte. »Nein? Hätte ja sein können!«, schleuderte ich den mir zum Teil wildfremden Menschen lächelnd ins Gesicht. Und zitterte innerlich.

Am Tag zuvor hatte ich immerhin herausgefunden, dass unser Briefträger noch am Leben war. Er war nicht einem akuten Herzstillstand erlegen und hatte nicht wegen einer Grippe die Post nicht verteilt. Ich hatte ihn nämlich vor der Haustür abgepasst. Er sah gesund aus und war gut gelaunt. Ich fragte ihn besorgt, wie es ihm gehe und ob er in den letzten Tagen krank gewesen sei.

»Ich war vor 14 Jahren zum letzten Mal so krank, dass ich meine Arbeit nicht machen konnte«, sagte er, drückte auf das Gaspedal seines Motorrades und raste davon.

Der Briefträger war es nicht, die Nachbarn waren es auch nicht. Es gab also nur noch eine Möglichkeit: Erik war krank, verunglückt oder vielleicht sogar tot (ich hütete mich davor, das Wort auszusprechen).

Erik hatte vielleicht einen Unfall gehabt. Lag in einem Spital. Wusste meine Nummer nicht auswendig. Konnte nicht reden. Konnte nicht schreiben. Ich machte mir Vorwürfe, dass alles meine Schuld war. Woran genau? Weiß ich nicht. Vielleicht weil ich nicht insistiert hatte, dass er sich in London ein Telefon besorgte. Oder dass ich diesem Briefeschreiben eine so dramatische Bedeutung gegeben hatte – normale Menschen hätten sich in so vielen Wochen ganz anders verhalten. Und auf einmal machte ich mir Vorwürfe, dass ich nicht bei ihm war. Sicher war es meine Schuld, dass Erik nicht mehr schrieb! Vielleicht fand er meinen letzten Brief infantil. Vielleicht hatten ihm der Inhalt und die Gestaltung des letzten Briefs missfallen. Vielleicht war Erik wieder wie eh und je und fand mein Treiben zu wenig zielgerichtet. Armer Erik. Nun verunglückt oder schwer krank in einem Spital. Fern von den Seinigen. Musste in einer fremden Sprache fremden Menschen erklären, wo es ihm weh tat. Der Zyniker Erik, dem Zynismus englischer Ärzte ausgeliefert. War das sogar so etwas wie höhere Gerechtigkeit? Meine Gelassenheit gegenüber Eriks passagerem Aufenthalt in meinem Leben war jedenfalls dahin.

Welche Farbe hat die Sorge? Rot ist sie nicht. Rot steht für die Liebe und für die Wut, sagt man. Oder steht Rot vielleicht auch für die Sorge? Ist Sorge schwarz, grau oder mauve? Ich hatte das Gefühl: Sorge besteht hauptsächlich aus Geschwindigkeit. Sorge ist schnell. Wenn man sich Sorgen macht, kullert unbändig etwas in einem. Das Blut blubbert magmaartig. Das Herz sticht. Die Finger zittern. Der Atem stockt. Der Hals fühlt sich trocken wie die Sahara an. Denken ist nicht mehr möglich, wenn man sich Sorgen macht. Die Welt besteht aus lauter »entweder oder«. Sorge ist Zweifel plus Furcht. Ich schmorte eine Weile in diesem Zustand, bis der Briefkasten sich nach zehn Tagen endlich geschlagen gab. Ein Brief von Erik war da. Ich zerriss beinahe den Umschlag und las im Hauseingang:

Liebe Chaya
Entschuldige die Schreibpause! London hat mich in seinen Bann gezogen. Diese Stadt ist so verrückt! Man sieht ihr die Verrücktheit nicht sofort an. London ist nicht wie New York! Wenn man aber eine Weile da ist und Zugang zu den Men-

schen findet, wenn man der Stadt sozusagen unter den Rock blickt, dann sieht man, wie aufregend sie ist.

Im Moment bin ich beseelt vom Wunsch, länger in dieser Stadt zu bleiben. Ich kann jetzt nicht viel schreiben.

Aus der Ferne umarmt dich

Erik

Mein Gesicht spürte den Wind nicht, der es auf der leeren Straße liebkoste. Es war ein nackter Wind, der keine Temperatur besaß. Rings um mich herum schien alles in Bewegung zu sein. Die Baumäste tanzten streng orchestriert rhythmisch hin und her, und frühreife Blätter gingen flatterhaften Spielen nach. Ein kaum hörbares Zischen spazierte durch die Welt. Einzig die Häuserfassaden blickten mit ernster Miene in die Luft. Ihre Augen, weit geöffnet, schauten unsichtbaren Eindringlingen empört ins Gesicht.

Herr Schweizer und seine gut gelaunte Natascha, Galina oder Irina gingen ohne ein Grußwort an mir vorbei. Sie kicherte. Sie kicherte, wann immer ich die beiden zusammen sah. Auch grüßte sie, wie von Gezeitenkräften angetrieben, nach Lust und Laune. Manchmal war sie unerwartet freundlich und grüßte überschwenglich laut, manchmal tat sie so, als wäre sie mir noch nie begegnet, hob den zarten Kopf hoch in die Lüfte und ging mit einem arroganten Gesichtsausdruck und kräftig hin und her schwenkenden Hüften an mir vorbei. Ich fand nie heraus, für wen dieser Auftritt wirklich bestimmt war. Es kam mir vor, als wollte sie dem Himmel zeigen, mit wem er es gleich zu tun bekommen würde.

Herrn Schweizers Gattin lief auch in wärmeren Jahreszeiten in Stiefeletten mit Pelzbesatz herum. Aber der Sommer war vorbei, und Eriks Brief flüsterte mir ins Ohr, dass auch er nicht mehr greifbar nah sein wollte.

31.

An dem Tag, als Laura Eisberg die kleine Bühne meines Lebens betrat, erfuhr ich ein Geheimnis über Tamara Buddel. Menschen, die viel reden, scheinen zunächst wie ein offenes Buch. Sie plappern ja unentwegt über sich und die anderen, als wäre die Welt ein Einheitsbrei mit offen deklarierten Ingredienzien.

»Und?«, fragte die Buddel ironisch, als ich wieder im Büro zurück war, »finden Sie nicht auch, dass diese Person von Grund auf falsch ist?«

»Ich fand sie vor allem sehr freundlich«, antwortete ich.

»Meinen Sie, das geht wirklich zusammen: Prada und ihre Bildungseuphorie?«

Ich wiederholte unaufgeregt: »Man soll die Menschen nicht nach Äußerlichkeiten beurteilen. Ein geschmackloser Kleidungsstil ist kein Garant für wirkliches Engagement.«

Ich hatte keine Lust, mich auf Frau Buddels Geplapper einzulassen. Was ging mich Frau Eisberg Juniors Leben an? Ich sehnte mich im Grunde immer nach meinem Schreibtisch in der Agentur. Ich wollte Ruhe haben. Nur Ruhe. Lesen, schreiben, mit Menschen, die ich mochte, zusammen sein, Neues lernen, Basta! Erkenntnis hatte für mich immer auch eine physische Dimension; ich fühlte mich wie verliebt, wenn es mir manchmal gelang, einen schwierigen Textabschnitt zu verstehen oder zu deuten. Von einem guten Text ging für mich mindestens so viel Erotik aus wie von einem Mann, den ich attraktiv fand. Was gab's Schöneres, Begehrenswerteres als ein Buch? Und bisweilen verwechselte ich die Wirklichkeit mit einem Buch. Und dann gab es ja noch Gedichte, die kleinen Riesen, die treuen Gefährten seit meiner Kindheit und meine Agentur – das alles musste schließlich beackert werden! Und Herr Wiesengrund wollte sogar persönlich vorbeikommen. Was interessierte mich da fremdes Gewieher?

Wie eine brummende Wespe hörte sich auf einmal Tamara Buddel an, die als Kürzel nicht TB oder Bud benutzte, sondern ra.

»Alles muss in diesem Betrieb gleich gemacht werden, nie hat man einen Tag Zeit, um etwas in aller Ruhe zu erledigen.«

Ich schwieg.

»Frau Buddel dies, Frau Buddel jenes! Ohne zu berücksichtigen, dass meine Stelle eine Staatsstelle ist und dass sie mit mir nicht wie mit ihren anderen Opfern umgehen können.«

Ich schwieg weiterhin, leicht irritiert über das Rätsel, wer die anderen Opfer waren. Sie war die einzige Administrationsangestellte.

»Frau Buddel, schreiben Sie dieses, schreiben Sie jenes, und kaum bist du fertig, kommt schon der nächste Auftrag.« Ihre Stimmte zitterte ungewohnt, und was ich erst jetzt vernahm, war eigentlich nicht Wut, sondern Verzweiflung. Hatte sie denn geweint? Die Mutter Teresa in mir meldete sich. Ich befand mich einen halben Meter von ihrem Bildschirm entfernt, da blickte sie mich traurig an und sagte, dass sie schon wieder einen Bericht von ihr wollten. Tränen in den Augen hatte sie nicht, aber ihre Verzweiflung war echt. »Dabei habe ich heute Morgen schon einen neuen Bericht abgeliefert. Wie viele Berichte muss man denn am Tag verfassen?«

Ich wagte, ohne zu überlegen, eine Frage: »Wie lang sind denn die Berichte, die Sie schreiben müssen?«

»Ein halbe Seite.«

Eine halbe Seite konnte in meinen Augen kein Bericht sein, das konnte ich ihr aber nicht direkt sagen: »Seien Sie froh, dass Sie nicht mehr schreiben müssen. Da kenne ich andere Betriebe, in denen ein Bericht erst ab zwei und mehr Seiten gilt.« Ich wusste selbst nicht, von welchen Betrieben ich sprach. Aber mein Satz hatte ein kleines Wunder bewirkt, weil ra mich mit großen Augen ansah und ein »echt?« hervorbrachte. Aber wenige Sekunden danach war ihr Gerechtigkeitssinn wieder zurück: »Es geht ja nicht nur darum, wie viel man schreibt, sondern wie oft. Es sind auch nicht nur Berichte, die ich erfassen muss, sondern auch Beschlüsse, und da muss man besonders aufpassen, dass einem kein Fehler unterläuft.«

Ich stand mittlerweile neben ihr. Als sie merkte, dass ich die Absicht hatte, ihren Text zu lesen, fing sie an wie ein kleines Kind mit dem Curser immer wieder den Text hinauf und hinunter zu gleiten. Ich weiß nicht, was sie mir damit demonstrieren wollte, die Länge ihres Textes etwa (sie hatte allerdings erst ein paar Zeilen geschrieben)? Oder wollte sie mit den nervösen Bewegungen auf die Komplexität des Inhalts hinweisen? Ich hatte jedenfalls genug gesehen. Drei, vier Zeilen lassen sich schnell erfassen, wenigstens einzelne

Satzglieder konnte man gut wahrnehmen. Als sie bemerkte, dass sie mich mit dem Curserschlag nicht verscheuchen konnte, wurde sie ruhig und ließ mich gewähren. Wie ein kleines Kind, das zuvor geweint hatte und sich nun von den Anstrengungen des Weinens erholen musste, lehnte sie sich in ihren drehbaren Bürostuhl zurück und blieb still. So viel Ergebenheit ihrerseits war ungewohnt. Ich las Folgendes:

»Herr Eisberg wünscht das von nun an die Schüler sich nicht mehr im Korritor des Hauses versammeln. Dieser Beschluss, muss allen Lehrern mitgetheilt werden. Diese verpflichten sich ihre Schüler zu infomrieren. Schüler, die sich nicht an diese Regel«

Als wäre ich in der Lage, etwas an ihrem Missstand zu ändern, beklagte sie sich noch einmal leise: »Ständig muss ich solche Texte schreiben. Wie viele Beschlüsse gibt es denn in einem Betrieb? Hier andauernd. Diesen Text hier habe ich natürlich husch husch geschrieben.« Ihre Stimme hatte sich bei der Behauptung, dass sie den Bericht »husch husch« geschrieben hätte, wieder normalisiert. Dabei roch nichts nach Scham oder Peinlichkeit. Die Einzige, die jetzt leicht irritiert war, war ich. Ich pflichtete ihr bei, dass es sicher nicht lustig sei, permanent so trockene Texte zu schreiben, und ging mit einem dumpfen Gefühl zurück zu meinem Arbeitsplatz.

Eigentlich erwartete ich jeden Augenblick, auch an den folgenden Tagen, an denen ich meine Bürostunden abzusitzen hatte, eine Erklärung von ihr. Selbst wenn man schnell schnell zwei, drei Sätze schreibt, macht man solche Fehler nicht. Das Problem war nicht, dass Tamara Buddel diese Fehler machte, sondern dass sie kein Bewusstsein davon zu besitzen schien. Dieses Blankogefühl erklärte ihre Zutraulichkeit mir gegenüber, mir die Rohfassung ihres *Berichtes*, ohne Korrekturgnade ihres Computers, gezeigt zu haben. Sie wusste gar nicht, wie viele Fehler ihr kleiner Text enthielt. Frau Buddel war nicht der Typ, der klein beigab, und ihre pöbelhafte Art zu reden, gab ihr stets das Gefühl, in allem Recht zu haben. Sie meinte, die Information, wonach sie schnell schnell geschrieben hätte, verliehe ihrem Werk in meinen Augen den Status einer Skizze – und kein Rohentwurf ist schließlich ein Meisterwerk. Für so einfältig hielt sie mich, die Ausländerin, um zu denken, mich mit dieser Bemerkung ruhig stellen zu können. Aber selbst in einem Entwurf mit vier, fünf Sätzen kommen in der Regel so verbrecherische Orthografiefehler nicht vor. Das war es also, was sie unter Druck setzte. Nicht das Verfassen solcher Belanglosigkeiten, sondern die Angst, entlarvt zu werden. Trotzdem schien sie nicht realisiert zu haben oder realisieren zu können, dass ich ihrem Geheimnis auf die Schliche gekommen war. Sie hämmerte, nachdem unser Gespräch über ihren Bericht beendet war, wieder wild auf die Tastatur und verkündete kurz darauf: »So, das reicht jetzt! Ich brauche eine Pause.« Sie stand, Cowboy, der sie war, stramm auf, zog ihre Zigaretten aus der hellen Jeansjacke, setzte die Sonnenbrille auf die Nase und verließ mit entschlossenen Schritten den Raum. Der Nachhall ihrer Absätze war noch eine Weile im »Korritor« zu hören, und ich weiß nicht, wann sie ihre Pause beendete.

Als ich vierzig Minuten später das Büro verließ, war sie jedenfalls noch nicht zurück. So lange musste sie sich offenbar vom harten Regime des Betriebes erholen, während ich mich jetzt auf eine sanfte Zwischenlandung vorbereiten musste.

32.

(Erik. Teil III.)

Der Rock, den London trug, hieß Olivia. Der Funke hatte sich unerwartet ergeben, teilte mir Erik in seinem zweiten Brief mit, der eigentlich kein Brief war, sondern eine kleine Nachricht. »Liebe Chaya«, hatte er auf seinem, wie gewohnt, strukturierten Papier geschrieben, »sie heißt Olivia«. Und dann: »Du weißt. Ich hatte nicht gesucht.« Ausgerechnet Erik, der nicht an Zufall glaubte, hatte auf den belebten Londoner Straßen unverhofft eine neue Liebe gefunden, die wie eine Ampel bei Rot auf ihn gewirkt haben musste, so etwas wie eine Vollbremse. Und die konnte nur vom Schicksal persönlich herbeigeführt worden sein.

»Stell dir vor!«, vertraute er mir in seinem Brief an, »wenn ich ein Mädchen geworden wäre, hätte ich den Namen Olivia bekommen! Ist das nicht ein wahnsinniger Zufall?«

Und weil ich auch getröstet werden musste, balsamierte er mich mit dem Hinweis ein, dass *ich* es bestimmt – wie sonst niemand – verstehen würde, wie *solche Sachen* über einen hereinbrächen.

Ich war »wie sonst niemand«.

Ich musste verstehen.

Er bat um Verzeihung.

Das war's.

Ich holte mein Tagebuch und schrieb eine Seite lang: »Das war's.« Sieben Buchstaben. Es erinnerte mich an die vielen Strafaufgaben in der Kindheit: »Während des Unterrichts bin ich still« oder »Ich darf nicht zu spät in die Schule kommen«. Wobei diese Art von Strafe in Konkurrenz zu derjenigen stand, bei der man eine Stunde lang den Papierkorb hoch nehmen und wie ein Flamingo auf einem Bein in einer Ecke des Klassenzimmers stehen musste. Ein Junge aus meiner Klasse konnte sich einmal nicht mehr beherrschen und erleichterte sich schamvoll in dieser Ecke. Ich erinnere mich noch heute an den gequälten Ausdruck in seinem jungen Gesicht. Und sofort gab es auch jemanden, der dies in voller Lautstärke der Klasse mitteilte.

Sieben Buchstaben, in Reihen und Kolonnen gebracht, eine Armee von »Das war's« – und schon war's eine Strafe. Nur dass sie hier kürzer war und selbstauferlegt. Offensichtlich hat auch Strafe etwas mit Wiederholung zu tun.

»Das war's« war mit nichts zu vergleichen, was sonst da war. Ein kleiner Satz, bestehend aus wenigen Buchstaben, beschrieb präzise meine Situation. Was hätte ich dem noch hinzufügen können? Hatte ich mir die Liebe so vorgestellt? Als nicht (mehr) Geliebte blieb mir nur noch, zu verstehen. Teller kaputt zu schlagen, war nicht meine Art. Ich musste verstehen. Nicht verstehen dürfen, ist das Privileg der Liebenden.

Ich hatte es immer geahnt, von der ersten Minute an, der ersten Begegnung, dem ersten vertrauten Blick, der voller

Verlangen war, der ersten vorsichtigen Berührung, dass Erik nicht für mich und ich nicht für ihn geschaffen war. Trotz dieser Ahnung war ich in die Liebesfalle geraten. Und fand nun die Verzweiflung.

Ich installierte mich am Schreibtisch und rauchte. Aus lauter Verzweiflung rauchte ich so viel, dass feines Aschepulver Befreiungsflüge aus dem Aschenbecher unternahm und sich hier und da sanft auf dem Boden oder auf der Tastatur niederließ. Rauchend und gleichzeitig ein viel zu scharfes Bonbon lutschend, saß ich an meinem geduldigen Schreibtisch und überließ mich dem eiskalten Gefühl, das mir das Bonbon in die Augen trieb. Etwas Schweres drückte mir auf die Brust. In solchen Momenten denke ich immer an eine Reise. Wegfahren in ein anderes Ausland! Aber wohin? In den Märchen kommen keine Märchen vor. Und ich war ja bereits in meinem Märchenkontinent. Ich träumte von einer Zugfahrt, von ruckelnden Bewegungen und fremden Geräuschen aus den schmerzhaften Umarmungen von Stahl und Erde, von einer mit sanften Strichen gezeichneten Landschaft, die still an mir vorbei huschte. Ich träumte von Lehmhütten auf Hügeln, die sich mit ihren Strohdächern die Augen zuhielten, und von unberechenbaren Ereignissen in einem Buch. Ich träumte von einem Lächeln im Gesicht eines Unbekannten.

Aus mir unerklärlichen Gründen fiel mir auf einmal mein Großvater ein: Dr. Aaron Salem, ich hatte ihn, den stolzen Arzt, zuletzt gesehen, als ich fünf oder sechs Jahre alt war. In meiner Erinnerung bewegte er sich immer sitzend auf dem Boden. Er kroch buchstäblich auf dem Hintern. Ich weiß bis heute nicht, warum er nicht gehen konnte.

Auf einmal fiel mein Blick auf das Haus gegenüber. Im Türrahmen stand die alte breitschultrige Frau mit ihrem Rollator. Sie stand da für einige Zeit unbewegt, auf ihr Gerät gestützt, und blickte entschlossen geradeaus. Ihr Gesichtsausdruck hatte etwas von einem Tier. Sie musste noch die Stufen hinab zum Gehsteig bewältigen. Obwohl mir das Ritual bekannt war, stand ich dieses Mal auf und zählte die Stufen. Es waren vier relativ hohe Treppen, die die alte Dame vom Rest der Welt trennten. Sie sah aus wie ein Stier, bevor er gegen den Torero rennt. Ich vergaß für eine Weile meine Sorgen. Ich kannte die Frau ja und wusste, dass sie trotz ihrer Behinderung oft im Quartier unterwegs war, und überlegte, ausnahmsweise hinüberzurennen und ihr meine Hilfe anzubieten. Aber das war nicht mehr nötig. Denn im selben Augenblick hatte sich die alte Frau gedreht und stieg rückwärts die Stufe hinunter. Sie war flink. Mit der einen Hand zog sie die Tür zu und mit der anderen stieg sie zusammen mit dem Rollator rückwärts Stufe um Stufe hinab, bis sie wie eine kleine Fliege, die man aus dem Fenster hinauslässt, festen Boden unter ihren Füßen spürte und rasch davonflog.

Ich musste wieder fliegen lernen.

33.

Liebe Chaya
Kürzlich hast du mich einmal mehr etwas gefragt. Nun kommt eine Gegenfrage: Warum soll es schwieriger werden, uns zu

verlieben, wenn wir uns nicht mehr verletzen lassen wollen? Was hat das eine mit dem anderen zu tun? Oder gehst du davon aus, dass man fast immer verletzt wird, wenn man sich verliebt? Na, dann geht deine Rechnung auf, wenn man sich auf weniger Erlebnisse einlässt. Du schreibst, es sei weise, sich nicht zu verlieben. Ich habe das Gefühl, Chaya, dass du Weisheit mit Klugheit verwechselst.

Es ist zwar deine Domäne, aber ich meine, mich erinnern zu können, dass Aristoteles in seiner Nikomachischen Ethik genau eine solche Unterscheidung trifft. Wenn Weisheit das wäre, was mir allein Vorteile bringt, dann müsste es verschiedene Weisheiten geben. Und das kann nicht sein. Es mag also praktisch sein, wenn man seine Fehler nicht wiederholen will, aber was, wenn unsere Fehler genau die Kanäle sind, die uns die Liebe ermöglichen? Dann wäre es vielleicht nicht einmal klug, wenn wir auf sie verzichten würden, oder?

Ich höre deine Stimme! Du wirfst mir vor, ein Sophist zu sein. Aber lieber ein glücklicher Sophist als ein unzufriedener Philosoph.

Der Sophist küsst dich

D.

Schreibstille ist nicht wie die Stille im Schlaf. Schreibstille hat ein eigenes Geräusch – wie das Schweigen der Natur. Vom Schreibtisch aus sieht die Welt während des Schreibens wie ein Stummfilm aus: der empört zitternde Baum, dessen Rascheln mir unerhört bleibt, der dumpfe Lärm vorbeifahrender Autos, das Voranschreiten der Zeit mit dem Gehämmer auf die Tastatur, die kompakte Atmosphäre der Einsamkeit. Sind es die fernen Buchstaben im Kopf, die sich beim Schreiben rasch und knisternd auf der Zunge ausbreiten? In die Stille hinein summt meine Stimme, sie liest leise und flink vor, was meine Finger soeben auf das Papier oder den Bildschirm gezaubert haben. Wer ist schneller: meine Stimme oder die Finger? Oder sind sie etwa gleichzeitig am Werk, die Finger und die Zunge? Schreibstille hat eine Stimme, die diktiert, die feststellt, die staunt, die flucht und lacht. Und während die Stimme manchmal zögernd, manchmal hastig in die Luft draußen hinausgleitet, fühlt sich das Geschriebene wie eine angehende Braut an. Eine Braut, die sich anzieht, schmückt, sich freut, aber sich auch fürchtet. Wie erbärmlich, dachte ich manchmal: eine Braut, die sich schön macht, um ewig geliebt zu werden. Aber natürlich will sie geliebt werden – wer will das nicht? Als Schreibende wünschte ich mir immer, dass man mich einfach liebt, unabhängig von meinem Wollen, ohne dass ich dafür betteln muss, ohne dass ich dafür agieren muss. Geliebt-werden-wollen war unvermeidlich, ging aber gegen meinen Stolz. Die luzide portugiesische Nonne hatte dieses Problem mit charmanter Schamlosigkeit angesprochen: Was willst du, das ich tun soll?, hatte sie gefragt, und ich merkte, dass ich mit jedem meiner Worte, die ich an das Blatt richtete, oder waren es die Finger?, die Frage an meine Sätze stellte: »Wie habt ihr es am liebsten? Wie soll ich euch behandeln?« Und dass ich zu meinem großen Ärger nach jedem Abschnitt dachte: War ich gut?

Eigenartig. Selbst der Körper macht beim Schreiben auf sich aufmerksam. Mein Körper. Er hört nicht mehr auf, Signale zu senden, Schuppen, mein Gott, habe ich manchmal Schuppen, wenn ich am Schreibtisch sitze und den Kopf bewege, vor lauter Verzweiflung regnet es Schuppen von meinem Kopf, der Boden um den Schreibtisch ist manchmal weiß bedeckt wie eine Schneelandschaft, so viele Schuppen produziert mir mein Text, und die Haare, die mir ausfallen, wie Gedanken, die mir einfallen sollten, und wie oft ich mich kratzen muss, ohne dass etwas wäre.

Mein Körper geht, während ich schreibe, auf eine Segeltour. Er klettert den Himalaya hoch, spricht mit stummen Kreaturen, die in den tiefen Ozeanen leben, und spornt meine Kopfhaut zu einer überaktiven Produktion von Schuppen an. Ist es das, was man Inspiration nennt? Wenn es doch Buchstaben wären! Aber nein, es müssen Schuppen sein. Wenn sie mir wenigstens von den Augen fielen!

Mein Körper. Mein seit der Geburt privates Ausland. Der Schmerz der Welt ruht auf den Rücken der Frauen, sagte die aus einfachen Verhältnissen stammende Nachbarin vom dritten Stock, als ich zwölf war, und machte damit einer heranwachsenden jungen Frau keine Lust, dieser Welt als Frau entgegenzutreten: Ich trug die Hemden meines Vaters, die an mir wie Kleider aussahen, Jeans, Turnschuhe (für die heiß begehrten Adidas-Schuhe war leider nie Geld da), trieb viel Sport und hielt mich für männlich – und es war ein gutes Gefühl, weil Männer tun und lassen konnten, was sie wollten, und weil sie nie für ihr Da- und Sosein zur Rechenschaft gezogen wurden. Im Kontinent meiner Träume hoffte ich frei zu sein von den Fesseln, die meinem Körper und mir angelegt worden waren.

So lernte ich trotz meiner klotzigen Bagage, dieser Hülle, die mich ausmachte, dieser weizenfarbigen Haut, dieses zufällig zusammengeschmolzenen Amalgams von Gliedern,

Muskeln, Haaren, Saft und Knorpeln, das mir Lust vermittelte und auch Schmerz, Aufmerksamkeit zu schenken.

Ich hatte mich an meinen Körper wie an ein Haustier gewöhnt. Ich pflegte ihn, war mit der Zeit sogar stolz auf ihn und auf seine Wirkung auf Männer. Dieser Körper war als Ausdruck des Lebens und zugleich als autonomer Teil meines Ichs aber nicht nur ein liebenswürdiges Ding. Wie konnte man seinen Körper restlos mögen, wenn es auf der Hand lag, dass dieser oft der Grund dafür war, dass man nicht geliebt wurde. Was konnte ich dafür, dass ich die blauen Augen, die Edmund so sehr mochte, nicht zu bieten hatte, dafür aber die paar Zentimeter an Hüftumfang, die zur allgemeinen Beliebtheit beitrugen? Ein einziger schiefer Zahn im Mund kann ein Grund dafür sein, dass wir geliebt oder nicht geliebt werden.

Also war solide chirurgische Arbeit angesagt. Die Braut musste gefallen. Aber konnte sie in ihrem Sosein und ihrem Naturell gemäß gefallen? Musste sie denn exotisch daherkommen? Wie oft hatte mich David getadelt, dass ich nicht meine Herkunft, wie er das nannte, jenen Ursprungsrest, der an jedem von uns wie ein Rattenschwanz hängt, dass ich ihn nicht in den Vordergrund stellte, vor mich und meine Arbeit.

»Du weißt doch, wie die Welt funktioniert.«

»Aber ich bin nicht nur meine Herkunft.«

»Nein, aber sie ist deine Trumpfkarte, dein USP.«

Die Menschen wollen an etwas hängenbleiben. Etwas, was den Rest zum Vergessen bringt. Ganz egal, wie groß oder klein dieses Etwas ist. An meiner Stelle hätte David längst diesen Schritt getan, während ich mich lange Zeit weigerte, die Welt mit meinem orientalischen Kostüm zu bereisen.

»Dein Schweizerkostüm nimmt dir niemand ab!«, sagte er.

»Dann bleibe ich lieber nackt«, sagte ich. Ich blieb so lange nackt, bis Herr Wiesengrund in meinem Mansardenzimmer auftauchte.

34.

(draußen vor der Tür)

Immer wieder wurde mir, mit arglosem Interesse, versteht sich, die Frage gestellt, was ich später mit meinem Philosophiestudium *machen* wolle. Na, was wohl? Über die Welt nachdenken!, antwortete ich. Darüber wurde meist gelächelt. Dass dieses Lächeln Hohn bedeuten konnte, kam mir nicht in den Sinn. Ich meinte lange Zeit, mit wichtigen Fragen des menschlichen Daseins beschäftigt zu sein, und wäre nie auf die Idee gekommen, dass die Frage nach der Wahrheit für jemanden keine Priorität haben könnte. Und wer sich erlaubte, mich offensichtlich auszulachen, war in meinen Augen ein Idiot, eine Existenz, die man nicht ernst zu nehmen hatte, ein schon zu Lebzeiten Vergessener.

Die kleine Runde, die die Eisbergs an einem Samstagabend in ihrer prachtvollen Wohnung um sich geschart hatten, stellte mir eine solche Frage nicht. Laura Eisberg hatte mich freundlich und selbstbewusst mit jedem einzelnen Gast bekannt gemacht. Dabei wurden alle Anwesenden mit Vornamen, Namen und Beruf vogestellt. Frau Eisberg Junior wusste jedenfalls Bescheid darüber, wie aus einem Vornamen und einem Namen allein etwas Autonomes, fast Labelhaftes entsteht: Markus Schaltmeier, Sponsoringleiter für kulturelle Angelegenheiten bei einem Großkonzern, ein allgemein bekannter Theaterautor, der nie müde wurde, sich allen relevanten Personen im Metier anzubieten, und von dem ich nie wusste, ob er Christoph Urs hieß oder Urs Christoph, waren unter den Gästen, zusammen mit einer Frau Prof. Dr. Dr. h.c., deren Namen ich nicht mitbekam, wohl aber ihren Beruf: Die Dame war Altphilologin. Der letzte Gast, eine schüchtern wirkende Frau, saß so am Rande eines Sessels, als wollte sie jeden Augenblick aufstehen. Es war Bettina Rathlos, mir bekannt als Frau Rathlos, die als Lehrerin an der Eisberg-Schule unterrichtete. Wir lächelten uns an, und ich nannte sie spontan für mich Frau Pufferzone. Sie freute sich übermäßig über meine Anwesenheit, da sie wohl erleichtert war, jemanden in der Runde anzutreffen, den sie kannte und der ihr keine Ehrfurcht einjagte. Als Ausländerin gehörte ich nicht zu den Menschen, die andere einschüchtern, zumal ich in dieser Runde die jüngste war. Ich schämte mich bloß, dass mein Gehirn ohne mein Zutun Urteile fällte und den Menschen ständig irgendwelche Etiketten verpasste. Aber taten das andere nicht auch?

Die erlauchte Runde erfuhr über mich Folgendes: Chaya (nur Chaya, Frau Eisberg jr. ließ meinen Nachnamen aus!), Lyrikerin, Philosophin und kreativer Kopf in »unserem Haus«. Vier Köpfe neigten sich wohlwollend und vier Lippen öffneten sich. Markus Schaltmeiers Augen glänzten und fixierten mein Dekolleté – was sich für den Rest des Abends nicht ändern sollte. Kurz bevor wir den imposanten Wohnraum verlassen und den Speiseraum betreten sollten, gesellte sich noch ein älterer Herr mit schneeweißen Haaren zu uns: Hans B. Müller, ein alter Schulfreund von Herrn Eisberg, laut Laura Eisberg der einzige Anlageberater der Welt, dem man vertrauen könne.

Mir war nicht ganz klar, welche Rolle mir zugedacht war. Ich war einerseits ein wenig stolz, Gast dieses Hauses zu sein, hatte andererseits aber keine wirklichen Berührungspunkte mit den Gästen. Laura Eisberg allerdings muss meine Funktion klar gewesen sein, als sie sich Gedanken über die Tischordnung gemacht hatte. Ich saß neben Herrn Schaltmeier.

Der Speisesaal hatte eine magische Architektur. Der Raum war quadratisch und wurde geometrisch verstärkt durch einen ebenso quadratischen Tisch, der in der Mitte unter einem palazzomäßig außergewöhnlich großen Kristalldeckenleuchter stand. Die Wände waren kräftig grün gestrichen und unter unseren Füßen ruhte ein wertvoller, seidig schimmernder Nain. An jeder Wand hingen Jugendstil-Spiegel, deren bronzefarbene Rahmen raffiniert mit der Hintergrundfarbe harmonierten. Die vier Spiegel betonten die elegante Strenge der Einrichtung und brachten das thronende Licht im Zentrum des Raumes noch facettenreicher zum Leuchten. Herr Eisberg erklärte stolz: »Das ist unser Smaragdzimmer, wir haben ihm sogar den entsprechenden Cut verpasst«, und lächelte dabei verschmitzt seine jüngere Frau an, die in diesem Moment mit dem Knopf ihrer teuren Hemdbluse spielte und mit ihrer Zahnlücke eine überraschende Heiterkeit zur Schau stellte.

Christoph Urs oder Urs Christoph saß zu meiner Rechten. Ihm war die Frau Professorin als Tischdame zugeteilt worden. Aber CUUC, wie ich ihn aus Verlegenheit nannte, war augenscheinlich hin und her gerissen zwischen seiner interessanten Tischnachbarin, einer jüngeren Lyrikerin, also mir, und Herrn Markus Schaltmeier, der als Sponsoringleiter für alle künstlerisch Tätigen existentiell wichtig war. Immer wieder schaute CUUC zu uns und lächelte, wobei seine Pupillen bemüht waren, durch ihr ständiges Hin und Her uns beide im Fokus zu behalten. Er hätte den Gesprächskreis gerne erweitert, wenn der Tisch nur kleiner gewesen wäre. Aber der Tisch war nicht geeignet dafür, dass ein entspanntes Gespräch über Tischkanten hinweg hätte geführt werden können. Zudem war CUUC ein wohl erzogener Mensch und wollte nicht übertrieben laut sprechen.

Bereits bei der Vorspeise – akkurat auf dem Teller verteilte Löwenzahnblätter, hier und da aufgepeppt mit Portulak, dazu lauwarmer Geiskäse an einer Thymianhonigvinaigrette – verriet Herr Schaltmeier leise und mit leicht gesenktem Kopf meinen Brüsten, dass er eine Lyrikanthologie mit Beiträgen aller vertretbaren Migrantinnen im gesamten deutschsprachigen Raum plane, ein Vorzeigewerk sozusagen, und dass er sich vorstellen könne, darin auch ein Gedicht von mir aufzunehmen. Alle ausländischen Lyrikerinnen, die in der Schweiz, in Deutschland und Österreich lebten und auf Deutsch schrieben, würden dank seines Projekts erstmalig erfasst und zugleich vereint werden. So groß war der Inhalt meines Dekolletés nicht, dass er einem Augenkontakt zwischen Herrn Schaltmeier und mir im Wege hätte stehen müssen, weswegen ich zunächst annahm, dass es an Herrn Schaltmeiers Brillengläsern lag, die mir den Eindruck vermittelten, seine Augen wären auf meinen Busen fixiert. Aber mit der Zeit war es eindeutig: Der Sponsoringleiter sah mir kein einziges Mal ins Gesicht, während er mit mir über sein bahnbrechendes Projekt sprach. Er unterhielt sich ausschließlich mit meinen Brüsten und lächelte sie gelegentlich freundlich an – immerhin wollte er nicht wissen, woher sie kamen.

CUUC seinerseits war damit beschäftigt, die Altphilologin zu überzeugen, dass sich seit der Antike im Theater nichts Wesentliches mehr ereignet hätte: »Alles war schon da!«, sagte er pathetisch, als ob er auf der Skené stünde: »Im Grunde sind wir alle Wiederkäuer der Antike«. Dabei drehte er sich zu Schaltmeier um, der in diesem Augenblick den Kopf hob und zustimmend »ja« hauchte. Auch Herr Eisberg war mit der Altphilologin im Gespräch. Ich hörte ihn bedeutungsvoll sagen, dass ihm die Zukunft »unserer Universität« Sorgen bereite. Frau Rathlos stocherte in den Salatblättern herum, und Laura Eisberg hörte aufmerksam dem Familienfreund zu. Da einige am Tisch dringende multiple Anliegen hatten, war es nur eine Frage der Zeit, bis es richtig laut wurde und Gäste und Gastgeber über das Fleisch eines Geflügels aus Bresse in einem Feigenjus hinweg miteinander sprachen. Ich sah Frau Rathlos an, die Hans B. Müller aufmerksam die Ohren entgegenhielt, auch wenn sie nicht alles verstand, was er erzählte. Sie war, wie ich wusste, beseelt von der Auffassung, dass alles, was andere Menschen erzählten, von einer Wichtigkeit sei, deren Tragweite sie nie wirklich begreifen würde. Und so hatte sie sich daran gewöhnt, in Gesprächssituationen aufmerksam zu sein und doch nicht zuzuhören. Ihre Angst, dem Gesprächspartner nicht gerecht zu werden, war nicht gering. Schaltmeier wandte sich inzwischen Laura Eisberg zu und wurde zeitgleich von CUUC beschallt. Der Gastgeber wiederum legte großes Interesse an den Tag, mich vom anderen Ende des Tisches in sein Gespräch mit der Altphilologin einzubinden.

»Erzählen Sie uns, Chaya! Sie sind ja bald fertig mit dem Studium, wie ich gehört habe. Wie kommt Ihnen das neue Modell unseres Bildungssystems vor? Diese Europa übergreifende Bildungsuniform. Ich höre ja nur Haarsträubendes.«

Ich besuchte schon lange nicht mehr regelmäßig die überfüllten Seminare, an denen so viel Menschen teilnahmen wie früher an den beliebtesten Vorlesungen. Ich hatte das Glück, zu den Letzten zu gehören, die noch im alten Universitätssystem abschließen durften.

»Sagen Sie uns doch, Chaya! Das sind arme Menschen, die heute studieren, nicht wahr? Das Studium hat mit dem geistigen Leben und mit der akademischen Freiheit nichts mehr zu tun. Wenn man in der Universität obsolete Schulsitten praktiziert und gleichzeitig jedem sogenannten Praktiker, als hätte die Menschheit früher nur aus Theoretikern bestanden, an irgendwelchen Hochschulen ein Diplom hinterherwirft, das genauso klingt wie ein universitäres Papier, aber dann doch nicht dessen Bedeutung hat, wo landen wir dann? Was ist das für ein System, das Diplome und Zertifikate wie Falschgeld produziert? Und was soll aus einer Gesellschaft werden, in der auch ihre Handwerker bald mit einem Bachelor herumstolzieren?«

Ich war verblüfft, dass Herr Eisberg, der – wie ich heimlich erfahren hatte – über keinen Universitätsabschluss verfügte, doch über einige Interna Bescheid zu wissen schien und sich für die Belange einer Institution echauffierte, mit der er und die meisten Menschen im Grunde wenig bis gar nichts zu tun hatten.

»Die Wahrheit ist«, sagte ich nach einer kurzen Pause, »dass das neue System nur funktioniert, weil alle so tun, als würde es funktionieren.«

Die Altphilologin lächelte diplomatisch und schwieg. Ich fuhr fort: »Das kann sich doch jeder ausmalen, dass kein Dozent dieser Welt in einem Seminar mit 60 und mehr Teilnehmern oder in einer Vorlesung mit 200 bis 300 Studierenden all die Leistungsansprüche stellen kann, die das System von ihm verlangt. Welcher Mensch kann bei mehreren Seminaren und Vorlesungen in der Woche regelmäßig Hunderte Tests durchführen und Hunderte Vorträge und Protokolle bewerten? Also tun alle so, als hielten sie sich an die neuen Vereinbarungen. Es ist eine alte Weisheit, dass man bei der Befolgung eines Gesetzes eine Arbeit rascher zum Stillstand bringt, aber heute muss man es nicht einmal befolgen. Heute reicht es schon, als befolge man das Gesetz. Ich persönlich bin sicher: Würden alle Dozierenden in einem einzigen Semester alles genau so machen, wie es ihnen vorgeschrieben wird, dann würde das gesamte europäische Bildungssystem zusammenbrechen.«

Da ich mich jüngst mit Heinrich von Kleist befasst hatte, staunte ich nicht schlecht über die allmähliche Verfertigung meiner Gedanken beim Reden. Herr Eisberg jedenfalls schien glücklich und schenkte mir seinen leuchtenden Blick.

»So tun, als ob! Du sprichst es aus, Chaya, und dann reden sie noch von den Gefahren der Parallelgesellschaften, obwohl man inzwischen überall mit Flugmeilen oder irgendeiner billigen Karte eines Supermarktes bezahlen kann. Auch unser Geld scheint ersetzbar geworden zu sein.«

»Martha«, sprach er dann die Altphilologin an, »wie hältst du das aus?«

Martha lächelte verlegen und erklärte betont ruhig, dass die Situation tatsächlich nicht befriedigend sei, weder für die Studierenden noch für die Dozierenden, und dass einige Kollegen deswegen ein Gremium gebildet hätten, um Verbesserungsvorschläge einzubringen.

»An wen?«, brach es aus Herrn Eisberg ungewöhnlich laut und unbeherrscht heraus. Und dann etwas leiser: »Wer ist noch ansprechbar? Die Welt scheint ja in Kommissionen untergegangen zu sein. Das kann nicht mit Demokratie gemeint gewesen sein, dass am Schluss die Bürokraten die Herrschaft übernehmen und dass vor lauter Reglementierung alles möglich wird, weil niemand mehr den Überblick hat. Am Ende führt man eine Diktatur ein.« Laura Eisberg blickte besorgt ihren schäumenden Gemahl an.

Martha, die Altphilologin, versicherte Herrn Eisberg so ruhig wie zuvor, dass die Kollegen alles daran setzten, die Qualität von Lehre und Forschung sicherzustellen. Sie hätte in diesem Ton auch über Athens Weg in den Peloponnesischen Krieg sprechen können, stattdessen bemerkte sie, wir dürften schließlich nicht vergessen, dass die Welt sich geändert habe: »Die Zeit der genialen Pferde ist vorbei«, fügte sie hinzu, woraufhin Herr Eisberg leise, aber hörbar für alle, seinen Teller anbrummte, dass ganz offensichtlich nun die Zeit der genialen Esel gekommen sei und dass, wenn die Erfinder der Bologna-Reform Rückgrat gehabt hätten, sie ihre Reform nicht nach einer Stadt benannt hätten, wie dies eigentlich nur bei Kriegen üblich sei. Und als könnte er das Zwiegespräch mit seinem Teller nicht beenden, zischte er noch vor sich hin, es sei ja wohl klar, warum die Schwachköpfe nicht eine europäische Persönlichkeit gewählt hätten, die die neue Bildungsflotte symbolisieren könnte. Da wäre umgehend ein Krieg ausgebrochen, wenn eine einzige Nation ihr Genie symbolisch für den ganzen Kontinent eingebracht hätte. »Die Briten«, sprach er staatsmännisch den ganzen Tisch an, »hätten niemals eine Da Vinci- und die Franzosen nie eine Humboldt-Reform geschluckt. Da sieht man, welche Missgeburten entstehen, wenn man partout vereinheitlichen will, was nicht gleich ist.«

Laura Eisberg klatschte kräftig mit ihren zarten Händen in die Runde und kündigte das Dessert an, das wir nun im gemütlichen Wohnzimmer zu uns nehmen dürften, womit sie in die etwas aus den Fugen geratene Runde Frieden zu bringen hoffte. Herr Eisberg spürte ein angenehmes Brennen im Brustkorb, nachdem er seine Wut soeben ausgelebt hatte. Er liebte es, die Beherrschung zu verlieren. Es erinnerte ihn an ein Gefühl, das ihn unter den Peitschenhieben seiner Frau überkam, wenn er sich ihr vollkommen auslieferte. Manchmal hatte Herr Eisberg unbändige Lust, von seiner zartgliedrigen Frau erniedrigt zu werden – da ein Schlag und dort ein Schlag, und zum Trost musste sich die Gattin auf ihn setzen und über die heiß gewordenen Stellen seines alten Körpers urinieren.

Herr Schaltmeier hatte inzwischen meinen Brüsten nichts mehr zu erzählen, und so sah ich mich gezwungen, sie so schnell wie möglich vor seinen Blicken in Sicherheit zu bringen. Frau Rathlos war weiterhin damit beschäftigt,

Herrn Müller und nun auch dem Gastgeber persönlich zuzuhören, und stocherte mit ihrem Zeigefinger in der Serviette herum. Ich wandelte mit der zitternden Panna Cotta auf dem Teller in Richtung Wohnzimmer und freute mich gerade über die Vanillesamen in der fluffigen weißen Masse vor meinen Augen, da spürte ich eine Hand auf meiner Schulter.

»Sie müssen nicht meinen, dass Sie mir entkommen können«, sagte CUUC. Er hatte schlechte Zähne.

Und schon packte er sachte meinen Ellbogen und durchquerte mit mir und dem zitternden Berg aus Rahm und Vanille langsam das unendliche Wohnzimmer der Eisbergs und ließ sich auf einem breiten leinenweißen Sofa nieder. Die Möbelelemente in diesem Raum waren in gedämpften Naturfarben gehalten: milchweiß, opalrosa, beige, umbragrau, einzig ein nachtschwarzes Regalsystem, das eine ganze Wand füllte, und zwei längliche Sessel à la Corbusier mit cognacfarbenem Leder bildeten einen Kontrast zum Rest. »Yin- und Yang-Prinzip«, erklärte Laura Eisberg, als sie meine Blicke durch den Raum schweifen sah, und setzte uns in Kenntnis, dass die drei in unterschiedlichen Höhen hängenden Lampen links von mir und CUUC von Frank Gehry entworfen worden seien und bezeichnenderweise den Namen Clouds trügen. Wir waren also in der bewölkten Zone des Wohnzimmers gelandet. Ich war eine kleine Weile beschäftigt mit der Frage, was Yin und was Yang in diesem Raum bedeuten mochte.

»Und Sie sind Lyrikerin?«, fragte CUUC und fuhr, ohne meine Antwort abzuwarten, fort: »Ich sage den Regisseuren immer wieder, dass sie das Poetische nicht vernachlässigen dürfen. Egal, welche Textvorlage sie in Händen halten. Das Leben, die wichtigsten Ereignisse des Lebens, sind immer poetischer Natur.«

»Sie klingen ja wie ein Romantiker. Ich dachte, Ihr Genre hätte mehr mit politischen und gesellschaftlichen, ja halt prosaischen Elementen zu tun als mit poetischen.«

CUUC zwinkerte mir zu und legte mir seine Hand wieder auf die Schulter. »Sie gefallen mir, Chaya! Wir müssen unbedingt mal zusammenarbeiten.«

Schaltmeier saß jetzt weit weg von mir. Seine langen Beine bildeten einen rechten Winkel zum eleganten Fauteuil, in dem er saß. Laura Eisberg redete immer noch auf ihn ein, während er mit unbewegter Miene in die Luft schaute. Frau Rathlos nickte unermüdlich wie ein verspieltes Pony und CUUC dachte wohl, ein Abonnement für seine Hand auf meiner Schulter zu haben. Die Panna Cotta war aufgegessen.

Wollte ich mit CUUC zusammenarbeiten? Würden wir gemeinsam ein Theaterstück auf die Welt bringen? Er und ich? Ich und er?

Ich musste etwas Typisches von mir geben. »Gefalle ich Ihnen?«

»Ja klar! Wenn Sie mir nicht gefallen würden, käme ich nie auf die Idee, mit Ihnen zusammenarbeiten zu wollen.«

»Aber wer sagt Ihnen, dass ich auch die Leistung erbringe, die Sie sich vorstellen? Ich habe noch nie ein Theaterstück geschrieben.« Ich verschwieg ihm, dass ich nicht einmal besonders gerne ins Theater ging. Im Theater hatte ich eigentlich immer das Gefühl, dass die Schauspieler mehr Spaß haben als die Zuschauer.

»Ob jemand etwas taugt oder nicht, rieche ich aus 300 Metern«, sagte CUUC mit einer energischen Handbewegung. »Und vieles im Leben macht man zum ersten Mal, als Künstler sowieso. Das ist für mich nie ein Argument gewesen, nie!«

Offenbar besaß ich ein Gen, das vor allem auf Männer mit einem sechsten Sinn eine besondere Anziehungskraft ausübte. »Es gibt nicht nur Künstler in unserem Metier, einige von uns sind auch fleißige Beamte«, sagte ich mit einer tänzerischen Bewegung, um meine Schulter von seiner Hand zu befreien, »es gibt einige, die sich institutionell so breit gemacht haben, dass man an diesen Gestalten nicht mehr vorbeikommt. Sie sitzen in der Jury von fünf Wettbewerben gleichzeitig und machen mit ihrem Wort einen Verlag empfängnisbereit für eine Publikation. Kein Mensch liest mehr, was diese Kollegen schreiben, aber sie existieren zu Lebzeiten schon als Marke. Und dieser Marke verleiht man auch noch Preise, weil die Menschen zu faul sind, sich mit dem auseinanderzusetzen, was sie nicht kennen.«

CUUC war sichtlich angetan von meinem Vortrag und rutschte näher. Meine Schulter zappelte immer wieder wie ein Fisch in seinem Netz.

»Da haben wir es, Chaya, sehen Sie? Genau das meinte ich! Warum nicht über ein solches Thema schreiben? Da käme alles zusammen. Politik und Poesie!«

»Sie meinen, die Zeit ist wieder reif für eine Philistersatire?«, fragte ich und tat unschuldig. Seine Hand lag erneut auf meiner Schulter und drückte sie etwas fester als vorher.

»Eigentlich sollten wir sofort auf der Stelle mit unserem Text beginnen! Was meinst *du*? Wir fahren gleich zu mir nach Hause und machen zuerst einmal ein Brainstorming. Und keine Sorge, ich habe immer guten Wein.« Und dann flüsterte er in mein Ohr: »Komm, Chaya! Wir verplempern unsere Zeit hier.« Gleichzeitig fiel ihm aber auch ein, dass er mit Herrn Schaltmeier gern noch ein Wörtchen gesprochen hätte. Der sei ja ein belesener, feiner Herr mit einer unbestechlichen Nase für gute Literatur. Er, CUUC, sei schon dreimal in einer Kommission mit ihm gewesen und habe jedes Mal seine hartnäckige Sachlichkeit genossen. »Auch bin ich ihm dankbar«, flüsterte er mir zu, »dass er schon mehrmals das Zustandekommen meiner Stücke unterstützt hat. Solche Menschen sind rar in unserem Betrieb. Aber jetzt scheint unsere Gastgeberin an ihm interessiert zu sein. Sie sitzt ja im Stiftungsrat einer Stiftung, die vor allem literarische Projekte unterstützt.«

Unverzüglich nach diesen Sätzen legte CUUC auf einmal seine Handfläche so auf das Sofa, dass seine Fingerspitzen meinen Oberschenkel berührten. Ja, eigentlich lagen seine Fingerspitzen unter meinem Oberschenkel. Ich rutschte etwas zur Seite, aber die Hand blieb, ohne sich zu bewegen, in meiner Nähe.

»Wissen Sie, das Problem ist«, sagte ich, »dass ich im Moment an etwas schreibe – und ich kann nicht gleichzeitig an mehreren Sachen schreiben«, und erzählte ihm von meinem Job und meinem Studium, das ja auch vorangehen musste, und zu guter Letzt beging ich den Fehler, dass ich ihm von meiner Gedichtagentur berichtete.

»Nein, Chaya, das ist ja eine geniale Idee, eine Gedichtagentur«, sagte er fast schon zärtlich und kam wieder auf sich zurück: »Aber Sie kennen das ja, man arbeitet immer gleichzeitig an mehreren Projekten. Ich zum Beispiel, ich schreibe im Moment an drei Stücken, und dann muss ich gelegentlich auch noch bei den Proben eines meiner Stücke dabei sein, weil der Regisseur das wünscht. Kommen Sie, an einem Text allein schreibt heute kein Mensch mehr. Seien Sie mutig! Packen Sie die Gelegenheit am Schopf!« Mit diesem Ratschlag ließ er die brach liegende Hand wie ein Stück Gummi zwischen seine Oberschenkel fallen und durchkämmte mit der anderen seine fettigen Haare.

Am Ende des Raumes stand Laura Eisberg jetzt vor dem Bücherregal. Sie trug helle Reithosen und eine taillierte Tweed-Jacke. Die schulterlangen, hell leuchtenden Haare hatte sie am Hinterkopf in einen Mini-Rossschwanz gezwungen. Konzentriert blätterte sie in einem Bildband. Vermutlich wollte sie Schaltmeier, der wie hypnotisiert in seinem Sessel saß, etwas zeigen. Für eine kurze Weile war es ganz still im Raum. Das Hereinbrechen eines von außen dringenden Lauts unterstrich die dumpfe Ruhe oder sie fiel erst auf, als es in diesem Augenblick gerade an der Tür klingelte.

Ein älterer Herr in hellblauem Anzug wurde im Türrahmen sichtbar und sogleich von Herrn und Frau Eisberg synchron hereingebeten. Hinter ihm tauchte eine jüngere Asiatin mit scheuen Schritten und freundlichem Blick auf. Sie lief wie so viele Asiatinnen irgendwie seltsam, wie ein Kleinkind, das erst kürzlich laufen gelernt hatte und jeden Moment stolpern könnte. Alle anderen Gäste standen auf. Die neuen wurden vorgestellt: Oskar Jasper, Japanologe, und seine Frau Ayame – Frau Eisberg ergänzte wie eine Fernsehmoderatorin: »Ayame kommt aus Japan.«

In diesem Moment war ich glücklich, dass sie mich nicht so vorgestellt hatte: »Chaya, der Kreativkopf unserer Schule aus Persien!« Was hätten die anderen dabei gedacht?

Die Altphilologin und Herr Jasper waren Kollegen und schienen sich gut zu kennen. Sie nahm ihn freundlich in die Arme und rief »Oskar«. Auch Ayame begrüßte sie so. Herr Schaltmeier schien erfreut angesichts der Exotik, die in sein Leben gedrungen war, und lächelte ziellos vor sich hin. Auch Frau Rathlos wirkte glücklich, als sie Ayame begrüßte. Herr Jasper seinerseits schien erfreut über CUUCs Anwesenheit. Ich atmete erleichtert auf und begrüßte meinerseits Ayame ebenfalls so, wie dies alle anderen getan hatten, und fragte mich allerdings, ob Herrn Jaspers Gattin auch so ekstatisch begrüßt worden wäre, wenn sie Kroatin oder Türkin gewesen wäre. Oder lag es einfach an Ayames unentzifferbarem Gesicht, das so viel Interesse erregte?

Den neuen Gästen wurde ich als Initiatorin und Inhaberin einer Gedichtagentur vorgestellt. Frau Eisberg, die über ein hochsensibles Gespür für Vernetzungsaktionen aller Art verfügte, summte noch hinzu, dass Ayame mir vielleicht bei der Erweiterung meines Angebots behilflich sein könne. Sie kenne einige Menschen, die »total verrückt« nach japanischer Kalligrafie seien, was als Ergänzung zu meinem »Gedichtsortiment« doch durchaus interessant sei. Ayame verstand ganz und gar nicht, worum es ging. Womöglich hatte sie Mühe nachzuvollziehen, was mit einer Gedichtagentur gemeint sein mochte.

Ich mobilisierte meine pädagogischen und unternehmerischen Kompetenzen und erklärte ihr bedächtig, worum es in meiner Agentur ging. Sie öffnete einige Male den Mund und sagte so etwas wie »oh« oder »ah«. Zwischendurch konnte ich ihren Äußerungen vereinzelt Worte entnehmen, die ich dahingehend verstand, dass sie mir sehr gerne helfen würde, japanische Lyrik und Kalligrafie bekannter zu machen. Gott, liebte ich Ayame! Sie war meine Rettung, denn das Gespräch mit ihr erlaubte mir, meinen Platz zu wechseln. Offenkundig war aber auch CUUC erleichtert, nicht mehr ständig mit seiner Hand an mir herummachen zu müssen.

Ich unterhielt mich stehend mit Ayame. Visitenkarten besaß ich nicht, was Laura Eisberg sofort registrierte. Umgehend empfahl sie mir, die Dienste ihres »genialen« Hausgrafikers in Anspruch zu nehmen. Ich schrieb Ayame meine Telefonnummer auf ein Taschentuch. Papier und Stift trug ich eigentlich immer bei mir, sie waren mein Schild und mein Schwert. Aber ich weiß nicht, was mich ritt, Ayame meine Telefonnummer auf ein Taschentuch zu schreiben. Vielleicht kam mir das japanisch vor. Sie bedankte sich höflich und meinte, dass sie mich bald anrufen würde.

Als ich endlich die Runde machte, um mich zu verabschieden, streckte ich meine Hand auch Herrn Schaltmeier entgegen, aber er sah desinteressiert in eine andere Richtung. Mein Busen hatte ihn offenbar enttäuscht. In diesem Augenblick wusste ich, dass man in seiner Anthologie der deutschsprachigen Migrantinnenpoesie vergeblich nach meinem Namen suchen würde. CUUC hingegen versprach, mich bald zu kontaktieren, und legte zum letzten Mal an diesem Abend seine Hand auf meine Schulter.

35.

Lieber David

Sie lieben dich nur, wenn du schwach bist und solange du ihnen unterlegen bist. Wenn du weniger bist, weniger hast und dich voll und ganz zu deinem Mangel und zu deiner Inferiorität bekennst und dich mit expressiver Bescheidenheit erkenntlich zeigst.

Sie werden dir dann zwar vorwerfen, dass du ein Faulpelz bist, der sich nicht anstrengt, sich seinem großzügigen Umfeld anzupassen, und du wirst ihnen für immer fremd bleiben, aber hassen werden sie dich erst dann, wenn du dir Gleiches oder sogar noch mehr herausnimmst als sie selbst. Das ertragen sie nicht. Hassen werden sie dich erst richtig, wenn du Ihnen gleichgestellt bist. Solange du in allem, was du tust, die Fremde bleibst, werden sie dir sogar ihre kolonialistisch-ethnologische Bewunderung zeigen. Sie werden mit dir deine Feste feiern, schmatzend aus deinen Töpfen essen, die volkstümlichen Kleider deiner Heimat tragen, und je weniger sie von deinem Hintergrund verstehen, desto anhänglicher und toleranter werden sie sich verhalten. Glaubst du, irgendjemand weiß irgendetwas Gescheites über den wirklichen Buddhismus? Dass die buddhistische Lehre voller abstruser Aberglauben und Mythen ist, die von den meisten Buddhisten im Alltag berücksichtigt werden, scheint hier keinen zu interessieren. Über die seltsamen Naturgeister und die noch im 21. Jahr-

hundert weit verbreiteten magischen Vorstellungen im wahren Buddhismus redet hier keiner. Hast du jemals gehört, dass Coca-Cola auch als Opfergabe in den Schrein kommen darf? Oder dass Schielen in der buddhistischen Lehre als Zeichen eines bösen Geistes gedeutet wird? Nein, solche Wahrheiten werden bei uns ausgeblendet, obwohl sie das Handeln und das Leben der Buddhisten bestimmen. Die blutleeren Europäer lieben den Buddhismus, weil er niemandem weh zu tun scheint und eine geeignete Oase für schlechtes Gewissen ist. Warum sollte man sich mit den blutigen Kriegen zwischen verschiedenen Orden, mit Folter und anderen Gewalttaten in der buddhistischen Geschichte, mit einer seltsamen Angelegenheit wie »Töten aus Mitgefühl« in der buddhistischen Ethik auseinandersetzen? Das alles ist weit, weit weg. Und eine Statue mit einer dicken, lachenden Figur ist doch zu süß! Wer will nicht dick und trotzdem fröhlich sein?

Weißt du, David, das ist das Totalfremde. In dessen Schatten wird man in Ruhe gelassen. Stattdessen verdammen sie den Nachbarn, den sie gut kennen, der vermutlich ein ihnen komplett ähnliches Leben führt, abgesehen davon, dass er seinen Sohn beschneidet. Dann schreien sie laut und sind empört und betroffen und rennen sofort auf die Straße und organisieren im Namen irgendeiner neuen Kompetenz oder einer angeblich fortschrittlichen Ideologie eine Demonstration. Und wenn ein Kardinal, der den vegetarischen Lebensstil propagiert, selber Fleisch essen würde, wären sie auch außer sich und verlangten Sühne. Wenn das Fremde nur noch als Patina sichtbar wird, dann bekommen sie Angst. Vor einem echten Alien fürchten sie sich weniger als vor einem, der sie nur daran erinnert.

Ich schütte eine Flasche Rosenwasser über meinem Kopf aus.
Jetzt.
Chaya

36.

Der alte Parkettboden im Treppenhaus knarrte inständig. Die Schritte verstummten, wie erwartet, vor meiner Tür. Ich ließ das vorsichtige Klopfen meiner Gäste nicht lange währen und öffnete. Ein Mann mittleren Alters – was mag er gewesen sein? Fünfundfünfzig, ein paar Jährchen mehr oder weniger, gepflegter Zweifingerbart – hielt die Hände hinter seinem Rücken verschränkt und lächelte mich an. In seinem Blick leuchtete kurz ein helles Licht auf; seine stolze Mähne roch nach Ehrgeiz. Hinter ihm stand ein anderer Mann, von dem ich vorerst nur einen Teil seines Oberkörpers und einen breiten Riemen auf der Schulter sah. Das musste der Fotograf sein.

Herr Wiesengrund betrat wie Alice meine Wunderagentur. Sein Blick war sofort auf Spurensuche, er dachte vielleicht an Motive für den Fotografen, versuchte sich vielleicht Inspirationen zu holen für seine Fragen an mich, so viel war klar, er wog und maß wie einer, der eine neue Wohnung inspiziert, mit seinem kritischen Blick das Mansardenzimmer aus und machte einen kleinen Halt, als er die zwei eingerahmten Gedichtposter an der Wand sah. Der Raum bot wenig an für Kontemplation. Er war weder durch seine Größe noch durch etwas Anderes spektakulär. Es war ein einfaches Mansardenzimmer. Eine »Gedichtagentur«, in der geträumt und fantasiert wurde, erweckte wohl andere Vorstellungen. Herr Wiesengrund las mit seinem zur Seite geneigten imposanten Kopf konzentriert die beiden Gedichte an der Wand. Der Fotograf indes blieb nicht unbewegt im Raum stehen, ging vielmehr hin und her, einmal sogar auf die Terrasse, dort blieb er eine Weile stehen, ließ seinen Blick über die Dächer schweifen und schaute hinunter zur Erde. Schließlich kam er mit ruhigem Gesicht wieder herein.

»Hier ist also die Gedichtagentur am Werk«, sagte Herr Wiesengrund, zog mit beiden Händen am unteren Rand seines dunkelblauen Sakkos und setzte sich mit seinem weichen Bauch auf einen der Stühle, den ich ihm anbot. Er trug dunkle Jeans, dazu schwarze modische Laufschuhe mit heller Sohle. Seine kurzen dunklen Socken gaben den Blick auf zwei Zentimeter Haut frei, die in ihrer Einsamkeit recht blass wirkte.

Der junge Fotograf blieb mit seinem Fotoapparat in der Hand stehen und bezog exakt diagonal zu mir Position. Nein, die Herren wollten nichts trinken. Nun nahm ich hinter meinem aufgeräumten Schreibtisch Platz. Das Ganze hatte eher etwas von einer Konsultation denn von einem Interview. Vorsichtig zog Herr Wiesengrund ein kleines Aufnahmegerät aus seiner Jacke, stellte das Gerät auf den Tisch, und gleich danach zog er ein kleines schwarzes, in Leder eingebundenes Notizbuch aus der Brusttasche. Ein Kugelschreiber bewohnte das magische Buch. Dann bückte sich der Journalist und schaltete mit einem Seufzer das kleine Gerät ein, das schon bei so vielen Gesprächen dabei gewesen war. Ein scheues, kaum hörbares Knistern bildete die Hintergrundmusik unserer Unterhaltung.

Ich war im Begriff, Werbung für meine Gedichtagentur zu machen, und kam mir dabei unwirklich vor, obwohl ich in der Nacht zuvor Davids nüchterne Anweisungen wie ein Mantra still in mir wiederholt hatte.

Das lieben die Journalisten, sagte die mahnende Stimme, sie brauchen Stoff. Gib ihnen Stoff, erzähl von dir, von deiner Herkunft, sei ja nicht schüchtern, erzähl, wie du auf die Idee der Gedichtagentur gekommen bist, schmück deine Erzählungen mit Anekdoten, erzähl von deinem Alltag, von deinen Kunden, ja nicht, dass du keine hättest, verstanden, du hast Kunden, erzähl, wie dankbar die Lyriker für dein Angebot sind, und vergiss vor allem deine eigenen Gedichte nicht!

Herr Wiesengrund hatte sich seinerseits auch Gedanken zu unserem Treffen gemacht. Er wollte wissen, wie es dazu gekommen sei, dass ich Deutsch schriebe, worin ich den Unterschied zwischen persischer und deutscher Lyrik sähe, ob ich Heimweh hätte oder ob es im Iran die Tradition der Gedichtagenturen gäbe. Er war auch neugierig in Bezug auf praktische Dinge: Wo ich meine Lyriker angelte, wie er sagte, und wie ich zu meinen Kunden käme, ob ich von dieser Tätigkeit leben könnte und ob ich nicht Angst hätte, dass meine Agentur zur Kommerzialisierung der Lyrik beitragen könnte. Nachdem mich der Fotograf ein paar Mal als Gedichtbotin hinter dem Schreibtisch geknipst hatte, wünschte Herr Wiesengrund von mir eine Erklärung zur Frage, was es, philosophisch betrachtet, für Folgen haben könnte, wenn ein Gedicht zu einem Poster verdichtet würde und dann auch noch buchstäblich auf die Tapete käme, und schaltete mit einer Handbewegung plötzlich sein Gerät aus.

»Solche Fragen kann man nicht in der Zeitung besprechen«, erklärte er verächtlich und rieb sich mit dem Zeigefinger den linken und dann mit dem Daumen den rechten Mundwinkel ab. Die Redaktion habe vor einem Jahr den Befehl herausgegeben, dass ein Artikel auch von Zwölfjährigen verstanden werden müsse. Er grinste: »Wir haben sogar jemanden, der die Texte liest, so eine Art Repräsentanz des durchschnittlichen Menschenverstands, der durchschnittlichen Bildung, eine Vogelscheuche gegen Texte, die angeblich niemanden interessieren, und wenn die sagt, ein Text sei akademisch, dann müssen wir ihn ändern.« Auf 3000 Zeichen dürften nur drei Fremdwörter benutzt werden, Stilakrobatik könne sich niemand mehr leisten, und ihre Kunden, und damit seien nicht die Leser gemeint, sondern die Inserenten, hätten auch inhaltliche Ansprüche – aber das müsse nicht heißen, dass man als Journalist sein Hirn für immer ausschalte, nicht wahr?

Meine Antwort, mit meiner Agentur zur Popularisierung der Lyrik beitragen zu wollen, genüge von daher völlig für die Zeitung. »Sie ist sogar nahezu perfekt! Aber unter uns kann die Frage ja vertieft werden.«

In diesem Moment machte der Fotograf diskret auf sich aufmerksam. Er wünschte nun ein paar Fotos von mir, wegen des Lichts und der besonderen Stimmung auf der Terrasse. Also gingen wir nach draußen. Ich richtete mich auf, ließ den Ellbogen lässig auf dem Betonvorbau ruhen und fixierte eine ferne Galaxie. Ein paar Klicks und Anweisungen, den Kopf mehr nach oben, den Blick mehr nach links – und schon eilte der Fotograf zurück ins Zimmer, packte seine Sachen zusammen, verabschiedete sich und verschwand.

Jetzt nähme er gerne einen Tee, sagte Herr Wiesengrund, nachdem die Schritte des Fotografen nicht mehr hörbar waren, und klopfte mit seinem Kugelschreiber auf sein Notizbuch. Ich nutzte die Gelegenheit, über seine Frage nachzudenken. In Wahrheit glaubte ich nicht daran, dass mein Unternehmen zur Popularisierung und Kommerzialisierung der Lyrik beitragen würde. Da müssten andere – und zusätzliche – Kräfte und Umstände wirken. Nein, ich glaubte nicht daran, dass die Menschheit auf einmal ein Gedichtposter bei sich zu Hause aufhängen oder zum Rechteinhaber eines unbekannten Gedichts avancieren wollte. Die Gedichtagentur würde gewiss keinen neuen Wirtschaftszweig kreieren, keine Sekunde hatte ich so eine Entwicklung in Erwägung gezogen, aber die Frage, welche Folgen es für den Menschen haben könnte, Gedichte auf die Tapete zu bringen, wie Herr Wiesengrund das so schön formuliert hatte, schien mir interessant. Darüber hatte ich bis dahin nicht groß nachgedacht. Ich stellte eine Tasse Tee zu Herrn Wiesengrunds einsamem Aufnahmegerät.

Ich tastete nun Herrn Wiesengrunds Frage ab, immerhin hatte er sein Gerät dafür ausgeschaltet. »Ehrlich gesagt«, gestand ich ihm, »weiß ich es nicht so genau, ob die Verbildlichung der Gedichte sich auf die Lyrik gut oder schlecht auswirkt. Aber einige positive Aspekte kann man meinem Projekt nicht absprechen«, ich stockte, »allein schon der pädagogische Gewinn…«, fügte ich schnell hinzu. Seit wann hatte ich mich zu einer Spezialistin für Pädagogik entwickelt?

Egal! Ich dozierte weiter: »Stellen Sie sich vor! Wenn einem ein Gedicht vor der Nase hängt, liest man es bestimmt tausendmal. Ähnlich wie die Werbung im Fernsehen oder in den Zeitschriften, auch wenn man wegschaut, hat man sie gesehen, auch wenn man die Zeilen nicht mehr liest, sich über die fremden Worte lustig macht oder den Dichter verflucht, selbst wenn das Gedicht mit der Zeit ein Teil der Tapete, ein Teil der Wandfarbe wird«, ich holte tief Luft, »aber mit der Zeit kann man es auswendig. Das Gedicht geht dann intravenös ans Werk, auch wenn der Leser es verabscheut.«

Herr Wiesengrund hörte mir aufmerksam zu, was mich ermutigte, weiter zu reden. Ich redete um mein Leben. »Die Konsequenzen sind rasch aufgezählt«, fuhr ich also fort: »Man kann ein Gedicht auswendig, hat poetische Perspektiven vereinnahmt, hat seinen Sprachhorizont erweitert und seine Bildung ein Stückchen vorangetrieben und nebenbei: Man kennt einen Autor oder eine Autorin besser. Wenn die Menschen schon kaufen müssen«, schloss ich meinen Vortrag ab, »dann sollen sie doch lieber ein Gedicht kaufen.« Jetzt glotzte ich Herrn Wiesengrund forsch in die Augen.

Nach einer Pause, die von seinen hörbaren Atemzügen begleitet war, erklärte der Journalist: »Der pädagogische Aspekt ist sicher nicht von der Hand zu weisen«. Dann schwieg er. Nach einer Weile erhob er wieder seine Stimme: »Haben Sie keine Bedenken, dass ein Gedicht an der Wand zur Banalisierung eines Genres führen könnte, das man bisher entdecken musste?«

Der Blick, der mich kurze Zeit später noch einmal leuchtend streifen sollte, schweifte nun in Richtung Terrasse. Ich ließ nicht locker und antwortete mit einer Gegenfrage: »Befürchten Sie, dass mit meinem Projekt das Sakrale verloren geht?« Ich sprach leise, ja fast mit einem gewissen Schuldbewusstsein, als ob ich ein Verbrechen begangen hätte und nun zu meiner vollbrachten Tat stehen müsste. Ja, es ginge in diese Richtung, flüsterte Herr Wiesengrund und schien in die Luft vor dem Terrassenfenster vertieft zu sein. Ich hatte ins Schwarze getroffen und mimte weiterhin das Opferlamm.

»Wo kämen wir hin«, setzte er nach einer Weile fort, »wenn das Sakrale überall wäre? Die Welt hat auch nicht jeden Tag einen neuen Propheten, nicht wahr? Zum Sakralen gehört doch die Verborgenheit, das wissen Sie doch!«

Ich nickte brav.

»Das müssen Sie sich gut überlegen«, meinte er nachdenklich, »ob dieses Private, das zur Poesie gehört, durch Verbreitung und Verallgemeinerung nicht verloren geht.«

Ich musste ihn beruhigen: »Sie meinen, dass ein Gedicht, das an der Wand hängt und von jeder und jedem, von der Großmutter bis zum Elektriker, der für eine Montage im Wohnzimmer arbeitet, gelesen werden könnte, seine Aura einbüßt?«

»Ja, das meine ich«, antwortete er ruhig. »Vielleicht«, und dabei legte er seinen Kopf zur Seite, »haben viele Religionen aus diesem Grund den Menschen auferlegt, das Schöne, in diesem Fall die Frau, zu verhüllen.« Und wiederholte noch einmal nachdrücklich, dass diese Frage gut überlegt sein müsse.

Ich wusste nicht, was ich zu diesem bestechenden Einwand sagen sollte. War ich dabei, mit meiner noch in Kinderschuhen steckenden Agentur einen satanischen Weg zu bestreiten? Die Entsakralisierung des Poetischen? Daran hatten David und ich niemals gedacht. Ich war mehr Aufklärerin und Humanistin und hoffte still, meinen Lebensunterhalt irgendwann mit etwas zu verdienen, das einen sozial-poetischen Inhalt hatte. Und nun diese Ungeheuerlichkeit!

»Was wäre«, fragte ich spontan Herrn Wiesengrund, der nun seinen Blick wieder auf mich gerichtet hatte, »was wäre, wenn ein Gedicht die Kraft hätte, sich der Verallgemeinerung in dem Sinne, wie Sie das meinen, zu widersetzen? Was wäre«, fuhr ich fort, »wenn die Poesie jenseits des Sakralen liegen würde, so unverrückbar, dass ihr diese Eigenschaft gar nicht verloren gehen könnte? Denken Sie an die Marienaltäre, die man in den katholischen Ländern an jeder Ecke findet! Sie sind schließlich auch nicht zu etwas Banalem mutiert. Und warum? Weil die Idee der Maria höher ist.«

Herr Wiesengrund schaute mich mit großen Augen an und lächelte wohlwollend: »Kein schlechter Gedanke!«

Gestärkt durch diese Ermutigung resümierte ich staatsmännisch: »Vielleicht wird die Poesie trotz Verbreitung immer privat bleiben, weil es zu ihrem Charakter gehört.«

»Ja, vielleicht«, wiederholte Herr Wiesengrund und richtete sich auf. Jetzt hatte er genug gehört. Er nahm wortlos sein Aufnahmegerät wieder an sich, schob den Kugelschreiber in sein Nest zurück und klappte sein schwarzes Notizbuch zu. Ich begleitete ihn zur Tür.

Als er meine Fingerspitzen in seiner unerwartet weichen Hand hielt und es noch einmal in seinen Augen leuchtete, fiel ihm ein, dass ich ihm noch nicht erklärt hatte, warum ich aufgehört hatte, auf Persisch zu schreiben. Meine Hand lag nicht mehr in seiner, aber mein Körper fühlte sich heiß an, ich hatte das Gefühl, dass meine Bluse an meiner Haut klebte, so sehr hatte mich die Diskussion mit ihm erwärmt.

Ich versprach Herrn Wiesengrund, auf Persisch zu schreiben, sobald er in der Lage sei, diese Sprache zu verstehen, und erntete so einen letzten Funken seines Blicks.

37.

Der Herbst hatte sich mit unbekümmertem Flügelschlag der Erde genähert. Auf der Seite des Platzes, auf die das großherzige Bürofenster der Sprachschule hinausging, hatten sich einige Bäume bereits vom Sommergrün verabschiedet und sich in Gelbschattierungen gehüllt. Eine Eberesche vibrierte mit wechselnden Farben. Ihr phosphoreszierendes Rot wirkte aus der Distanz fast unwirklich. Ich träumte mein Leben im Herbstblick durchs Fenster und genoss für einmal die Ruhe im Büro.

Drei lange Tage hatte Frau Buddel von ihren Vorgesetzten frei bekommen, um an einem Workshop mit dem Titel »Projektmanagement im Bildungssektor« teilzunehmen. Ich konnte weder herausfinden, warum sie einen solchen Kurs für ihre Tätigkeit benötigte, noch was man da in drei Tagen wirklich lernen konnte. Doch ra war sich ihrer Entscheidung sicher.

»Ich erledige ja sowieso mehr, als ich sollte! Warum also nicht ein Diplömchen machen, um die Dinge für sich sprechen zu lassen, hm?«

»Meinen Sie, dass das Thema ›Projektmanagement‹ sich in drei Tagen vermitteln lässt?«

Doch Frau Buddel hatte, wie es sich zeigte, den Prospekt sorgfältig studiert.

»Das ist ja das Interessante an diesem Angebot. Es richtet sich sowohl an Profis wie an Anfänger.«

»Ich verstehe.«

»Meine Vorgesetzten sind verpflichtet, mir eine Weiterbildung zu ermöglichen. Ich kann ja nicht als Staatsangestellte in der Privatwirtschaft tätig sein und von den hier üblichen Privilegien nicht profitieren.«

Ich pflichtete ihr bei, dass ohne Projektmanagement heutzutage gar nichts mehr zu machen sei und dass man im Grunde von einem Rätsel sprechen könne, wie zum Beispiel die Pyramiden in Ägypten oder die ganzen Kriege der Menschheitsgeschichte bis zum 20. Jahrhundert ohne Projektmanagement zustande gekommen seien. Unvorsichtigerweise stellte ich ihr auch die Frage, welche Projekte sie künftig in der Schule zu betreuen gedachte.

Das würde sich zeigen, waren ihre letzte Worte gewesen, bevor sie, wie immer mit hämmernden Absätzen, den Raum verließ.

Eine kleine Gruppe von knittrigen Blättern hatte eine bewegliche Herde gegründet und schwebte wie ferngesteuert mal in die eine Richtung, mal in die andere, machte gelegentlich Pause, um sich gleich aufwirbeln zu lassen und ihr Duett mit dem unsichtbaren Wind fortzusetzen. Ich hatte ab dem 17. Lebensjahr viele Jahre lang mein Brot im Reinigungsbereich verdient. Ich ging neben der Schule putzen, manchmal zur Mittagszeit, manchmal nachmittags. Ich eilte in das Haus meiner Verwandten, bei denen ich einige Jahre als geduldeter Gast wohnen durfte und die ich bei erster

Gelegenheit verließ, warf meine Schulsachen in eine Ecke, schminkte mich (für wen?), aß ein Stück Brot und eilte in ein anderes, fremdes Haus. Meine Eltern hatten keine Ersparnisse, um mein Leben im teuren Traumland zu finanzieren, und ich wollte ihnen nicht zur Last fallen. Am Telefon aber erzählte ich nur von meiner Tätigkeit als Nachhilfelehrerin. Sie hätten es nie akzeptiert, dass ich mich mit Putzarbeiten über Wasser hielt, und mit größter Wahrscheinlichkeit hätten sie darauf bestanden, dass ich wieder nach Hause zurückkommen musste. Ich aber zahlte gerne den Preis für meine Freiheit.

Ich arbeitete also oft als Putzfrau und gab gelegentlich Nachhilfeunterricht. In den Schulferien putzte ich manchmal das Schulhaus, und da erinnerte ich mich jetzt auf einmal an diese zerbrechlichen, bräunlich-schrumpeligen Blättertornados, denen ich mit meinem Besen im leeren Pausenhof spielerisch und ungeschickt hinterherjagte – in meinem Schulhaus, das wie alle Schulhäuser ohne Kinder ein trostloser Ort war. Viel später, als ich mehr reisen konnte, auch in die Ländereien von Karl Marx, die später ein ähnliches Schicksal erleiden sollten wie die meines Vaters, überfiel mich ein Déjà-vu-Erlebnis: Diese Orte erweckten in mir genau die Gefühle, die ich im leeren grauen Pausenhof in der Ferienzeit empfunden hatte. Meine Karl-Marx-Lektüren aber hatten bei mir keineswegs diesen traurigen, vom Lebensgeist verlassenen Eindruck hinterlassen. Irgendetwas musste zwischen den Schriften und deren Umsetzung schief gegangen sein.

Vor allem in den ersten Studienjahren gefiel mir mein Putzjob sehr gut. Die Menschen bekamen oft ein schlechtes

Gewissen, weil eine Philosophiestudentin ihren Dreck aufräumte, und behandelten mich deswegen mit großem Respekt. Man half mir aus dem Mantel, offerierte mir alle Halbstunden einen Teller *Petit Beurre* und eine Tasse Kaffee und bat mich immer wieder, kurz Pause zu machen, nur um mit mir für vier, fünf Minuten über ein Buch zu sprechen oder mich auszufragen, ob dieser oder jener Professor noch an der Universität tätig war. Für diese Leute war ich die Bewohnerin des hoffnungsvollen Planeten, den sie selbst vor vielen Jahren verlassen hatten.

An einem Ort – in einem Antiquitätengeschäft – unterhielt sich der alte Besitzer am liebsten pausenlos mit mir, und wäre da nicht sein Sohn gewesen, der immer wieder diskret intervenierte – Papa, Telefon für dich! Papa, die arme Chaya hat auch anderes im Leben zu tun, als bei uns im Laden zu sitzen! –, wäre ich nur noch am kleinen Tisch des weißhaarigen zierlichen Mannes gesessen und hätte mich mit ihm über seine Reisen in Afghanistan und seine Erlebnisse entlang der Seidenstraße und die Menschen in fremden Ländern unterhalten, und die vielen Bilder, Uhren, Vasen, Wasserpfeifen, Teppiche und kleinen Dinge, die auf nostalgischen Reisen gesammelt worden waren, hätten Staub angesetzt und wären irgendwann nicht mehr sichtbar gewesen. Der alte Herr meinte übrigens, dass ich wie sonst niemand nachvollziehen konnte, wie sich diese Objekte von innen her anfühlten. Und wie stolz er war, mir einen echten russischen Tee aus einem funktionierenden Samowar einzuschenken! »Wie bei dir zu Hause, Chaya!«, sagte seine feine Stimme, »wie bei dir!« Und in diesem Augenblick wähnte sich der alte Herr mit mir auf einem fliegenden Teppich, der über Bukhara, den glücklichen Ort, hinweg flog.

Solcherlei Erfahrungen hatten sich in meiner Erinnerung zu einem lieblichen Stillleben verdichtet. Aber offensichtlich gehörten sie alle noch nicht zum richtigen Leben. Das richtige Leben sollte ja noch kommen, und niemand sagte einem, wie es aussehen würde. Es bestand also durchaus Gefahr, das richtige Leben zu verpassen, weil man sein wahres Gesicht nicht kannte. »Chaya, du bist eine Träumerin«, hatte Eric mir immer wieder gesagt. Aus seinem Mund war so etwas nicht als Kompliment zu verstehen gewesen, also wehrte ich mich. Ich erklärte ihm, dass ich mindestens doppelt so viel zu träumen hätte wie andere Menschen, weil ich ja in drei Sprachen lebte. In einer Geistersprache, die einst meine Muttersprache war, in meiner neuen, haltlosen Sprache, die auf Krücken ging, und in einer, die dazwischen lag und die niemand verstand, weil sie keine Worte hatte, sondern nur aus Stimmungen und Schwingungen bestand. Diese war für mich, was Eric nicht verstehen konnte, meine eigentliche Sprache. Die Frage war vielmehr, ob es eine Verbindung zwischen dieser Sprache und dem Leben gab.

Ich saß alleine am Schreibtisch und hatte unbändige Lust festzuhalten, was der Anblick der Blätter auf dem einsamen Platz bei mir auslöste. Ich wurde bezahlt, um eine Arbeit zu erledigen, doch ich war so schwer von meinen Träumereien zu trennen. Auf Schritt und Tritt verfolgte mich die Welt. Wie konnte ich nur mit Eleonores Stichworten, die auf einem nüchternen A4-Block vor mir lagen, Briefe schreiben (Sehr geehrter Herr Soundso, Ihrem Schreiben entnehme ich usw.), während ein Baum in einem elektrisierenden Rot vor meinen Augen erzitterte? Und was dachten die toten Blätter wohl, die dem Wind folgten und sich seinen Spielchen überließen?

Wahrlich, seit meinen Anfängen in Sachen Suchenundso vergeht kein Tag ohne das schmerzvolle Zuendegehen eines zauberhaften Blattes – auch magisch genannt – geräuschvollknisternd in einem Feuerwerk, das zum Rauch werden wird, sobald der Nacken sich stillgelegt. Die zerrissenen, zerknitterten Fragmente hebe ich auf. Mit Nadel und Faden duchbohre ich sie und kette die Teilchen aneinander. Wie Rosenblätter. Und hänge mir das Blattkettchen samt Satz und Spiegel um die Kehle. Wie in Hawaii. Und singe halslaut ein Kaddisch für alles, was vergangen ist wie ein zerrissenes, zerknittertes zauberhaftes Blatt. Und bewege meine Hüften rhythmisch in alle Himmelsrichtungen, während mein Nabel die Welt grüßt. Im Herbst – wie sinnig die Amerikanerin Fall *sagt – blättert sich mein Halsschmuck ab, und die zarten Schichten fallen in den Schoß. Ich hebe sie auf. Ich zermalme sie mit einem Mörser. Aus den Blättern entsteht Pulver, welches aussieht, als wenn schwarzer Sand mit Salz gemischt wär. Eine Art Rauschzeug, das ruft: nun die Kanope her! Und ein blaues Meer öffnet seinen Bauch. Und etwas von mir füttert stumm die Fische.*

Auf einmal hörte ich Eleonore lachend sagen, dass sie noch nie jemanden gesehen hätte, der mit einem solchen Eifer Geschäftsbriefe schreiben würde. Ein Bild für die Götter sei dies, zumal ich von dieser Tätigkeit sogar rote Backen bekäme. Ich schob diskret den Notizblock zur Seite. Eleonore kam auf mich zu. Sie musste einem immer ganz nah stehen, am Liebsten hautnah. Ein Gespräch mit einem Meter Abstand wäre ihr nicht möglich gewesen, das war mir des Öfteren aufgefallen, ja ihre Gespräche mit anderen Menschen hatten immer etwas von einer Mund-zu-Mund-Beatmung.

Ich sprang auf und eilte ihr entgegen. Sie durfte auf keinen Fall den engagiert geschriebenen Geschäftsbrief entdecken. Ihre Hand berührte sofort meinen Oberarm. »Ich wollte dich nur fragen, ob du nach der Arbeit mit mir essen kommst«, hauchte ihre Mädchenstimme.

Eleonore, die zu ihrem Namen gekommen war, weil ihr Vater von klein auf ein begeisterter Fan von Richard Löwenherz gewesen war, wollte mit mir zum ersten Mal essen gehen. Es war ihr wohl zu Ohren gekommen, dass ich bei ihrem Mann und ihrer triumphierenden Erzrivalin eingeladen war, und sie wollte nun das Gleichgewicht wieder herstellen. Beim Fegen der vergilbten Blätter auf dem Asphalt musste ich mir damals keine solchen Gedanken machen, aber wie hätte ich mir das Herz nehmen sollen, ihr nein zu sagen?

38.

Für meine Verhältnisse war dies ungewöhnlich viel: Sieben Briefe lagen unordentlich geschichtet in meinem Briefkasten. Es waren von Hand geschriebene Briefe von Absendern, die ich nicht kannte. Alle waren ganz korrekt an mich adressiert und ich hatte nicht einmal Geburtstag. Ich atmete erst einmal auf, dass es keine Rechnungen oder hässlichen Behördenbriefe waren, steckte sie ein und freute mich auf einen ruhigen Moment in meinem Mansardenzimmer.

Vor wenigen Tagen war Herr Wiesengrunds Bericht über mich und meine Gedichtagentur erschienen. Eine halbe Seite lang, und er hatte mir für vierundzwanzig Stunden Herzklopfen bereitet. Die Redaktion hatte sich für das Foto auf der Terrasse entschieden. Beim Fotografieren war mir der Wind gar nicht aufgefallen, so war ich ziemlich überrascht, als ich meine Haare auf dem Bild flattern sah. Ausgerechnet meine Haare brachten in die monotone Dächerlandschaft etwas Dynamisches. Darunter stand: »Die Lyrikfee auf der Terrasse ihres Poesieschlosses«. Der Artikel hatte den pompösen Titel »Ein Leben im Dienst der Poesie«.

Herr Wiesengrund hatte Folgendes zu unserer Unterhaltung geschrieben:

Ihrer poesiereichen Heimat Iran verdankt die Lyrikerin Chaya ihre Liebe zur Lyrik. Nun betreibt sie hoch oben über den Dächern der Stadt ihre Gedichtagentur, eine erste Institution dieser Art auf der Welt. Eine Gedichtagentur? Wir waren auch nicht wenig überrascht, als wir davon gehört hatten. Was soll die Poesie, diese stille, ja intime Kunst, die heutzutage nur am Rande des Literaturbetriebs geduldet wird, in einer Agentur?

Die Augen der Lyrikerin leuchten, sobald sie anfängt, über ihre Sache zu reden. Sie möchte, dass mehr Menschen Gedichte lesen. Sie fertigt Poster mit den Lieblingsgedichten ihrer Kunden an, berät sie bei der Auswahl und stellt ihnen sogar unveröffentlichte Gedichte vor, deren Copyright man erwer-

ben kann. Von nun an ist es möglich, ein Gedicht für sich alleine zu besitzen.

Chaya kam knapp fünfzehnjährig in die Schweiz und lernte in unserem Land die deutsche Sprache. Von Anfang an war ihr klar, dass sie den Weg, den sie mit neun Jahren eingeschlagen hatte, hier fortsetzen würde. Sie wollte schreiben. Der Kulturschock war zu Beginn nicht gering. In Persien, wie sie ihre Heimat nennt, sei die Dichtung ein fester Bestandteil des Alltags. Zahlreiche Verse aus dem lyrischen »Schatz« des Landes seien im kollektiven Bewusstsein der alten Nation fest verankert. Man zitiere oft die Dichter und ihre lyrischen Weisheiten, betont Chaya. In ihrer Kindheit war es eine Selbstverständlichkeit, Gedichte auswendig zu lernen, und sie könne heute noch die meisten Texte, die sie als Kind gelernt habe. Dabei sei nicht einmal die Bildung maßgeblich für die Liebe zur Poesie im Iran, betont die Agenturinhaberin: »Selbst ein Taxifahrer kann dort einen Vers von Hafez, dem Dichterfürsten der persischen Poesie, zitieren, wenn es sein muss«, erklärt sie uns nicht ohne Stolz.

In den bescheidenen vier Wänden der Gedichtagentur spürt man die Liebe und das Fachwissen der Lyrikerin, die demnächst ihr Philosophiestudium abschließen wird. Ob das nicht zu viel Elfenbeinturm sei, wollen wir von ihr wissen. Ihre Antwort ist schlicht: Die Perspektive aus der Höhe sei immer eine andere, nicht nur schwindelerregend vielschichtiger, sondern auch schöner, heller, und ganz spontan zitiert sie die Schlussverse aus Schillers Berglied.

Es war höchste Zeit, nun bald einmal meiner Familie zu berichten, was ich im Leben wirklich trieb.

39.

Sehr geehrte Chaya
Wir haben den kleinen Bericht über Sie in der Zeitung gelesen und sind sehr begeistert über Ihren Mut. Meine Großmutter las auch am liebsten Gedichte und pflegte, als wir Kinder waren, während sie strickte, uns Gedichte vorzutragen. Zu besonderen Anlässen schrieb sie auch selbst. Sie bringen mich nun auf eine gute Idee. Eines dieser Gedichte, das sie mir zur Konfirmation geschenkt hat, würde ich nun gerne von Ihnen zu einem schönen Poster verarbeiten lassen. Das Gedicht finden Sie in der Beilage, es ist etwas lang. Ob wir da kürzen müssen?
Vielen Dank für Ihre Antwort und alles Gute
Rosmarie Walliser

Oder

Liebe Chaya
Kennen Sie dieses Gedicht von Eichendorff »Ich kann wohl manchmal singen«? Ich hätte es gerne als Poster. Mein älterer Bruder würde sich über dieses Geschenk sehr freuen.
Danke schön und freundliche Grüsse
Heinz Berner

Es waren eine Menge Briefe, die ich in jenen Tagen und in den Wochen danach bekam. Das Interesse riss nicht ab. Bald darauf gab ich ein Interview am Radio, und kurze Zeit später wollte mich ein Moderator in seiner Sendung im Fernsehen haben. Es ging nicht lange, da wurden auch die Medien in Deutschland und Österreich auf meine Arbeit aufmerksam. David hatte klugerweise von Anfang an den Begriff »Gedichtagentur« im deutschsprachigen Raum patentieren lassen; mit mir konnte niemand so leicht konkurrieren. Er drängte mich, dies sobald wie möglich auch für die USA vorzunehmen. Noch fehlten mir aber die Mittel für diesen kostspieligen Schritt, und um einen Kredit bei der Bank wollte ich mich nicht bemühen.

Angeregt durch meine Agentur kontaktierte mich sogar eine Joghurt-Firma, die mich fragte, ob es denn denkbar sei, Gedichte auf Joghurtbecher abzudrucken. Wenige Monate später wollten mich drei Verlage verpflichten. Ohne meine Publizität durch die Gedichtagentur hätte ich meine Finger wund schreiben müssen, um einen Verlag für meine Gedichte zu interessieren. Nun durfte ich sogar auswählen. Ich überlegte mir zunehmend auch, eventuell meinen Job in der Sprachschule aufzugeben, da die Gedichtagentur genug Verdienstpotential versprach.

Von den Menschen, die sich bei mir meldeten und damit meine Kunden wurden, wollten wenige ein Gedicht besitzen – die meisten waren interessiert an einem eingerahmten Objekt, um es zu Hause aufhängen zu können. Vermutlich wurden diese Poster über dem Fernsehgerät angebracht, damit man das Gedicht vom Sofa aus vor seinen Augen hatte. Was wie eine zweistöckige Zyklope aussehen müsste. Einem älteren Herrn, der mit seinem Sportwagen extra zu meiner Gedichtagentur gefahren war, verkaufte ich ein Gedicht von mir selbst; nun hält er das Copyright für dieses noch unpublizierte Kurzgedicht und darf öfter an mich denken:

Strawberrylaune

R
O!
tickt …

Ich gehe davon aus, dass die Gedichtbesitzer später nichts dagegen haben werden, wenn ein Gedicht die Chance bekommt, veröffentlicht zu werden. Die meisten dürfte es bestimmt mit Stolz und Freude erfüllen, wenn im Impressum steht, dass das Gedicht soundso mit ihrer freundlichen Genehmigung abgedruckt worden ist.

Die Beziehung zu meiner Familie blieb, wie sie war: zunehmend herzlich und doch distanziert. Wir lebten in unterschiedlichen Kontinenten und hatten keine Perspektiven, je wieder zusammenzukommen. Meine Eltern wollten ihre Heimat nicht verlassen, und für mich kam es nicht infrage, in Unfreiheit zu leben. Wir hatten uns arrangiert. Telefongespräche und Pakete machten die Essenz unserer Beziehung aus. Die Pakete enthielten meist so viele Leckereien, dass ich selten alles vollständig aufessen konnte. Meist dauerte es Jahre, bis ich zwei Kilo Berberitzen, jeweils ein halbes Kilo gedörrte Pfirsiche und Pflaumen, ein Kilo getrockneter Koriander und nochmal so viel Dill und andere Kräuter essen oder beim Kochen verarbeiten konnte. Mit der Zeit war ich Safranbesitzerin in großem Stil. Man hätte annehmen können, ich besäße Plantagen mit diesem kostbaren Schwertliliengewächs. Ich war eine Art Safrantycoon. Alles, was mir meine Familie in materieller Hinsicht nicht hatte zukommen lassen können, kompensierte sie mit dem betörenden Chamäleongewürz, das seine Farbe von leuchtend Beerig in Aprikosengelb verwandeln konnte. Es nützte nichts, ihr zu sagen, dass ich keinen Safran mehr benötigte. In jedem Paket war irgendwo in der Pistazienabteilung oder in der Tüte mit den Rosenwasserbonbons eine kleine Johnny-Walker-Flasche versteckt, die fein säuberlich gereinigt, getrocknet und dann mit Safran gefüllt worden war.

Die Pakete kamen nicht immer unversehrt an. An irgendeinem Zoll musste einmal ein gelangweilter Zöllner sich nach dem Sinn dieser Dinge gefragt haben und stach mit Wut und voller Gewalt in alle Tüten hinein und ließ im Paket blutende Verletzte zurück. Als ich mit kindlicher Freude mein großes Paket, den Liebesgruß meiner Familie, öffnete, lagen alle meine Geschenke, von den Pistazien bis zu den Kräutern, von den Nougats bis zu den Sonnenblumenkernen, zu einem Einerlei durchmischt lose im Paket. Einzig das Safranfläschchen hatte die Schlacht am Zoll unbeschadet überstanden. Es lag wie eine unbesiegbare Trophäe in einem der durchstochenen Beutel. Warum der gelangweilte Zöllner diese Flasche nicht zerstört hatte, war mir ein Rätsel. Ich sortierte einen halben Tag lang unter einem Tränenstrom alles so weit wie möglich, blies Dill von den Pistazien weg und zupfte die kleinen weißen Bonbons aus der Masse der Kräuter heraus und stellte so meine Tüten wieder her, die dann – wie so vieles aus den Paketen – für Jahre im Kühlschrank verschwanden. Ich konservierte den Liebesgruß meiner Familie in der ewigen Kälte.

40.

(Fluchtzeit)

Die Ewigkeit gibt es nur, weil wir voller Sehnsucht sind. Über meine Liebe zum Kaspischen Meer war David ahnungslos. Ich behielt gewisse Details immer für mich. Nicht aus Geheimnistuerei, nein. Wenn man mich danach gefragt hätte, hätte ich offen Auskunft gegeben. Aber niemand fragte mich. Eines Tages aber äußerte David unvermittelt den Wunsch, dass ich seine Asche im Kaspischen Meer verstreuen sollte.

»Warum dort?«, wollte ich von ihm wissen.

»Aus Prinzip«, antwortete er, »weil es der größte See der Welt ist«.

Lieber David
Du möchtest deine Asche im Kaspischen Meer verstreut haben. Ich wünsche dir, dass du dieses Meer vor deiner Asche siehst. Dein Wunsch lässt mich nicht mehr los, er verfolgt mich, weil ich dieses Meer so sehr liebe. Es war das erste und für lange Zeit das einzige Meer, das ich in meiner Kindheit und Jugend gesehen habe. Mit 16 Jahren durfte ich das zweite Meer meines Lebens kennenlernen. Meine Verwandten nahmen mich in den Sommerferien mit nach Italien, zur Adria. Was für ein Schock! Alle anderen Meere, die ich seither gesehen habe, auch wenn es anständigere waren als die Adria, haben es bestätigt: Kein Meer kann dem Kaspischen das Wasser reichen!

Wenn du von Teheran aus in den Norden fährst, spürst du das Meer schon nach kurzer Zeit, wenn das Auto hinterhäl-

tige, brenzlig schmale Bergkurven vorsichtig hinaufklettert. Das Meer meldet sich mit Grün. Plötzlich kein Wüstenstaub mehr, sondern, wie von fremder Hand gezaubert, wild blühende Berge und brausende Flüsse, die in der Tiefe der Schlucht rumoren. Du musst die Berge bezwingen, wenn du das Kaspische Meer erreichen willst. So einfach gibt es sich nicht her. Irgendwann im Auto, da hast du den Bauch des Berges erreicht, zitterst du leicht, es ist kühl, vielleicht hat sich sogar ein durchsichtiger Nebel wie ein Schleier auf die taufeuchte Landschaft gelegt. Aber das geht vorbei. Bei der nächsten Kurve wimmern bereits neugeborene Sonnenstrahlen. Dann steigst du aus dem Auto aus, weil ein kleines, altes Teehaus sich zwischen der engen Straße und dem Berg ein Nest gebaut hat. Auf der anderen Straßenseite schwindelerregende Tiefe. Als ich ein Kind war, haben da unten Hexen und Bergmonster gewohnt.

In der Kühle einen Tee trinken und den Bauch erwärmen. Du weißt, bald riechst du das Meer!

Nur noch ein paar Kurven den Berg hoch und dann fährst du die Kurven auf dem Rücken des Berges hinunter, dort bist du bereits auf der Seite des Meeres. Das siehst du am Licht, das immer schummrig ist. Das riechst du an der eingeschlummerten Landschaft. Es ist plötzlich warm. Aber du bist noch nicht dort, David. Vorher wirst du immer wieder an Jugendlichen vorbeifahren, die am Straßenrand stehen und dich und dein Auto anschreien, wenn du an ihnen vorbeifährst. Weißt du, was sie sagen? Beim nächsten Ruf wirst du bestimmt anhalten. Sie schreien:

»Brombeeren!«

Das Meer kündigt sich mit einer Luft an, die tropisch feucht ist. Im Sommer riecht sie nach Reis. Wie wenn es nie anders gewesen wäre und nie anders sein könnte, so schwer fühlt sich diese Luft an. Wenn du sie in deiner Nase hast, David, dann ist das Meer nicht weit. Es ist ein stilles Meer. Plötzlich, zwischen zwei Villen am Straßenrand siehst du es. Es ist ein stilles Meer.

Und weißt du, warum das Kaspische Meer so genannt wird? Wegen der Kaspier! Das war ein Volk, das früher an der Küste gelebt hat. Herodot benannte das Meer nach diesen Menschen. Er hat das vermutlich von Homer übernommen. Wer weiß? Die Kaspier, die haben sich irgendwann mit den Persern vereint. Und wurden so zu meinen Ururgroßeltern. Seltsamerweise nennen die Perser ihren See nicht nach ihrem ursprünglichen Namen. Sie nennen ihren See, den größten See der Erde, Khazar, was eine andere, fremde Geschichte ist. Wie die Geschichten ständig ineinander greifen! Die eigenen und die fremden. Manchmal kann man gar nicht mehr sagen, um wessen Geschichte es sich handelt. Die Khazaren waren früher Nomaden, ein Turkvolk und hatten ein Khaganat im nördlichen Kaukasus an der Küste des Meeres. Wo heute Georgien und Armenien sind, lebten im 9. oder 10. Jahrhundert die zum Judentum konvertierten Khazaren. Und stell dir vor, die Khazaren bekämpften den damaligen König von Persien und wanderten später nach Osteuropa aus, vielleicht nach Ungarn? Es gibt 1000 Geschichten über die Khazaren. Man will sogar Spuren der Khazarensprache im Jiddischen entdeckt haben. Jedenfalls tauchten sie im 13. Jahrhundert als ein jüdisches Volk im Nordkaukasus zum letzten Mal in den Geschichtsbüchern auf und dann verschwanden sie. Sie ver-

schwanden aus der Geschichte, aber der See hält ihr Andenken lebendig. Menschen vergehen. Namen bleiben. Ein anderes Volk hält den Namen der Khazaren mit ihrem See am Leben.

Ob die Skelette, die man an der Küste meines Lieblingssees gefunden hat, die der ersten Homo Sapiens-Abenteurer sind? Ich habe es dir noch nie erzählt, David: In Sachen Kaspisches Meer bin ich uferlos. Ich werde zu einer dieser sanften Wellen, die immer wieder still kommen und gehen. Unermüdlich blau, unbekümmert tief.

Dutzende Stämme umgaben früher diesen See. Fünfzig Dialekte rauschten um ihn herum. Jede dieser Sprachen gab ihm einen eigenen Namen, nach dem Stamm, nach einem Berg, nach einem Fluss oder nach einer Laune der Natur. Die reiselustigen Europäer erfanden mindestens sechs Mal einen Namen für ihn, und in arabischen und persischen Quellen sind 35 Namen aufgelistet, die uralten, die in Avesta und Pahlevi zitierten, eingeschlossen. Und im Iran streiten sie heute noch, wie sie diesen See benennen sollen. Diesen mildesten aller Seen umgibt etwas Trauriges, irgendwie ist er namenlos.

Du erinnerst dich noch an mein Pseudonym als Kind, als ich mein erstes Gedicht schrieb? Es ist eine Weile her, dass ich es dir verraten habe. So gesehen, lieber David, bin ich eine echte Khazarentochter. Keine Schaum-, aber eine Wassergeborene.

Chaya

Wenn Ihnen dieses Buch gefallen hat, könnte Ihnen das nebenan vorgestellte von Vanessa F. Fogel auch gefallen...

Vanessa F. Fogel

Hertzmann's Coffee

Hertzmann's Coffee ist eine große Familien- und Unternehmensgeschichte, eine Geschichte aus New York, Berlin und Caracas, und nicht zuletzt: Eine Liebesgeschichte, bewegend, bildreich und voller Humor.

»Vanessa Fogel hat ein anrührendes und weises Buch geschrieben. Es ist auch eine Hommage an die dritte Generation, die mit ihrem Pragmatismus der Lebensklugheit der Alten viel näherkommt als die angestrengte Zwischengeneration.« Harald Klauhs, Die Presse, Wien

»Am überzeugendsten ist dieses Buch dort, wo der liebende Blick der Erzählerin auf den Großvater fällt und diesen erleben lässt, was es heißt, eine Stimme zu haben und der lastenden Erinnerung Sprache zu geben.« Klara Obermüller, Neue Zürcher Zeitung

»Sensibel und einfühlsam, bildreich und humorvoll erzählt Vanessa Fogel zutiefst bewegende und auch nachdenklich stimmende Lebensgeschichten.« Petra M. Springer, Neue Welt

Roman
Geb., 311 Seiten
weissbooks.com
ISBN 978-3-86337-043-5

weissbooks.w

Kathy Zarnegin
Chaya
Roman

Konzept Design
Gottschalk+Ash Int'l

Satz
Publikations Atelier, Dreieich

Umschlaggestaltung
Julia Borgwardt, borgwardt design
unter Verwendung eines Motivs von Christian Knörr

Foto Kathy Zarnegin
© Michael Utz

Druck und Bindung
CPI Clausen & Bosse, Leck
Printed in Germany
Erste Auflage 2017
ISBN 978-3-86337-114-2

Dieses Buch ist auch als eBook erhältlich
ISBN 978-3-86337-134-0

weissbooks.com
zarnegin.ch

Dieses Buch wurde auf FSC®-zertifiziertem Papier gedruckt. FSC® (Forest Stewardship Council®) ist eine nichtstaatliche, gemeinnützige Organisation, die sich für eine ökologische und sozialverantwortliche Nutzung der Wälder unserer Erde einsetzt.

MIX
Papier aus verantwortungsvollen Quellen
FSC www.fsc.org
FSC® C083411